U0024433

風雲時代

# 天下炎黃

## 卷1 鳳凰傳說

無極——著

人物簡介

# 天榜極品四大高手

**扎木合**

炎黃第一高手，徒有善名卻極其邪惡，後敗於許正陽之手，死於非命。

**神妙**

大林寺住持，炎黃第二高手，武功極高但品性卻一般，塵根未斷，終因害死許正陽兩位妻子而使大林寺步入萬劫無復之境。

**蒼雲**

炎黃第三高手，獨居東海，自創一門，武功之強已無人可比，後在勝許正陽與梁興二人後，感悟天道而去。

**摩天**

崑崙老道，炎黃天榜高手排行第四，為人陰險詭詐，卻死於許正陽之手。

人物簡介

# 五大極至風雲人物

**許正陽**

炎黃大陸殺戮最重的人，武功謀略天下無人可及，行事不依常規，多情又無情，野心極大，為鳳凰戰神之後人，被炎黃大陸的人稱之為噬血修羅。

**梁興**

許正陽此生最好的兄弟，同出一師，天下間唯一可以與許正陽爭鋒的絕頂高手，為許正陽統一炎黃大陸的最重要的幫手。

**清林秀風**

墨菲帝國的長公主，擁有絕世的美麗和智慧，更有著男兒般的壯志與雄心，許正陽此生最強大的敵人。

**高飛**

明月國六皇子，野心極大，兩次謀奪皇位卻都因遇許正陽而前功盡棄。其人才智過人，卻少了許正陽的運氣，雖是許正陽的敵人，卻極得許正陽欣賞。

**南宮月**

南宮飛雲之女，清麗絕倫，許正陽初戀之人，但因家族恩怨與許正陽有緣無份，最終出家為尼，其武功獨樹一幟，後為天下第三高手。

人物簡介

# 各國權臣榜

**高權**

飛天帝國的名將，卻是毀滅鳳凰軍團的主要負責人，後為許正陽擊成殘廢。

**南宮飛雲**

明月國第一上將，也是早期唯一的萬戶侯，崑崙弟子，多謀善用兵，但注定與許正陽成為對手，終死於沙場。

**向寧**

昔年鳳凰軍團的倖存者，明月國的一方王侯，擁兵數十萬，極忠心許正陽，南征北戰幾無敗績。

**翁同**

飛天太師，權欲極重，糊塗無能，一心排擠飛天重臣。

**陸卓遠**

拜神威帝國的名將，拜神威兵馬的大元帥，朝中支柱，被譽為有其存在一天，就不能有人用兵勝過拜神威，後死於清林秀風的詭計之下。

人物簡介

# 魔皇戰將榜

## 向南行、向北行、向東行、向西行

向家四虎，向寧的四個兒子，後為魔皇許正陽部下四名最為得力的戰將，各因軍功封王列侯。

## 黃夢傑

一代名將，文治武功足以定國安邦，更是魔皇手下水師最厲害的上將，本是飛天黃氏家族的人，但卻因被飛天滅門而改投於魔皇手下，高秋雨的表哥。

## 巫馬天勇

許正陽手下最得力的高手之一，有百萬大軍中取上將首級之能，魔皇的開國功臣之一。

## 子車侗

閃族之主，勇武過人，對夜叉梁興極其信服，率十數萬閃族鐵騎隨其征戰天下，立下無數功勞。

人物簡介

# 魔皇戰將榜

**錢悅、傅翎**

魔皇許正陽旗下的兩員虎將，足智多謀，凡魔皇所交任務，幾乎無失手記錄。

**冷鏈**

魔皇部下第一謀士，智深如海，膽識過人。

**陳可卿**

極為肥胖，忠肝義膽，對魔皇極其忠心，心智極深，極得許正陽所喜。

**鍾離師**

鍾離世家的新一代接班人，高才、多智，忠於許正陽，魔皇帝國的國師。

人物簡介

# 極品女人

**高秋雨**

高權之女，武功卓絕，聰慧過人，擁有美麗無雙的容貌，更有巾幗不讓鬚眉的豪氣，熟知兵法戰策，後為許正陽之妻，成為許正陽得力助手。

**梅惜月**

青衣樓主，艷冠天下，智深如海，許正陽最敬重的妻子，魔皇後宮之主，更是魔皇許正陽一統天下的最大功臣之一。

**顏少卿**

明月太子妃，其子後在許正陽的扶持下登基，榮登為皇太后，嬌艷無比，心智過人，卻深情至性。

**鍾離華**

鍾離師堂妹，鍾離世家的天之驕女，魔皇正妻之一，武功卓絕，膽識過人，美麗無雙，是能領百萬雄兵的天生將才，極得許正陽寵愛。

人物簡介

## 其他重要人物

**天一、天風**
亢龍山的高手，許正陽師叔，專為許正陽訓練殺手和衛隊，更為魔皇培養最恐怖的殺手和奸細。

**蛇魔道人**
許正陽之師，卻英年早逝，昔年武功天下無人可比，獨挑崑崙一派。

**翁大江**
翁同之子，心計狠毒，極其醜陋，無容人之量，典型世家子弟。

**高占**
明月國君，其人極有魄力，知人善用，力排眾議，讓許正陽與梁興建立起修羅和夜叉軍團。更收二人為義子，使其擁有無可比擬的榮耀。

**鍾離宏**
鍾離世家的長老，武功卓絕，一腔熱忱，對許正陽極其看好。

**姬昂**
飛天國君，其人昏庸無能，殘害忠良，淫亂朝綱，使飛天帝國在其手中走向哀落。

# 第一章　鳳凰傳說

震天的喊殺聲響徹天宇，如潮水一般湧動的士卒們，瘋狂地向開元城發起了一波又一波的攻擊，城牆上箭如飛蝗，漫天箭雨呼嘯飛射。身穿紅色戰甲的軍士們，波波不停地向開元城湧動。

城前的土地已經呈現出暗紅色，泥土混雜著鮮血，成了一灘紅色的泥漿，軍士們衝擊過去，頓時，無數微微有些發臭的泥點飛濺。

戰鼓聲響徹天際，喊殺聲、馬嘶聲混合著臨死前的慘叫聲，迴盪在戰場的上空。到處都是殘缺的屍體，到處都是流淌的血水！但是這一切，卻無法阻擋住正在瘋狂攻擊的士兵。

距離開元城不遠的一處土丘之上，戰旗獵獵作響，一隊隊整裝待發的士卒整齊地排列在土丘之下，他們的臉上如同鐵鑄一般，沒有半點的表情，看著眼前淒慘的修羅地獄圖，卻絲毫沒有動搖。堅固、厚實的盾牌，散發著森寒光芒的刀槍，所有的一切，都說明他們已經做好了一切準備！

在土丘四周，鐵騎環行展開，將土丘牢牢護住，戰馬不停地踏地，發出震耳響鼻。在土丘正中，四面繪有朱雀、青龍、白虎和玄龜的大旗迎風抖動，四個全身都披掛著明亮盔甲的將軍，神色冷峻地注視著眼前的戰場，他們的眼中，流露出悲憫和焦慮的光芒，那兩種完全不同的感情混雜在一起，顯得格外的詭異。

「張帥，已經過了二十天了，可是開元還是沒有拿下，朝廷已經多次催促，皇上也對我們大爲不滿。沒有想到，這開元城區區的數萬將士，將我們數十萬大軍阻擋這麼多的時日，火鳳軍團，果然名不虛傳呀！張帥，你最好趕快拿個主意，若是再拖延下去，皇上恐怕……」站在青龍戰旗下的一名將軍語氣中帶著不安，對白虎戰旗下的一員老將說道。

那員老將眉頭微微聳動，眼光依舊注視著戰場。好半天，他才緩緩開口道：

「姬帥，許鵬統領火鳳兵團數十年，縱橫征戰，從來沒有碰到敵手。戰神的名號不是那麼容易得來的！我飛天能有今日的輝煌，一方面是有賴皇上的聖明，這許鵬的功勞也不可磨滅！我也是出身火鳳軍團，若不是皇上說開元密謀造反，我絕對不願意在戰場上面對許鵬。皇上密謀此次行動已經很久，雖說許鵬如今不在開元，麾下的兵馬也換了一撥又一撥，但是不要以爲他們很好對付，許世傑也不是一個容易對付的人物。他自十年前接替火鳳軍團統帥一職之後，十年來也未逢一敗，不要小看他呀！」

老將緩緩地說道，他的眼光沒有離開戰場半刻，眼中流露出複雜的神色。其餘幾員將領也不由得輕輕點頭，他們十分同意老將所說的話。他們靜靜地看著廝殺正酣的戰場，幾乎是在同一時間，長長地出了一口氣……

「快了！」老將突然開口說道。

就在他話一出口之時，戰場上的喊殺聲突然高亢起來，一隊鐵甲軍士，瞬間衝到了開元那高大的城牆之下，他們身上披著厚厚的牛皮，將飛落的箭和石塊擋開，身上扛著沉重的巨木，瘋狂地向城門撞擊！

城頭上的箭雨漸漸地稀落了下來，突然間，一桶桶的黑油順著城牆向城門下的士兵澆下，無數的火把飛落。就在眨眼之間，城牆下烈焰騰騰，厚厚的牛皮頓時燃燒起來，火焰將牛皮下的士兵包裹著，他們嚎叫著，但是卻脫不出那烈焰的包圍。

看了看漸漸落入西山的斜陽，老將彷彿下定了決心，手一揮，從牙縫中說出了兩個字：

「開始！」

頓時金鼓聲大作，排列在土丘下面的士兵在金鼓聲中，一起發出了響徹寰宇的吼聲，如同潮水般向開元城湧去。

「張帥，現在就發動攻擊？金明二十六寨還沒有……」老將身後的一個將領低聲說道。

白眉微微一皺，老將轉臉向北方看去，說道：

「不用擔心，三十六寨大半數已經向朝廷效忠。而且，三十六寨中大多數的將領都是出自許鵬的門下，這些人都不是簡單的人物！高權也不是好對付的，他一定可以將火鳳餘孽剿滅！」

開元城頭的箭雨越來越稀落，湧動的人流在眨眼間衝擊到了城牆下面，雲梯搭起，就在眨眼之間，他們開始向開元城發動了猛烈的攻擊。士兵們悍不畏死地爭先恐後向城頭爬去，城頭上碎石飛落，雨點般砸向湧動而來的人流。但是那碎石就像是砸在了大海之中，雖然慘叫聲不斷，但是卻絲毫無法阻擋洪流的衝擊，就在瞬間，紅色的大潮將開元城頭淹沒。

老將的臉上露出了一抹不易察覺的得意笑容，他剛要開口，一匹快馬風馳電掣般衝到了土丘之上。戰馬上，一個年輕的將領渾身斑斑的血跡，冠玉般的面龐上寫滿了疲憊。他跳下戰馬，來到了老將的身前，躬身一禮，恭敬地說道：

「張帥，金明三十六寨土門寨統領高權向幾位元帥見禮！」

「高統領辛苦了！」老將的臉上露出平和親切的笑容，他和聲對高權說道，「那邊已經解決了嗎？」

「啓稟張帥，金明寨都統領向東美率領本部馳援開元，在三川口遭遇我的埋伏，苦戰一場之後，金明寨一部全軍覆沒，向東美身受重傷，逃入十萬大山！」

「哦，讓他跑了？」老將眉頭微微一皺。

「張帥放心，向東美身中末將的玄風真氣，身受重傷。呵呵，即使他能夠活下來，也絕鬧不出什麼風波！」高權自信滿滿地對老將說道。

戰旗下的幾個將領似乎對高權十分尊敬，聞聽他如此說，頓時也紛紛開口。老將緊皺的眉頭也舒展開來，他笑了笑，接著問道：「那麼其他各寨的人呢？」

「張帥放心！其他各寨已經被我擊潰，三十六寨如今盡在我手中控制！」

「嗯，那就好！」老將說著，抬頭向開元城頭看去，此刻，開元城頭儘是紅色，刀槍碰撞的聲音不絕於耳，喊殺聲更見響亮。

「傳令三軍，打開開元城，任他們快活！」青龍旗下的一個中年將領笑著大聲對身邊的傳令官說道。

「慢！」高權突然出聲將傳令官阻止，幾個將領的臉色都不由得微微一變，他們不滿地看著高權，老將沉聲問道：「高統領，你這是何意？」

高權臉上帶著平靜的笑容，緩緩地從懷中取出一卷淡黃的金帛，低聲說道：「朱雀、青龍、白虎、玄龜四大軍團統帥領聖上密旨！」

前。

原本端坐馬上的四位將軍聞聽，頓時顯出驚慌神色，他們連忙跳下戰馬，恭敬地跪在高權身前。

高權將金帛遞到老將的手中，低聲說道：「四位將軍快快起來，皇上曾有交代，這密旨不許宣讀，你們自己看吧！」然後，他抬眼向開元城凝視半晌，在老將耳邊輕聲說道：「難道老將軍忘記了，她還在開元城中……」

老將神色頓時一變，他看了一眼高權，突然恭聲說道：「多謝高將軍指點迷津！」說著，扭頭對身後的傳令官厲聲說道：「傳令下去，開元城破，若是有人妄動城中一物，斬立絕！」

傳令官恭聲領命，飛馳而去。

幾個人站在土丘之上，遙望已經接近尾聲的戰事。看著血色連天的戰場，高權突然滿懷感慨的說道：「戰神完了！」

幾個將領也不禁輕輕點頭，他們的臉上同時露出一抹淒然神色……

印有浴火鳳凰的戰旗無力地斜插在開元城的城頭，戰旗上的火焰黯然無光，驕傲的鳳凰低下了牠高昂的頭顱。一個有著輝煌歷史的家族，一個曾經讓整個炎黃大陸爲之顫抖的家族，飛天皇朝的復興元勳之一，許氏家族在殘陽夕照的開元城頭消逝在漫長的歷史長河……

炎黃曆一三八五年，一個被人歧視的私生子，在他唯一的親人——母親去世後，離開了生他養他的故土——開元城，去尋求他的夢想。

他的名字叫許鵬，時年二十三歲。

炎黃曆一三八七年，遊歷兩年的許鵬來到了飛天皇朝的首府——天京，一個偶然的機會，他結識了飛天皇朝的四皇子姬無憂，並與之結為好友。

炎黃曆一三八九年，飛天皇朝的第七任皇帝——姬遠猝然駕崩。

姬遠，二十七歲即位，喜好書法，憑藉其母和他非凡的書法深得先帝喜愛，並立之為皇儲。姬遠親政二十二年，憑藉其祖先的數代積累，無大過也無大功。二十二年間，多數時間他將朝中大事交與其外公：太師黃智打理，而他卻沉浸在書法之中，並開創了新的書法——瘦金體，其所書金縷曲，價值百萬。後世稱之為平帝。有人評論：姬遠決非一個稱職的皇帝，但他絕對是一個出色的書法家。

姬遠留有十七子三女，在其駕崩前，姬氏子女為奪皇位，就相互明爭暗鬥，其中以大皇子姬無為、八皇子姬無悔和十一皇子姬無信勢力最為強大。自外人看來，四皇子姬無憂則更似其父。

不過，許鵬與姬無憂結識後，才逐漸發現姬無憂實則是一個心機深沉之人，在其看似無欲無求的外表之下，隱藏著極大的野心。於是許鵬獻策，請姬無憂暗中結交朝中權貴，以黃氏家族為重中之重。

黃氏家族自飛天皇朝六任帝起（姬無憂祖父），就是朝中中流砥柱。自太師黃智起，黃氏家族有四人在朝中任職，官居高位，門生遍佈朝中，飛天皇朝四大軍團中，黃氏門生居其三。各皇子都想將其拉攏，但黃智爲人剛直不阿，嚴令其子不得與皇子結交過甚。姬無憂若得黃氏家族支持，則大局已定。黃智之孫黃剛，與姬無憂同歲，巧的是，黃剛與姬無憂同日出生，姬無憂只大黃剛兩個時辰，此人酷愛書法，尤其是姬遠的書法。

姬無憂將姬遠的日常所書裝訂成冊，送與黃剛，並由此經常出入黃家。依許鵬之策，姬無憂在黃家與黃剛只談風月、書法，甚少談論國事。偶爾與黃智聊天，談起時事，也是寥寥幾句即轉話題，黃智對姬無憂甚是喜愛。

姬遠駕崩後，黃智力排眾議，將姬無憂推上皇位。

炎黃曆一三九〇年，大皇子姬無爲聯合七位皇子起兵叛亂，史稱七王之亂。姬無憂力排眾議，拜許鵬爲大將軍統領四大軍團出兵平亂。雙方對峙於天門關，七王率領一百三十萬聯軍對敵許鵬所率領的四十萬大軍。

許鵬並沒有急於出戰，他先是向七王示之以弱，並讓人挑起七王之間的矛盾。

炎黃曆一三九二年，許鵬在天門關外的欲望平原與矛盾重重的七王決戰，大敗七王聯軍，斬殺大皇子姬無為，朝野皆驚，頌揚許鵬之聲充斥於廟堂之上。姬無憂為此任許鵬為護國大將軍，統領三軍，總督飛天兵馬。

炎黃曆一三九五年初，飛天皇朝的鄰國，明月聯合東瀛、陀羅兩國，發兵進攻剛剛平息戰亂的飛天，大軍直指飛天北方要塞——開元城。

飛天朝中人心不穩，求和之聲遍及朝中。許鵬臨危受命，再次領命出兵，姬無憂任許鵬為主將，統火焰軍團，授浴火鳳凰戰旗和尚方寶劍出兵開元。

炎黃曆一三九五年末，許鵬在開元城外五十里的升平大草原打敗明月聯軍，斬敵二十萬，浴火鳳凰戰旗第一次出現在戰場。而後，許鵬率兵乘勝追擊，浴火鳳凰所指，聯軍莫不望風而逃。

炎黃曆一三九六年，許鵬兵抵明月首府：東京。圍而不攻，三個月後，明月請和，出使天京，簽訂東京條約，條約規定，明月割讓自開元城以北五萬平方公里，賠償飛天一百五十億金幣，並每年上貢十億金幣，並且飛天出兵，明月也必須出兵相助……

和約簽訂兩個月後，許鵬回朝，姬無憂親自率百官在天京五十里外擺酒迎接許鵬，在百官面前親封許鵬為一等護國公、開元王，以浴火鳳凰為家徽，賜封地，以開元城為中心五千平方公里為許鵬屬地，並可組建軍隊。自此，許鵬之名家喻戶曉，人們尊敬地稱他為鳳凰戰神，朝中眾臣誠服。姬無憂曾在公開場合講：朕有今日，全賴許卿，得許卿則得天下！

炎黃曆一四一〇年，姬無憂即位二十一年，在此二十一年間，飛天皇朝的領土擴大了兩倍，人口增加了一億五千萬，百姓安居樂業，吏治清明。許鵬率領他的浴火鳳凰軍團東征西討，更是立下赫赫戰功，官居極品，深得聖寵，姬無憂更是將自己最疼愛的小女兒許配給了許鵬的三子，以示聖寵。

炎黃曆一四四〇年，姬無憂已是七十五歲高齡，五十一年的操勞，使他的身體非常衰弱。自五年前，姬無憂傳位其子後，他便做起了太上皇，隨著年齡的增長，他變得越來越多疑，不斷地為他的兒子清理在未來可能成為障礙的人，雖然殺了很多人，心中的不安卻越來越重，而那不安來自於許鵬。

年長他三歲的許鵬非但未顯老態，反而精神非常好，七十八歲的他已是四世同堂。在飛天的軍中，他享有赫赫的威名，在人們心中，他就是神。而在今年，他的小曾孫出生了，許鵬給他的曾孫取名許正陽。他希望自己的孫子像太陽一樣。但他根本沒有想到，不幸將要落在他的頭上。

炎黃曆一四四一年六月，姬無憂迎來了他七十六歲的生日，他在天京擺宴，名曰：千叟宴。許鵬奉旨回京，但他沒有想到，迎接他的是錦衣衛的大牢。在他被送進大牢時，他實在不明白，自己對姬無憂忠心耿耿，為何卻落到了這般田地！雖然他心中不滿，但是並沒有表現出來，他顯得很平靜。

在此後的一個月裏，許鵬靜靜地等待著他將要面臨的命運，但沒有人來理會他，除了平時與自己交好的黃家子弟，沒有一個人告訴他將會怎樣，而姬無憂也一直沒有出現。

直到一個月後一天的深夜，姬無憂突然出現在他的面前，帶來了一個令他心碎的消息：兩個星期前，他的開元城被四大軍團攻陷，浴火鳳凰軍團全軍覆沒，他的一家老小也已經被秘密押解到天京。

面對著姬無憂那張有些慚愧的面孔，許鵬一切都明白了，他沒有責怪姬無憂，只提出了一個要求：無論如何，給許家留一條根。姬無憂答應了，當天夜裏，許鵬在牢中自殺，享年七十九歲。

次日，飛天傳出消息：開元王許鵬意圖謀反，已被誅殺，許氏一家滿門抄斬，餘下僕人發配邊疆為奴。

炎黃曆一四四一年十二月，在許鵬死後幾個月，姬無憂也突然死亡，史稱昭帝。他的一生和許鵬交織在一起，恩怨也好，友情也罷，讓後世產生頗多聯想。

但是，那曾經威震炎黃大陸的浴火鳳凰，就這樣消失了嗎？

我叫許正陽，我只是一個奴隸，一個微不足道的奴隸，自小在飛天極北大漠深處的一個奴隸營裏，來到這裏的人，都是戰俘、罪犯和一些被牽連的倒楣鬼。

從我記事起，就是跟著叔叔童飛生活在一起，他是我唯一的親人，他教我武功，但從不和我說我的身世。不過，在一次營裏赴大漠行動時，遇上沙暴，從此他再也沒有回來。

悲傷之後，奴隸營中的邵夫子卻把童大叔留下的信和一本兵法謀略交給了我，信中讓我知道我許多年一直困惑的一切。我竟是飛天昔年鳳凰戰神許鵬的曾孫，許家唯一的後人。

這一天之後，邵夫子待我若子，教我讀書識字。雖然我是奴隸，但因爲我向童叔叔學到了一身絕對讓人不敢輕惹的武功，所以在營中，即使是官兵也不敢對我多加辭色。

炎黃曆一四五七年初，飛天皇朝九任帝姬昀駕崩，史稱烈帝。姬昀在位二十二年，在姬無憂在世之時，他表現得中規中矩，但是在姬無憂死後，姬昀開始露出他的本來面目。憑藉著昭帝姬無憂爲他打下的良好基礎，對外不斷擴張，對內橫徵暴斂。寵信小人，濫殺忠良，荒淫無道，短短的十八年間，將昭帝爲他留下的一千五百億金幣揮霍一空。

姬昀死後，他的侄子姬昂即位。就在這一年，夫子的朋友終於通過多種管道，將他介紹給開元城守，即火焰軍團的軍團長高權，高權愛其才，聘請夫子前往開元任參謀。

夫子考慮再三，給高權寫了一封信。信中說，由於自己在漠北多年，授有二徒，十載相處，感情已深，不忍分離。若城守大人開恩，能將劣徒二人一併招去，自己將盡心輔佐大人！

夫子還向高權介紹，自己這兩個徒弟雖然是奴隸，但秉性忠厚、淳樸，自己教育多年，也粗通文墨，且天生神力，若能得城守關照，必將永世不忘，效忠於大人……三日後，開元城正式發來調令：「茲命漠北營文書邵康節即日攜其二徒許正陽、梁興前往開元城守府報到。此調令從即日起生效。」調令上有高權的大印。

夫子接到調令，立刻將我和梁興叫到房中說：「你二人明日就要和我一起起程前往開元，你二人都是孤兒（**梁興的母親梁嬸在三個月前病逝**），離開這裏，你們就要踏上茫茫塵世。我擔心你們以後會反目成仇，今天我要你們在這裏結爲兄弟，立下血誓，終生不背不棄！」

我和梁興對視一眼，同時跪在夫子面前：「我許正陽、梁興今日在夫子面前結爲兄弟，從此相互扶助，不背不棄，如違此誓，將日夜忍受大漠烈日曝曬，風沙襲體！」然後，我們將各自的手掌劃破，緊握在一起。

我們互相對視著，眼中流露出真摯的友誼。夫子看著我們兩人，也欣慰地笑了。

後世稱我們今天的行爲叫：大漠血誓！在以後的五百年裏，這將是炎黃大陸上最高形式的誓言。如果有人違背，人神共棄之！

炎黃曆一四五七年七月一日，十七歲的我和十八歲的梁興跟隨著夫子，離開了我生活了十五年的奴隸營，走了很遠，我停下腳步，回頭遙望已經變成黑點的奴隸營，我知道從這一刻起我所負擔的使命，因爲我是許家的後人，此生註定不能平凡，我會讓鳳凰戰旗高高飄揚在炎黃大陸。

半晌，我扭過頭來，看到夫子和梁興都看著我。我們對視了一眼，什麼都沒有說，互相重重地握了一下手，然後堅定地向開元城走去。

後世是這樣評論這一年的：炎黃曆一四五七年，炎黃大陸發生了兩件改寫歷史的事件。一是飛天皇朝第九任皇帝駕崩，留下了千瘡百孔的帝國。第十任帝姬昂，昏庸無能，於是飛天皇朝走向了衰落……

二是繼曹玄之後，第二個統一炎黃大陸的帝國——太陽帝國的開國皇帝——戰神許正陽和鐵血統帥——赤髮夜叉梁興（梁興有一頭火焰一般的赤髮）。在他們的導師——聖師邵康節的帶領下，離開了漠北，走進了紅塵，這時，他們的身分還只是三個奴隸……

在大漠中行走了兩天，第三天，我們走出了大漠（夫子身體不好，所以行進很慢）。在一片連綿山脈邊，我們遠遠地看到了一座巍峨的城堡依山而建。

開元城，我出生的城市。十五年了，我沒有回來過，今天我回來了，你是我的。總有一天，我要把你奪回來！我要讓這個世上的人都知道：我失去的，我一定會奪回來！

開元城是飛天皇朝的北部邊防要鎮，北面緊鄰明月帝國，地形險要。西面是浩瀚的沙漠，東面是連綿的山脈，如果想要攻入飛天，開元則是必經之路，所以歷代飛天帝王必派重兵名將駐守。特別是自炎黃曆一三九六年，許鵬駐守開元，四十餘年苦心經營，利用險要地形，四周建土門、保安、金明等三十六寨，相互依托。

而北面的金明寨，更是重要。它背依開元，面對升平大草原，被飛天稱之爲「北大門」。自從明月稱臣，兩國經常有商隊來往，由於多年的和平，今天的開元，除了是飛天的軍事重鎮外，還是兩國的貿易樞紐，長年商賈雲集，人口也隨之暴增。而今駐守在開元的高權，也是帝國的名將，被稱爲自許鵬之後的飛天之柱，而他自己因爲統領火焰軍團，常常稱自己爲「火焰戰神」。

自兩年前我和梁興隨夫子來到開元，高權對夫子倒真是敬若上賓，並委以參謀之職，協助他管理開元政務。

而我和梁興，夫子以我二人年齡尚幼，應多多磨練爲由，讓我們進入了軍隊。梁興去了輕騎營，當了一名馬伕，而我則選擇了軍械營。我戲稱梁興爲「弼馬瘟」，而梁興則還我一個「打鐵匠」的綽號，這兩個綽號在我們之間存在了一生。

其實，我之所以選擇軍械營，是因爲在那裏有很多帝國一流的工匠，他們幫助軍隊打造武器，而火焰軍團的武器在帝國四大軍團中，可以說是最好的。這也就是說，全帝國最好的工匠一定可以在那裏找到。我和梁興都是修習修羅斬，按照曾祖在筆記中所講，我們必須打造我們自己的兵器。

兩年來，我在軍械營內刻意討好我的長官。站崗放哨我搶著做，節假日我也搶著值班，發軍餉的時候，我從不計較我拿多少。拿到錢，我經常請我的長官和同僚吃飯。我利用一切機會去接近那些工匠，向他們學習打造的技術，有時還裝模作樣地打兩下鐵。兩年下來，我的打造技術已經青出於藍，成爲最好的工匠。但是在我刻意隱瞞之下，沒有人知道。

營內所有的人都很喜歡我，大家都知道我是夫子的徒弟，而夫子目前則是高元帥眼前的紅人。天曉得什麼時候我就飛黃騰達了，更何況，我這麼善解人意……除此之外，他們只知道我天生神力，並不知道我修煉武功的事。

有閒暇時，我就會跑到馬場去看梁興。我可以向他學習騎射，兩年下來，我已經可以降伏馬場內最烈的馬，還可以射中隨風擺動的柳枝。有時，我會和梁興跑到大漠深處練習武功，我們現在是軍人，可不是奴隸，更何況，我們的師傅是元帥的參謀，我們當然可以隨意進出開元城了。

三個月前，我終於將我的清虛心法練至第四層——太素境。我的真氣已經凝實成丹，也就是道家所講的大羅金丹。所以即使我不運功，大羅金丹也會自動運轉，吸取天地精華，化爲真氣。至此，我的真氣可以生生不息。

有一次，我曾將真氣融入天地之中，將大漠中的一座沙山劈出了一個大坑，從那以後，我再也不敢隨意使用真氣了。

當然，這要感謝童大叔從小爲我打好的基礎和那次沙塵暴。雖然它讓我失去了我的至親，卻也讓我領悟了天地至理，還改造了我的經脈。由於我的真氣是由天地而來，所以，我將清虛心法更名爲：噬天訣！我的真氣就叫：噬天真氣！

雖然在內心中對奴隸營有種痛恨，不過有時候，我真的有點懷念那裏，懷念童大叔。

大約一個月前，軍械營內來了一批原料，那天正好是假日，營內只有我一個人値班，在我清點原料時，發現在這批原料中，竟然有五百公斤的北海一千五百米以下才會有的玄鐵。這種玄鐵秉性陰寒，如果製成兵器，以我的內力將寒氣逼出，可以將方圓五十米內的人凍僵。不知道高權從哪裡搞來這種好東西，既然讓我碰到，對不起，見者有份。我大筆一揮，五百公斤變成了五百斤。

接下來，我請了一個月的假，當兵兩年，我從沒有請過假，再加上我人緣非常好，所以沒有費什麼事就批了下來。一年前，我在大子家的後院內蓋了一座打鐵爐，現在正好可以派上用場。

我又讓梁興也請了假，因爲煉化玄鐵，必須要很高的溫度，普通人根本無法忍受。更何況在打造時，爐溫要保持恆溫，這就需要有內力深厚之人來加持，而我因爲需要打造，所以這加持的事情就要由梁老大來做，雖然他的內力沒有我深厚，但出於三年來修習噬天訣，他也達到了太初境，內力較之常人深厚許多。

而且這加持的過程本身也是一種修行，需要以內力保持火爐的溫度。這會使內力損失頗爲嚴重，但卻是一種難得的修煉。更何況他練的也是修羅斬，我還要爲他打造兵器，算算還是他沾光！

整整用了一個月的時間，我終於打造完了兵刃。在這個月裏，我和梁興廢寢忘食地打造屬於我們自己的兵刃，我不能完全依照曾祖留給我的圖樣來做，因爲在沒有足夠的實力之前，我不能讓任何人知道我和許家的關係。更何況，我現在的修羅斬已經不同於家傳的修羅斬，所以，我只能按照曾祖的理論來創造我的兵刃。

槍名噬天（梁興的槍與我的一樣，只是名叫飛翼），長兩百五十公分，重一百斤，槍刃長一米。槍頭二十公分，槍頭底部兩邊多出兩把長八十公分像翅膀一樣的燕翅薄刃，燕翅中空，可以用來鎖住敵人的兵器，槍頭上還有一孔，在向前刺擊時，燕翅可以加快速度，槍頭的孔在內力的催動下，可發出怪嘯擾人心神，既可刺擊，又可劈斬。槍刃下有一圓形小護盾，用以保護持槍人的手臂，槍柄長一百五十公分，鵝蛋粗細；刀爲雙刀，名誅神（梁興的是單手巨劍，重八十斤，名曰裂空）。單個二十五斤，長一米，刃長八十公分，柄長二十公分，雙刀柄部可連接。另外，我還打造了五十把旋天鍘，每把一斤，新月形……

累了一個月，我和梁興決定去街上走走，吃頓好的，補補身體，順便慶祝一下我們的神兵誕生。

我們來到開元酒樓，這座酒樓位於開元城主道旁邊，飯菜還不錯。價錢嘛，也不貴，我時常請我們營中的人來吃飯，所以和這裏的老闆很熟。我們找了一張挨著臨街窗口的桌子坐下，要了我們平日最喜歡的飯菜，甩開腮幫子一頓海吃。

爽！一個月都沒這麼爽過了！飯後，我們坐在桌旁閒聊，突然聽到窗外一陣騷亂，探頭向外一看，原來在酒樓對面，幾個家將模樣的人揪扯著一個姑娘，旁邊有一個騎在高頭大馬上的年輕人趾高氣揚地吆喝著。

奇怪，開元城的治安很好，在這裏，兩年來從來沒有發生過強搶民女的事情，這麼半天了，怎麼沒有巡邏隊來？如果在平日，我和梁興絕對不會插手這件事情，畢竟這是一個弱肉強食的世界，誰又有能力將這個世界上不平之事管個徹底？可是今天不行，因為我們都喝了酒，在酒精的刺激下，往日裏的理智蕩然無存。

他奶奶的，平時也沒有什麼狀況讓我們搞一搞英雄救美，今天說什麼也要露一露臉！我和梁興對視一眼，然後很有默契地同時大喝：

「住手，光天化日之下竟敢強搶民女，簡直就是目無王法！」

我們很威武地從樓上縱身跳下，衝到那群人面前，沒等那些人開口，梁興已經撲向他們。以梁興的身手，即使不用武功內力，單是他的神力，就足以放翻那幫傢伙，於是，我看到的是一頭猛虎在一群綿羊中發威。

大哥既然動手了，我這做兄弟的怎能袖手旁觀？二話不說，我一步躥到剛才還趾高氣揚的年輕人的馬前，一把把他揪下來，上去先給他添了兩個熊貓眼。

「你，你竟敢打我，我爹是欽差大臣，德親王，我要讓我爹抄你全家。……」那青年手指著我，高聲叫嚷道。雖然他的聲音高亢，卻無法掩飾他心中的怯意。

「×你個老母，還威脅我！」這傢伙如果向我求饒，讓我過過大俠的癮，我也就饒過他了。他敢威脅我，我飛起一腳將他踢飛，他落在兩米外的地方，半天一動不動。

這時，梁興神清氣爽地過來，「怎麼樣？兄弟！」

「他老母的，他還敢威脅我，說什麼東東欽差大臣，什麼親王。」等等，他說他是親王的兒子，我的酒一下醒了，「死人了！」這時，不知是誰喊了一句，所有的人立刻驚慌起來。

那個傢伙真衰，落下來的時候，腦袋正好砸在路邊的石頭上，死了，這回，我可真的傻了。

「兩位英雄，你們還不趕快走！」一個好心的路人提醒我。

「多謝這位老兄……」梁興忙還禮答謝。

謝你個老母！還不趕快跑！我拉起梁興就走，也不顧驚世駭俗了，使用輕身術，眨眼就消失了。必須馬上找到夫子，請他定奪！

「讓你個王八蛋做好人，一做好人就倒楣！」我一邊跑，一邊暗罵自己。當務之急就是要先找到夫子，請他拿個主意。我們在城守府找到邵夫子，我二話不說拉起他就走。

回到家中，我把發生的事告訴了夫子，夫子一聽，眉頭皺成了個川字。他來回在屋中踱步，大約一盞茶的工夫，夫子抬起頭：

「阿興，趁現在還沒事發，你立刻去馬場，牽三匹馬，在城北外的樹林等我們。」

梁興這時的酒也醒了，拿起兵刃就走，「大哥，也帶上我的噬天。」我將我的槍遞給梁興，梁興接過來扭頭就走。

「阿陽！」

我扭過頭看著夫子，「飛天我們是待不下去了，收拾一下，我們去明月。」頓了一下，夫子又說：「阿陽，看到了吧，這就是衝動的代價，做大事，要時刻牢記冷靜二字。」

我撲通一聲跪下：「對不起，夫子！」

「好了，快收拾一下，我們走！」

我拿好誅神，帶好旋天鐲，夫子準備了一些水、乾糧和金幣，還有換洗的衣服，紮成包裹揹在身上。

我們剛走到門口，就聽見外面一片嘈雜，透過門縫，我看見門外很多士兵，點著火把。從著裝上看，是城守的禁衛軍，黑壓壓一片，看不清有多少人，我倒吸了一口冷氣，「怎麼辦？夫子。」

夫子臉上一片平靜，他撫摩著我的頭，「該來的終究要來，這也許是你的宿命！既然事到臨頭，阿陽，不必再隱藏什麼了，去展現你的力量吧！」

我明白了，十八年的苦修，就在今天。我將夫子綁在我身上，既然這是我的宿命，就讓我來坦然面對吧！既然你們要殺戮，我就給你們殺戮。既然你們要血腥，我就給你們血腥！今天，我遇佛殺佛，遇神殺神！

我扭頭對夫子說：「抱緊我！夫子，讓我們殺出一條血路！」

夫子摟著我，臉上沒有絲毫的怯意，眼中充滿了對我的關愛和信任。

我雙手拿定誅神，將旋天鐧置於胸前，抬頭深深吸了一口氣，賊老天，來吧！我準備好了！

許多年後，有人問我，在我一生中，哪一戰印象最深，我想了一下，告訴他，在我一生中大小上千戰，但印象最深的莫過於我的初戰：開元城血戰。那或許不是我面臨過最危險的一戰，但是在那一次，我失去了我一生中第二個至親。……

門被撞開了，在燈火之下，在一群親兵的簇擁下，一個偏將模樣的人走進了院內，我不認識他，在開元的將領我大半見過。這時，夫子在我背後輕輕地提醒，原來這個人是德親王府中的家將。我暗中提勁，我可以感覺到掌心的潮濕，這畢竟是我的初戰，雖然我對自己多年的修煉很有信心，但是在那一刻，我還是有些緊張。

「果然在這裏，許正陽，你好大的膽子！殺了德親王的兒子，竟然還敢留在這裏，放下你的刀隨我向親王請罪，或許還可留個全屍，如若不然，必將你碎屍萬段！」

夫子也許感受到了我的緊張，他趴在我背上，在我耳邊輕輕地說：

「阿陽，別緊張，冷靜，記得嗎？別忘了，你是戰神的後代，就把今天的場面當成你平日裏的修煉……」

我深深地吸了一口氣，開元的夜真冷啊！我的心進入了空靈的境界，身外的嘈雜聲瞬間無影無蹤，我可以清晰地感受到方圓二十丈內的一草一木，除了眼前的這一百多個人，外面沒有伏兵。

我在心裏冷笑，如果高權他們現在將禁衛營的人都派出來，或許明年的今天，就是我的祭日。而當我衝出眼前這些人的包圍，即使他們將整個禁衛營的人再派出，我也不會感到恐慌了，高權，你們太小瞧我了！這將是你們犯下的最失敗的錯誤！

「好，你們過來吧。」我的話語中不帶任何的感情，像是一個置身於事外的人。

那偏將一揮手，兩個禁衛營的侍衛向我走來，在他們的印象中，我只是一個空有神力的蠻夫。

當他們就要走到我的身邊，我突然啓動，雙刀在空中劃出一道詭異的弧線，身體突然消失了，當我再次出現在他們的視線中時，我已經是在那兩個侍衛的身後，雙刀戟指那個偏將，「下一個就是你。」

我的話音才落，「砰」「砰」兩聲，兩個侍衛的身體像兩具沒有生命的木頭栽倒在地上，兩人的脖頸噴出血霧。四周突然一片沉寂！殺一個是殺，殺一萬個也是殺，我心一橫，閃身衝向人群，在他們還沒有清醒過來時，我已經來到那偏將的身前。

在燈火下，他看到我那張帶著詭異笑容的黑臉，我說：「謝謝你！爲我的誅神帶來了第一批祭品。」他只覺得腰間一疼，然後看到他的身體自腰以下的部分離自己越來越遠，他已經被我削成兩段。

當我衝出門口，這時侍衛們才清醒過來，他們叫喊著揮動著兵器向我撲來。這裏除了我背後的夫子，我沒有任何顧忌，揮動誅神殺將起來，我只聽到一聲聲的慘叫，看到一個個身體倒下。

在我內力的催動之下，刀中的陰寒被逼出刀外，只要接近我身邊的人，都被我刀中的寒氣凍得發抖，哪裡還有什麼能力來還擊。這完全沒有什麼樂趣，只是一場單方面的屠殺，我所要做的只是揮刀斬殺，就像一個屠夫，冷血的屠夫。……

不知是誰先開始逃跑，禁衛軍很快潰敗了。我揹著夫子迅速向城北跑去，對我們來說，時間是最寶貴的，我們必須趕在北門關閉之前衝出城去。

一路上，我們沒有遇到什麼阻礙，很快的，我們來到城北，還好，城門還沒關閉，衝出去！我沒有猶豫，還有十米就要到城門了，勝利就在眼前，我心中一陣狂喜。

突然眼前一亮，在城門處閃出一隊軍馬擋住了我們的去路，而身後，不知何時湧出了很多的人馬，燈籠火把將城門口照得一片通亮。

「城守禁衛軍先鋒營！」我倒吸一口涼氣，眼前的先鋒營是開元最剽悍的部隊，平日裏只是駐紮在城外，沒想到高權把他們給派出來，在燈火之下，我看到爲首兩人，其中一人正是高權，另一人我不認識。

「邵先生，我平日裏對你不薄，我知道今日之事與你無關，今日所爲只爲許正陽、梁興二人，望邵先生三思，馬上離開，切莫一錯再錯！」說完，高權又對我說：「阿陽，好本事，我只知你與梁興天生神力，未曾想你的功夫也這麼出色，我勸你趕快放下兵器受綁。念你一身好本領，我自會向德親王求情，饒你不死，爲國效力！」

「高元帥，邵康節非常感謝你自奴隸營中將我救出，而且自我來到開元後，元帥對我敬如上賓，我不勝感激。然而在十二年前，我被發配至奴隸營，在剛開始時，每日遭人毒打，任人侮辱，嘗盡世間辛酸。是阿陽將我救下，給我包紮，還找來食物。我之所以能在奴隸營活到今天，全賴阿陽照顧，從那時起，我就發誓我將以此生爲報，不背不棄……」

我剛要開口，夫子在我背上輕輕地拍了拍，示意我不要講話，他緩緩地開口道：「我邵康節沒有子嗣，阿陽就像我的兒子一樣，我決不會棄我的兒子於不顧！高元帥，你對邵某之恩，邵某只有來生再報了！」

聽完夫子的話，我心中湧現一道暖流，沒有了童大叔，我還有夫子。上天待我不薄，爲了夫子，我今天誓將殺出一條血路……

「不要再和這兩個賤奴講了，高元帥，趕快將這兩個賤奴抓住，我要將他們千刀萬剮，以洩我喪子之恨！」高權身邊的那人有些不耐煩了，他就是德親王。

我不想再講什麼廢話了，閃身向城門衝去。

高權嘆了一口氣，無奈一揮手，先鋒營迅速將我包圍，我揮動雙刀，運氣護住全身，霎時間，開元城門血肉橫飛。我一催真氣，誅神的刀頭刹時長出兩道五十公分長，宛若有形的刀芒，所到之處，數十人肢體橫飛，沒有人可以抵擋。

「刀氣！」在我運氣將刀芒逼出時，在旁觀看的高權失聲叫了出來。要知道，沒有一甲子的

功力，是不可能使出刀芒的。不要說在飛天，就是在整個炎黃大陸上，能用刀芒的不過寥寥數十

人，能將刀芒逼出五十公分，恐怕只有在天榜中的幾人能做到而已。

就在這時，我已經感到有些不耐煩，短短的十米，我卻衝殺了半天還沒殺到。先鋒營不愧是

火焰軍團的精銳，簡直是悍不畏死，一個人倒下，又有幾個人補上，這樣下去，何時才能衝出！

我雙刀一併，以身體爲中心，迅速旋轉，「七漩同斬！」這是我在打造誅神時爲配合它而創

造的招式。霎時間，在我的四周形成了一個直徑爲十米的漩渦，在漩渦之中的人和物瞬間支離破

碎，漩渦所過之處，留下的只是殘肢斷體。

我周圍的人迅速散開，那是一個死亡的漩渦！就在我到達城門之時，我身後淩空飛來一人，

手持大刀，狠狠地向我劈來。無奈何，我只好轉身揮刀迎上，一聲巨響之後，大刀被我渾厚的內

力震碎，那人一聲慘叫，口吐鮮血，身體向後飛去。……

高權！正因爲高權這一擊，原本散開的士兵又迅速將我包圍，我又一次陷入苦戰。……

# 第二章　狂性初露

我一次又一次使用「七漩同斬」，在我的身邊，已經堆滿了殘缺不全的屍體，但先鋒營的士兵還是像螞蟻一樣向我湧來。我的腦海裏一片空白，只有一個字：殺！

此刻的我，就像一個從地獄而來的嗜血修羅，揮舞著誅神不斷地吞噬著生命。漸漸的，我身邊的士兵眼中出現了恐懼，就在此刻，城門口士兵的身後突然一陣騷亂，一個熟悉的聲音在我耳邊響起，「阿陽，夫子，別害怕，我來了！」

原本已經沒有士氣的士兵，像波浪一樣向兩邊閃開，從城門外殺進一人三騎，當先那人，一頭火紅赤髮，掌中一把奇形大槍，胯下一匹棗紅馬，只見他掄起奇形大槍，上下翻飛，如殺神一般，大槍過處，殺兩旁的人如割稻草。

梁興，我的老哥，你終於來了！一眨眼的工夫，梁興已經殺到面前，我二話不說，抓住梁興身後的馬匹韁繩，翻身上馬，將誅神放在兩側，抓起馬鞍上的噬天，然後扭頭看看趴在我身後的夫子。

夫子這時的臉色已經煞白，畢竟是一個文士，恐怕夫子一生都沒有見過如此血腥的場面！梁興一邊阻敵，一邊問我：「夫子，阿陽，你們沒事吧！」

我破口大罵：「你個混蛋王八蛋，現在才來，回頭再找你算賬！」說完我一提韁繩，一擺大槍，大喊一聲：「閃！」我當前，梁興斷後，向城外衝去。

先鋒營的士兵原本就已經被我殺寒了心，無心再戰，現在又殺出梁興這麼一個殺神，更是士氣低落，所以沒費什麼事，我們就殺出重圍，來到城外。

這時，突然聽到一個公鴨嗓子喊道：「放箭，放箭！」我扭頭一看，城牆上突然出現一隊弓箭手，一聲梆子響，箭矢如雨點般向我們襲來，我和梁興連忙舞動兵器，撥打雕翎，同時催動戰馬迅速向遠處逸去。身後留下了暴跳如雷的德親王、奄奄一息的高權和遍地屍體的狼藉。

「夫子，我們衝出來了！」已經將開元城遠遠拋在身後，我高興地說。

夫子沒有回應，「夫子，夫子！」我感覺不對，連忙勒住韁繩，叫住梁興，翻身下馬，解開綳帶，轉身扶住夫子，夫子臉色蒼白，一臉痛苦狀，嘴唇沒有一點血色。

我連忙抱住夫子，夫子身後好像有什麼東西，我一看，不禁大驚失色，在夫子的後心上，插著一支雕翎箭，血已經濕透了夫子的後襟。

「夫子！夫子！」我大喊。

夫子緩緩的睜開眼，他張了張嘴，想向我說什麼，但還是沒有說出口。臉上一片平靜，他伸出手，輕輕地撫摸著我的頭，眼中依舊是帶著關愛，還有一絲憂慮，好像在問我有沒有受傷。

「夫子，我沒事！」我在夫子的耳邊輕輕地說。

夫子放心了，他的眼中充滿了慈愛，就像一個父親看著自己的孩子。「阿，阿陽，以，以後你，你，你自己保重了！去明月東京，找，找……」夫子的話沒有說完，頭一歪，在我頭上的手無力地垂了下來。

「夫子！」我喊道，夫子沒有回應，夫子永遠也不會再給我回應了。

在那一刻，夫子和我十二年來的點點滴滴瞬間湧上我的心頭。如果說童大叔是我的嚴師，那夫子就是我的慈父，十二年來，夫子用他的愛默默地伴隨著我成長，在草屋內給我講解《尚書》和天下的大事，在夜空中和我吟詩唱和，在我高興的時候陪我一起高興，在我悲傷時，是他默默撫慰我的心靈。我沒有父親，可是十二年來，夫子和童大叔一樣，就像是我的父親，給我愛，給我關懷。

可現在童大叔走了，夫子也離我而去，我感到一種撕心裂肺的疼痛，眼淚像開閘的洪水一樣無聲無息地流淌下來。我懷抱著夫子，在那一刻，天地之間充滿了我的悲哀，在這世間我再無親人，我已生無可戀。

漸漸的，我的眼淚流乾了，流出來的，是血……

遠方傳來陣陣戰馬的嘶叫，追兵離我們越來越近。我感覺有一隻手放在我的肩上，我抬起頭，是梁興，他的臉上也佈滿淚痕。

「阿陽，你想怎麼做？不論怎樣，我都會支持你！」

「我要他們為夫子陪葬！」我遙指遠方越來越近的追兵，冷冷地說道。此刻，我心中充滿了一股難以形容的殺意，而且，這種殺意還在不斷的膨脹中，「之後，我們從三川口入山，越過十萬大山進入明月。」

「那我們還等什麼！」梁興的話語中不帶半點的感情，緩緩地說道。

我抱起夫子，再一次將他綁在我的背上，將他的兩手繫在我的頸前，翻身上馬，提起噬天，扭頭看看夫子靠在我肩頭的臉，夫子的臉上一片安詳，就好像睡著了。

我又看看梁興，恰巧他也在看我，什麼也沒說，他伸出右手，兩隻手堅定的握在一起，我胸中燃起了熊熊的復仇之火。三人兩騎靜靜地立於空曠的草原，一種可以籠罩蒼穹的無窮殺意從我們的身上散發出來。

追兵漸漸地來到了我們面前，他們看到在他們面前，兩人持槍立於天地之間，渾身是血，殺氣騰騰，就像兩尊魔神，他們呆住了！

「夫子，睜開眼睛看呀，這些人就是你的祭品！」我輕輕地對伏在我身後的夫子說。

端起槍，催馬向敵軍殺去，此刻，我心中充滿悲憤，世間再無留戀，所以我一往無前，在我刺出的那瞬間，我的心中一片空明，我瞬間刺出四百餘槍，所有的目標對準我前方的追兵，第一槍之力未消，第二槍之力又到，連綿不絕，最後，所有的力量融於一槍，夾雜著我雄渾的內力，鋪天蓋地湧來，天地刹時爲之變色，天地之間充斥著我的悲憤。

這一擊，似乎要將天地吞噬，噬天似乎在此時也感受到了我心中的悲憤，發出刺耳的怪嘯，離我最近的五百餘騎突然間像踩上了炸藥，連人帶馬，支離破碎，揚起漫天的血霧。

修羅三絕式第二式：噬天一擊！我從胸前的兜囊裏拿出五把「旋天鍘」，揮手扔出，天空中出現了五隻明亮的彎月，飛向人群中。

在追兵還沒有從我第一擊巨大的威力中清醒過來，我和梁興已經衝進人群。噬天和飛翼在歡快地叫喊著，霎時間，一片血肉橫飛的景象。五支旋天鍘在我內力的控制下，就像五隻惡魔的眼睛，在人群中橫衝直撞，每一次碰撞，就會帶走一條生命。

「修羅！夜叉！」不知是誰喊了出來，但很快就被噬天和飛翼的怪嘯聲淹沒。

那一夜，開元的居民失眠了，他們聽到從大草原傳來陣陣怪嘯，他們稱為：惡魔的歌聲！

當第二批追兵趕來時，在他們的眼前，是一個人間地獄，到處是殘肢斷體，血流成河。據打掃戰場的人講，滿地都是殘缺不全的肢體，更多的是一團血肉，連具完整的屍體都沒有，很多人當場就嘔吐了起來。講到這裏，那人眼中充滿了恐懼。

經此一仗，嗜血修羅——許正陽，赤髮夜叉——梁興的名字，在炎黃大陸迅速流傳開來。

有人稱此役為升平慘案。後世記載：炎黃曆一四五九年九月十日，聖皇許正陽與統帥梁興血戰升平大草原，二人共斬殺飛天帝國火焰軍團禁衛軍先鋒營七百餘人，輕騎營兩千人全軍覆沒，偏將二十五人，萬騎長十一人，千騎長十六人，千夫長十五人，萬夫長八人，重傷軍團統帥高權，高權在床榻之上整整休息了兩年後，被調回京師！

但是在此役中，聖皇的恩師，有聖師之譽的邵康節遇難，享年五十二歲，聖師才華橫溢，但命中多難，始終懷才不遇。

他的死對聖皇的影響有多大，我們無法估計，有人曾經說過：如果聖師還在世的話，也許將會避免那一連串的血腥，如果說聖皇和魔師是兩把利劍，而聖師無疑就是這兩把利劍的劍鞘！

在聖皇的一生中，始終如一保持著對為人師表者的尊敬！在他建立自己的王國後，將每年的九月十日定為敬師日。

對於邵康節，後世有詩贊曰：

身懷平蠻策，胸藏百萬兵。
只恨未逢時，辛苦做園丁。

又有詩曰：

兩袖攏天地，腹中有乾坤。
千年一人傑，聖師邵康節！

…………

自從兩個星期前，我和梁興在升平大草原上大開殺戒之後，我們就迅速離開了戰場，自三川口進入了十萬大山。入山後，我們改道向北行進，可是在走了一個星期後，我發現我們面臨著一個非常麻煩的問題，我們迷路了。

十萬大山連綿不絕，道路錯綜複雜，簡直就是一個天然的迷宮。而且山路崎嶇不平，到處雜草叢生，馬匹根本無法行走，不得已，我們拋棄了坐騎，改為步行。梁興幾次勸我將夫子的屍體掩埋，可是我一是不忍，二是害怕山中的野獸侵犯，所以一直沒有掩埋。

我們在山中漫無目的地行走了大約十天。一日，我們行至一個山谷，梁興建議我們休息一下，於是我們在一條小溪旁停下，我守護著夫子的屍體，梁興去尋找食物。我將夫子的臉用溪水洗乾淨，十多天了，屍體已經有一些腐爛，必須儘快找一個地方將夫子掩埋。

我坐在溪旁，呆呆地想著心事。突然，我聽到一聲吼叫，像是野獸瀕臨死亡的吼叫，我急忙起身，將夫子的屍體藏好，然後沿著聲音傳來的方向走去。

大約走了有兩公里，遠遠的，我看見有兩獸在搏鬥。走近觀瞧，是一隻兇猛的雄獅在和一隻山豹打鬥。那山豹已經是遍體鱗傷，不時發出絕望的叫聲，那雄獅則顯得游刃有餘，移動之間暗含招數，似乎是有人調教過的。而在場邊，還立有一頭雄獅，個頭壯碩，高約一百四十公分，體形巨大，毛色火紅，一看就知道不是普通的獅子。牠看見我以後，仰天吼叫了一聲，似乎是在催促場中的獅子儘快結束戰鬥，瞬時群山回應，吼聲震天。

果然另一頭獅子加快了速度，僅僅兩個回合，就將那山豹斃於嘴下。然後轉身來到那隻獅子身旁，嘴裏不時發出陣陣低吼，我不由得暗中戒備，運轉噬天訣，遙遙鎖住兩頭獅子的氣機。

怪事發生了，就在我運轉真氣，全神戒備之時，那兩頭獅子似乎突然對我放棄了敵意，仰天一聲大吼，聲音中充滿了喜悅，然後猛地撲到我的面前，匍匐在地，伸出舌頭舔著我的腳面。

對於這突來的變化，我不禁一愣。「你們是不是要和我交朋友？」說完，我自己不由得笑了出來，畜生那能聽懂我的話呢？我不由得暗罵自己笨。

哪曉得那獅子似乎聽懂了我的話，連連點頭。我收回氣機，伸手撫摩著那獅子碩大的頭顱，牠們似乎也非常享受我的撫摩，像兩隻小貓一樣爬到我的面前。

「阿陽！」我聽見有人叫我的名字，是梁興，他打完獵回來，卻發現我已經不見了，連夫子的屍體也不見了，當下不由得慌了。雖然他清楚我的身手，但是他一直害怕由於夫子的去世，我會想不開，於是就大叫了起來。

「我在這裏！」我提氣回應梁興，只一眨眼的工夫，梁興的身影出現在我的視線裏，兩頭獅子似乎覺察到有人來到，連忙起身，警覺地看著來人。

「那是我的大哥，別擔心！」我撫摩著獅子的頭，安慰道。

梁興來到我的面前，卻發現我和兩頭兇猛的獅子在一起，不由得一陣緊張，連忙提氣戒備，「別緊張，大哥。這是我新交的兩個朋友，」我笑著和梁興說，「去，和我大哥打個招呼！」我對身邊的獅子說。

那兩頭獅子慢悠悠地來到梁興身旁，圍著他轉了兩圈，再一次興奮地吼叫了一聲，而後溫順地伏在他的身邊，我心中不由一陣驚奇。

趁著梁興和那兩頭獅子玩耍，我將夫子的屍體揹了過來，我對那頭體形較大的獅子說：「我們今晚還沒有住的地方，你能不能借你的家讓我們住一下？」

牠連連點頭，然後衝另外一頭獅子吼了一聲，掉頭逕自走了，我急忙和梁興打了個招呼，跟著獅子走去。

也不記得拐了幾個彎，我們來到一個山洞面前，兩頭獅子向洞裏吼了一聲，然後示意我們進去。我心裏很奇怪，洞中一片漆黑，一股陰寒的風迎面吹來，遠遠的看見有一點光亮，順著那點光亮，我和梁興向前走去。

在山洞的盡頭，是一片空曠的場地，洞頂掛著一個雞蛋大的夜明珠，閃爍著柔和的光芒。正中央是一個石床，床上盤坐著一個清瘦的老人，看情形已經死去多時，身上的衣服已經破爛不堪，但不知什麼原因，屍體保存得完好如初，身前擺放著一個木盒，可能是留給後來人的。

我急忙走過去，打開木盒，只見木盒最上方擺著一封信，信下面是兩本小冊子和一份地圖，我打開信，就著柔和的光線讀了起來：

「我不知道你是誰，是怎麼通過護洞的烈火獅進來的，但你能來到這裏，就說明你我有緣，既然如此，就請收下我的禮物。

我叫方浩天，師從安西亢龍山金龍洞少陵真人，因為亢龍山的蛇蟲很多，所以很多人叫我蛇魔道人。我師門講究清靜無為，與世無爭，故我一生甚少與人交手。只是有一次，我在雲遊途中，無意發現一處道觀藏汙納垢，我一氣之下，屠殺了整個道觀的人。哪曾想這道觀的後臺是崑崙山清虛觀，於是他們動用整個崑崙派的人馬找我復仇，甚至找來當時排名在天榜之中的崑崙三道。

我在多次忍讓之後，終於忍無可忍，一怒之下殺上崑崙，挑戰整個崑崙派，並將崑崙三道重傷，而後飄然離去！於是，江湖中人只知道我喜怒無常，殘忍好殺，卻不知這箇中許多的原由。

我一生孤獨，沒有什麼好友，唯一生平摯友就是飛天皇朝的許鵬。只是許鵬為人過於耿直，不知隱藏鋒芒，對朋友過於相信，不懂得去防範他人。在他曾孫滿月之時，我曾將我的至寶清虛心經送與其曾孫，言明在其十歲時收其為徒，之後我就雲遊四海。沒想到一年後，我卻聽到他滿門被抄斬，於是我是心灰意冷，產生遁世之念。

五年前，我與人拼鬥，那是我一生中最為險惡的一次拼鬥，我與那人激戰三天，最終雙方平手告終。和那人分手後，我來到至此，見此處偏僻，不由得產生隱居之念，我無意中覓得此地，發現此洞乃集天地之陰寒，對我的修煉極有幫助，於是就在此地定居，同時，我還收養了兩頭烈火獅，此獅生性暴烈，力大無窮，一旦降伏，將終其一生效忠主人。我以真氣改造二獅身體，使其成為鋼筋鐵骨，普通刀槍難傷牠半分，並教授其搏擊之術，其樂自是無窮。

三月前，我靜坐之時，突然感知大限將至，我沒有徒弟，只有兩個小師弟。當我離開亢龍山時，年紀尚小，未能盡得真傳，為使師門絕學不能自我失傳，故將我畢生絕學清虛心經和七旋斬收錄成冊，望有緣人得後能送還亢龍山，交給我的師弟，方某感激不盡！

炎黃曆一千四百五十五年正月」

原來他就是蛇魔道人，我從沒有見過面的師傅。我突然明白那兩頭烈火獅爲什麼對我們這麼和善，原來是由於我和梁興都修習過清虛心經的關係，牠們感受到了和師傅同樣的氣機，所以認我們爲主。

我打開那兩冊書，清虛心經我早已修習過，沒什麼稀奇，倒是那七旋斬，如果用於誅神，真是天作之合。而且，那份地圖清楚地標明了我們現在的位置和如何走出大山的路徑。

當夜，我和梁興將大子和師傅的屍骨埋好，這裏十分陰寒，可以將屍體保存得很好，而且普通的動物根本無法抵擋這裏的寒氣，屍首埋在這裏會很安全。

把一切處理好，已是深夜了，我和梁興再一次來到洞口，發現那兩頭烈火獅仍然靜靜地趴在洞口，聽到我們的腳步聲，牠們立刻站立了起來，警覺地盯著洞內，看到是我們，牠們歡快地跑過來。我心裏真是愛煞了這兩頭神獸。

第二天，我和梁興商量，決定留在這裏休整幾日，將七旋斬練好，然後再前往明月。

我仔細研究過七旋斬，發現它與我修煉的修羅斬很相似，所以並不是太難。於是，我們就在這裏住了下來，每天我除了和梁興一起學習七旋斬外，剩下的時間，我就以調教烈火獅為樂。我要將牠們訓練成一流的坐騎，騎著牠爭霸天下。我給牠們起了個名字，大的那頭叫烈焰，小的叫飛紅。每天我都要跑到內洞，坐在夫子和師傅的墳前，和他們聊聊天，說說心裏話。

當然，我還將我的身世告訴了梁興，聽完之後，他沒有什麼反應，因為在他心裏，不管我是誰，我就是許正陽，他的兄弟，他在這世上唯一的親人。

轉眼間，一個月很快過去了，我們已經將七旋斬練熟。離開的時刻到了！

深夜中，我獨坐在洞口，身邊兩頭烈火獅匍匐在我的身邊，抬頭看著皎潔的明月，還有陣陣的山風吹來，我下意識地將身上的衣服緊了緊。這些日子，我一直在思考著夫子去前的話語：去明月東京，找……找……找誰呢？夫子沒有將話說完，而且夫子曾經告訴過我，曾祖的死並不是那麼簡單，他說當我力量成熟的時候，會告訴我。但是現在……

我心中一陣迷茫，今後的道路應該何去何從？我沒有半點的主意。不過東京是一定要去的，可是茫茫東京，我一個人都不認識，找一個連名字、長相都不知道的人，是不是大海撈針？我抬頭看著天空的明月，一時間千頭萬緒，卻不知道從哪裡找到突破口。

身後傳來輕微的腳步聲。我沒有回頭，我知道那是梁興。

「大哥，還沒有睡？」

「睡不著，出來走走！」梁興來到我的身邊坐下，輕輕地回答。沉默了一會兒，他開口道：「夫子去前曾讓我們去東京，但是卻沒有告訴我們找誰。我現在一頭霧水，不知道該如何是好？」

「阿陽，你在想什麼？」

沉默了好一會兒，梁興緩緩地開口：「阿陽，我想我們還不能立刻去東京！」

「爲什麼？」我吃了一驚，扭頭看著梁興。

「如今我們剛在開元闖下大禍，飛天一定震怒無比，發出通緝令。明月是飛天的臣屬國，也一定會接到通知，即使他們不想，也會遵從飛天的命令！所以，此刻明月也一定要抓拿我們，我們貿然去了東京，一定會有麻煩！所以，我建議我們還是先避一下風頭，找到一個落腳點，再做長久打算！」

我笑了，看著梁興，心中好生高興。梁興看似憨直，卻生有一顆玲瓏心，這個事情我都沒有想到，但他想到了。

「大哥，你說的有理！不如，我們就在東京附近找一個安身之處，打聽情況，再做打算。」我說道。

梁興點了點頭。

我笑道：「沒有想到大哥心思如此的縝密，呵呵，看來以後我要多多向大哥請教了！」

梁興的臉刷的紅了，他用力地捶了我一拳，「好了，早些睡吧！我們明天起程！」

我點點頭，起身和梁興走進山洞。

今天我起了一個大早，拿著我的兵器和行李來到洞口，兩頭巨大的雄獅蹲坐在洞前，像兩尊門神。

清晨的太陽剛剛升起，溫暖的陽光照在洞前，我沐浴在清晨的陽光中，深深吸了一口氣，空氣中帶著淡淡的花香，啊！真是讓人心曠神怡。

我閃身跨上烈焰，扭頭對剛剛走出洞的梁興說：「準備好了嗎？」

梁興跨上飛紅，「早就準備好了！」

「那好，我們出發吧！憋了一個月，讓我們去將這個大陸攪得天翻地覆！」我仰天長嘯，梁興也跟著發出長嘯，烈焰和飛紅也發出了牠們即將震驚大陸的吼聲。

炎黃大陸，我來了，你就等著迎接我吧！

……

依靠著師傅提供給我們的地圖和烈火獅閃電一般的速度，我們只用了兩天，就走出了那迷宮一樣的十萬大山，進入了明月帝國的領地。

自炎黃曆一三九六年明月戰敗，巨額的賠償和每年龐大的歲貢，令明月苦不堪言。十億金幣的歲貢，已經占去明月帝國全年財政的三分之一，而且由於飛天皇朝不斷用兵，每年都要從明月抽調出無數的男丁，從而造成了明月目前人丁稀少，再加上近年來天災人禍，更是令無數百姓家破人亡，妻離子散，很多地方不得不易子而食。於是膽小的人背井離鄉，膽大的人則占山為王，朝廷對此情況非常瞭解，但由於實在拿不出什麼辦法，不得不睜一隻眼，閉一隻眼。

也有一些有識之士力圖改變此狀，但是各大臣、王公貴族將更多的精力放在爭奪權力上，那裏在意老百姓的死活。一路上，我們看到大片的土地荒蕪，盜賊四起，到處都是販賣妻女的景象。他們所求的無非是一頓飽飯，讓自己的老婆孩子能活下來。

看著眼前的一幅幅慘狀，我和梁興都無能爲力，我們深深感到自己力量的渺小！

一日，我們來到了明月的首府，東京境內。

東京三面環山，易守難攻，當年曾祖許鵬也只能圍而不攻，將其圍攻三個月也沒有拿下，此事一直被他視爲生平憾事。我騎在烈焰上，一邊觀察地形，一邊向梁興講述當年我曾祖的事蹟。

突然間，一聲大喝把我的講話打斷，「此山是我開，此樹是我栽，要想從此過，留下買路財！」一彪人馬突然從道路兩旁閃出，人數大約有兩百人左右。

我定神一看，只見這群人都是手執利刃，似兇神惡煞一般擋在路間，爲首一個大漢，虎背熊腰，面目兇狠，手中還拿著一把沉重的狼牙棒。他目露凶光，看著我和梁興，好像我們是獵物一般。

「小子，你們看來運氣不好，老老實實的將自己身上的值錢傢伙留下，老子可能會留你們一條性命，如果說半個不字，老子就讓你們屍首全無！」他惡狠狠地說道。

這兩日，我和梁興本來心情就有些不佳，來到了明月多時，我們東躲西藏，不敢在那些城鎮出現，因爲就像梁興所說，飛天已經責令明月協助捉拿我和梁興。爲了省去不必要的麻煩，還有烈焰和飛紅也不好在集市中出現，我們不敢在任何地方多做停留，每天的風餐露宿，讓我和梁興已經有些無奈。我斜眼看了一眼眼前的這群傢伙，突然笑了！

「大哥，我們以後看來不用再漂泊了，我已經找到了一個很好的職業，呵呵！」我沒有理會眼前的那些盜匪，扭頭笑著對梁興說道。

梁興先是一愣，但是馬上明白了我的意思，是呀，我們還有什麼可顧忌的？強盜，不正是我們最好的一個選擇，既不用擔心食宿，也無需再東躲西藏，而且這裏離東京很近，也有助於我們探聽消息！

他的臉上露出一絲笑容，「很好，這樣很好！阿陽，還是你的腦子轉得快！哈哈哈！」

眼前的這些人顯然沒有聽出我們話中的含義，但是他們從來沒有見到過像我和梁興這樣的人，面對他們，臉上不但沒有露出恐懼之色，反而在那裏談笑風生。

爲首的那個大漢被我們激怒了，他怒吼一聲：「混蛋，大爺在和你們說話，你們竟然敢如此的放肆，實在是氣煞大爺，今天要是不好好教訓你們，你們就不知道大爺的手段！」說著，他手中的狼牙棒一揮，「弟兄們，給我把這兩個傢伙拿下！」

身後的那些盜匪一齊吶喊，向我們撲來。

我臉上露出一絲冷笑，「大哥，這些傢伙交給你來處理，我要和那個什麼大爺好好熱乎一下！」

不知為何，從開元血戰之後，我心中總會有一種衝動，一種想要屠殺的衝動，一種對血腥的渴望，我雖然極力地壓制這種衝動，但是面對著這些傢伙的刺激，我心中突然產生了一種殘忍的想法。

「好！這些傢伙就交給我！」梁興爽朗地一笑，他一催胯下的飛紅，手中飛翼發出一聲刺耳的嘯，飛紅這時也隨著發出一聲攝人心魄的吼叫！

「獅子，是獅子！」原本一直都沒有注意到我們胯下的坐騎，此時他們才發現，我們胯下的坐騎原來是兩頭威武雄壯的雄獅！在炎黃大陸有史以來，還沒有人是以獅子為坐騎。而且看那兩頭雄獅的氣勢，他們似乎隱隱感到此次的對手絕不是一般的人物。

「住手！」那大漢連忙出聲阻止。

但是已經晚了，梁興催動胯下的飛紅殺入湧上來的盜匪群。手中飛翼在空中以一種用肉眼無法察覺的角度顫動，大槍帶起長約三尺的芒尾，勁氣瀰漫，霎時間衝在最前面的那幾十個盜匪慘呼著向後飛起，身體被鋒利的槍刃打得遍體傷痕。

即使是面對精銳的火焰軍團，梁興也沒有半點的恐懼，更何況是現在這些烏合之眾？他朗聲大笑，手中的飛翼似乎受到了他的鼓勵，更加歡快地歌唱著。

槍芒暴漲，梁興大喝一聲：「全部給我倒下！」頓時，漫天槍影，將那百餘人籠罩，大槍在梁興真氣的催動下，幾乎已經化成了一道淡淡殘影，若隱若現間卻帶著無邊的殺意。

一聲聲的慘叫響起，但見血肉橫飛，盜匪的身體在漫天的槍影中支離破碎，殘肢斷臂在空中飛舞，那景象好生的淒慘！我在一旁觀看著，心中卻有一種說不出的暢快，我放聲大笑，笑聲，慘叫！混合成一種詭異的氣氛。

那首領此時雙眼通紅，他看著梁興不斷地吞噬著自己手下的生命，心中的怒火早已經勝過了恐懼，他一聲大吼，飛身向梁興撲去。

「朋友，不用著急！你的對手是我！」我的身形猶如輕煙般詭異地從烈焰身上飛落到他的面前，臉上帶著微笑，我看著那大漢。

「你去死吧！」大漢喝道，手中的狼牙棒帶起雄渾的真氣向我砸來。

「噹！」我手中的誅神在空中交叉，向那狼牙棒迎去，兩種兵器相交，發出震耳的聲響。

我眉頭微微一皺，這個傢伙不簡單，居然能夠和我五成真力鬥個平手！不過，這更加讓我感到欣喜，「好大漢！果然好力氣！接我這一招！」說著手中的誅神輕顫，左手刀流轉在我身前化成一個光盾，右手刀帶著無邊的氣勁狠狠地向那大漢砍去！

「噹！」誅神和狼牙棒再次相擊，只是這次，那大漢臉色頓時變得煞白，喉頭鼓動兩下，硬是將一口逆血壓下，他看著我，眼中露出一絲恐懼。

「好，那麼如果你能夠再擋我一招，今天的事情就算過去！」我朗聲大笑。兩腿虛盤，好似老僧坐禪般升到空中，似迦羅之神降自九霄，身體在空中急速地旋轉，手中誅神快速得彷彿是幻景一樣旋轉了六個圓弧，在一陣暴響中幻閃成銀海無涯，自六個不同的角度裏猛斬！

大漢的臉上露出了絕望，像是恐怖的惡夢，那麼的驚駭，那麼的冷酷，他的面孔扭曲著，大喊一聲，使盡了生平之力，想要擺脫那無邊的銀網，像是在怒海巨浪裏陷入了一個漩渦，一種詭異的力量拉扯著他，讓他無法抗拒地向那死亡的銀光中沉落！

銀光消逝，那大漢已經不成人形地倒在地面，只剩下了一個徒具人形的骨架子，我愣住了，我萬萬沒有想到這七旋斬竟然有這樣的威力。說實話，我本來並不想殺他，但是七旋斬一出，我的整個刀勢連綿不絕，一氣呵成，看著那大漢還在抽動的身體，我的心中生出一種憐憫。

「阿陽，怎麼了？」這時梁興已經結束了屠殺，地面上倒著一百多具死屍，其餘的盜匪都已經四散逃走，這些盜匪根本無法和梁興對抗，他來到了我的身邊，看著地面上的死屍，臉上也露出一絲不忍。

「沒有想到，這七旋斬會有如此的威力，原以為道家的功夫以仁為主，但是這七旋斬的威力絲毫不比我的修羅斬差，我真的並不想殺他！」我低聲地說道。

這是一座並不是很大的山寨，占地大約有二十畝左右，山寨的圍牆是用短木簡單地建成，看上去十分的簡陋和寒酸。

寨門緊閉，門前站著一群人，手裏拿著破槍爛棒，衣衫破爛，兩眼無神。為首一人，矮胖身材，一臉的絡腮鬍，滿臉忠厚相，手持一把九環刀，看樣子是個首領。雖然他們都面露一種兇相，但是卻無法掩飾心中的恐懼。

我和梁興停在他們的面前，看著這群人，他們的裝備和打扮完全和剛才那些盜匪不同，看上去更像是一群難民。我和梁興對視一眼，心中有些疑惑。

「你們想要怎樣？」那首領模樣的胖子對我們說道，雖然他努力表現出不怕的樣子，但是顫抖的聲音卻將他心中的恐懼暴露無疑。

「嘿嘿，我們想要怎樣？你們打劫我們，還要問我們怎樣？」我冷冷地說道。

「又不是我們打劫，都是那個嚴角嚴老大幹的，你們已經殺了他，還要怎樣？這裏只是一群孤苦的老弱病殘，那些盜匪已經跑了，如果你們想要出氣，就去找他們，但是想要進去，就從我們的身上過去！」胖子聲音依舊顫抖，但是說話間卻顯出一種剛烈之氣。

我微微一皺眉，沒有想到這小小的山寨竟然有如此的人物！同時，他的話讓我更覺有些疑惑，「怎麼，你們不是和那些盜匪一夥的？」

「這裏只是一些從飛天逃來的苦哈哈，占山爲王本是出於無奈，俺陳可卿本是一個江湖浪人，來到這裏看這些苦哈哈可憐，就留了下來，想幫幫他們。雖然俺們在這裏當強盜，但是俺們只是向一些過往行人討取一些生活必需用品，從來不傷害他們的性命。」

「那嚴角本是一個受明月通緝的大盜，幾個月前，他帶著一群人來到這裏，強行將這裏佔據。俺不是嚴角的對手，被他打敗，於是他們就在這裏打家劫舍，殺人放火，搶得的東西他們都自己分了，關俺們什麼事情！」胖子說的理直氣壯。

我不由得有些喪氣，沒有想到這山寨是這樣！看這些人的樣子，我知道陳可卿說的不假。我扭頭看了看梁興，他也正在看著我，等我拿主意。

我看著那胖子，沉思了一下，雖然我已經失去了在這裏安家的想法，但是心中卻有些不甘，「胖子，不是我爲難你，我們平白被你們打劫，如果就這樣放過你們，實在是難平心中之氣，找那些盜匪也不現實，實在是讓我爲難！」

「那你說怎辦？」胖子看我不肯放過他，有些慌了。

我跳下烈焰，「這樣吧，如果你能在我這個朋友手下走出五招，今天的事情就算沒有發生；如果你走不了，嘿嘿嘿……」我十分陰險地笑了笑。

梁興看我把他也給扯了進來，也十分配合地跳下飛紅，拔出裂空。

「此話當真？」胖子猶豫了一下，他看著我說。

「當真！如果我說話不算數，我就不叫許正陽！」我擲地有聲地說。

「好！俺就和你比試，俺就不相信，俺堂堂五化大歲還撐不過你五招？」胖子說道，突然他好像想起了什麼事情，「等等，你說你叫什麼？」胖子突然問我，眼中流露出一種恐懼。

「許正陽！」我回答。

「一個月前在升平大草原搏殺飛天火焰軍團禁衛軍兩千輕騎營的嗜血修羅許正陽？」胖子的聲音有一些顫抖，他的身後一陣騷動。

「我叫許正陽沒錯，在升平草原殺了幾個輕騎兵也不錯，但是嗜血修羅是不是我，那我就不清楚了。」我有些迷惑，在十萬大山一個月，然後在明月東躲西藏，我實在不知道外面對我們的訛傳。

「你叫許正陽，那他是不是叫梁興？」胖子一指梁興問道。

「是！」我有一些不耐煩。

「到底還打不打?!」梁興也有些不耐煩了，伸手將頭上的頭巾拿了下來，露出火紅的赤髮。

「赤髮夜叉！」有人驚叫，有人摔倒，再看那胖子，只見他一邊向後退，頭搖得和撥浪鼓一樣，一邊說：「不打，打死俺都不和你們打！」

我和梁興疑惑地對視了一眼，「你們幹什麼，跟見到鬼一樣？」沒有人回答我們，眼中只有恐懼。

「兄弟，怎麼回事？」梁興問我。

我也困惑地搖搖頭，「我不知道呀，怎麼一說我們的名字，他們好像見了鬼一樣！」我扭頭叫那個胖子：「嘿！胖子！」

「俺不和你打，說啥也不打！」那胖子堅定地重複著：「你要是想進山寨，那就進去吧，想你們這種大英雄，也不會爲難這些苦哈哈！」

「好了，不打了，行了吧！」我氣得笑了出來，「這樣吧，胖子，你帶我去你的寨子看看，看看我能幫上你什麼，順便向你打聽點事。」

「真的不打了?好好，我帶你去！」胖子飛快地招呼起他的人，然後懷著忐忑不安的心情，帶著我們向他們的寨子走去。

「胖子，這就是你們的寨子？」我和梁興來到山寨，只看見幾座低矮的木屋和草棚，每個人都是面黃肌瘦的。這那裏是什麼山寨呀，簡直就是一個難民營，沒有什麼忠義堂，也沒有什麼替天行道的大旗，這是什麼山寨！我不禁疑惑地問。

「嗯，俺都說了，俺們不是什麼強盜，這些人只是一群苦哈哈，只是想要混口飯吃！」胖子一臉嚴肅地說道。

「沒有想到你們生活如此艱苦！那個房子裏是什麼？」我的目光突然停留在山寨中的唯一一座像樣的建築上，那是一個木質的房子，此刻，幾乎所有的居民都將那房間團團圍住，神色警惕地看著我們。

「哦，那個裏面供放著他們的祖先牌位，是他們的精神寄託，任何人都不能對那些牌位有不敬，不然他們會拼命的。以前嚴角想霸佔這個房子，這些人幾乎瘋狂了，連嚴角最後也不敢再打這房間的主意！」

「哦？」我聽了陳可卿的話，心中不由得對這房間產生了一種好奇，同時心中突然產生了一種強烈的衝動，扭頭對陳可卿說：「能不能讓我們去參拜一下那些人？」

陳可卿疑惑地看了看我，但是他還是點了點頭，「那你等一下，俺和他們說說！說實話，俺也不知道裏面是什麼，從來沒有進去過！」說著，他向那些人走去。

「阿陽，你想幹什麼？」梁興此刻悄悄地問道。

我搖搖頭，「大哥，我也不知道，但是我心中有一種感覺，我們和這些人有聯繫，那房間和我們有關！」我看著那被眾人把守的嚴密的房子，輕聲地回答。

陳可卿此時跑了過來，他一頭的汗水，想來剛才費了不少的功夫，「俺和他們說好了，他們同意了！不過，只允許你一個人進去！」

我點點頭，緩步向那房子走去，人群讓出一個通道。我打開房門，走進房內，眼前的景象卻讓我呆住了。

房子裏面空蕩蕩的，正中央的牆上掛著一面戰旗，那戰旗上繡著一隻被熊熊火焰包圍著的鳳凰，浴火鳳凰！戰旗下，擺放著一排靈位，我走上前去，依次看去：浴火鳳凰軍團前鋒營都統龍公吟之位；浴火鳳凰軍團驍騎營千騎長趙公英之位、浴火鳳凰軍團軍團長開元王許公鵬之位……

我傻了，這些那裏是難民，這些人都是當年浴火鳳凰軍團的後裔。我頓時渾身顫抖，心中有無限感慨，這是我自從知道自己身世以後，第一次遇到了浴火鳳凰軍團的人，這屋中一排排的靈位，都是當年軍團的將軍，好一群忠義的人！

我恭敬地跪下，向那些靈位磕了三個響頭。這一刻，我心中突然拿定了主意，我要留下，留在這裏，和當年的浴火鳳凰一起重生！

我起身大步走出木屋，看著眼前這群面黃肌瘦的人，心中突然感到無比的親切！「胖子，我想和你商量一件事情，我和大哥想要留下來，和你一齊努力，幫助這些人！」

不僅是眾人愣住，連梁興也不知道我怎麼突然改變了主意，他們都奇怪地看著我。

「去吧，去買些東西回來，這裏需要有一個變化！」我從身上取出一些金幣交給陳可卿，

「去讓人買些生活用品回來，今晚我們好好討論！」然後我來到梁興身邊，在他耳邊低聲說道：「浴火鳳凰！」

梁興馬上明白了我的意思，他點點頭。我扭身對眾人說道：「你們是飛天的罪人，我也是飛天的罪人，就讓我們一齊來向飛天討回公道吧！」

眾人先是一愣，但是隨後馬上發出歡呼。

趁著買東西的空檔，我詳細地詢問了胖了一些情況，對東京的情況大致有了一個瞭解，並從他口中得知了那次在我們離開升平草原發生的情況。

原來在我們離開開元後，有人給我們起了外號：嗜血修羅和赤髮魔王，並有好事者給我們編了一個順口溜：寧可閻羅十殿轉，不見嗜血修羅顏；寧在地獄遇無常，不遇赤髮夜叉面。

我和梁興的名字已經進入了風雲榜的前十名，各國朝廷爭相打探我們的消息，我們可真是一戰成名。

對了，那個胖子叫陳可卿，外號五花太歲，一個大男人，取個女人的名字，真是的。

一夜無事暫且不提。第二日，我給山寨中每個人詳細分配了任務，而後，我和梁興就正式擔任山大王。我們在山寨中找了五十個強壯的男子，教給他們一些武功。

有單個行商路過時，讓五花太歲去對付就行了，碰見大隊的商隊，我和梁興就帶著那五十個人出動。其實做強盜挺容易的，憑著我和梁興的名氣，基本上都沒有費什麼力氣，當然也有不服氣的，但待我露一手功夫後，他們就乖乖交出買路錢。

而且，我們從來不做的很過分，搶過來的錢，基本上是在他們可以接受的範圍之內，細水長流的道理我們還是明白的。漸漸的，商隊都知道我們是一群非常講理的強盜，只要交錢就不會有生命危險。

不過，也有幾個不長眼的向我挑戰，但經常是被我一拳打的吐血。四周的山賊也聞風投靠過來，漸漸的，我的山寨變得越來越大，人數也越來越多，有三四千人。

我將他們分成了幾個部分，一百人爲一小隊，五百人爲一中隊，一千人爲一大隊，選其聰明伶俐之人，由我和梁興親授武功，擔任小隊長、中隊長和大隊長。各司其職，在山寨四周修建圍柵、羊馬牆、馬面牆，在地上紮上拒馬槍。

整個山寨一片興旺的景象，在大家沉浸在一片歡樂之中時，我的眼光卻投在不遠的東京。夫子臨死前讓我們來東京，可是來東京找誰？幹什麼？他沒有來得及告訴我，我想與其大海裏撈針，不若我先發展自己的勢力。

我知道隨著山寨的壯大，我們遲早會引起朝廷的注意，臥榻之側豈容他人酣睡。朝廷遲早會派兵圍剿，到那時，才是我整個計劃的開始，我在等待著……

# 第三章　占山為王

對於我發生在炎黃曆一四五九年末到一四六〇年末的這段經歷，後人百思不得其解。他們認爲在當時，依靠我和梁興兩人的名氣和實力，是可以直接進入東京去謀求好的前程，爲什麼會突然想起做強盜呢？

不過，他們不得不承認，也正是這一年的強盜生活，加快了我爭霸天下的進程。

讓我們還是回到當年，真實展現當時的實際情況。

炎黃曆一四五九年十二月，我在東京城外東兩百公里以外的西環山落草爲寇，先聲明一下，我們不是強盜。我們只是收取適當的保護費，以保證商旅在西環一百五十公里範圍內的安全，路過西環的商旅，只要交納一定的保護費（單個行商交納一百枚金幣，小型商隊交納一千枚金幣，中型商隊交納四千枚金幣，大型商隊交納八千枚金幣，如果不交納，我們就將其貨物搶劫一空）。

我們會給他我們的信物，只要在我們的勢力範圍內，他發生任何事故，我們都會替他們討回公道。

曾有一夥草寇不信邪，在看到我的信物以後，仍下手搶劫，這是擺明了向我的權威挑戰。我一怒之下，單人獨獅，殺上那夥草寇的山寨，在短短的五分鐘內，留下了大約一百多具屍體和終身殘廢的三位寨主，帶著他們搶來的紅貨揚長而去。自那之後，附近的草寇嚇破了膽子，再也不敢對有我信物的商旅下手。

漸漸的，他們沒有了收入，因爲所有的商旅都會掛著我的信物，於是他們或是紛紛遷走，或者是投靠我，而我是來者不拒，凡是真心投靠我的，我都會待其如兄弟，但是對於那些心懷叵測的人，我則採用雷霆手段，一旦發現，我就用最殘忍的手法將其虐殺。

我曾將一個內奸當著全山寨人的面，一刀一刀活活剮死，那個內奸的慘叫在山寨大廳內迴響了四個時辰，過後，整個大廳內能夠站直的人寥寥可數，很多人當時就嚇昏了過去。

我相信在那天晚上，整個山寨的人都失眠了，那些內奸一定整夜是在忐忑不安中度過。在以後爭霸天下的過程中，我一直保留著這個手段，所以，我的手下一直對我保持著極高的忠誠，他們知道，如果他們背叛，即使是我最親近的人，我也會讓他們後悔爲什麼要來到這個世界上。

在那天後，整個山寨的人都對我敬而遠之。在他們心目中，我就像地獄中的魔鬼，雖然平時我非常的和藹可親，像一個天使，但一旦他們有任何的不軌行爲，我就會翻臉無情，成爲一個嗜血的修羅。

我就是要讓他們有這樣的感覺，我是他們的首領，不是他們的兄弟姐妹，我不要和他們保持太近的距離，因爲那會使我很不安。在我這十九年裏，我只相信過三個人，童大叔、邵夫子還有我的兄弟梁興，我知道他們永遠都不會背叛我。

炎黃曆一四六〇年七月，我掃平了西環山方圓兩百公里的草寇，也就是說，我的勢力直抵明月的首府——東京的城門口。

我知道朝廷已經開始注意我這股勢力，我和明月的對抗已經是不可避免的。而這不正是我所想要的嗎？此時，我的山寨中已經有四萬餘人，士兵一萬兩千餘人。

我在山寨兩側修建了兩座偏寨，原有的山寨居中，三座山寨互爲犄角之勢，相互拱衛。三寨之間暗建地道互通，寨前鋪有鹿角木，建有羊馬牆（**一種低矮的土牆，牆頭豎有倒刺，以阻擋和延緩騎兵的攻擊**），寨門加厚，門後再加有千戈板。

正寨分前、後兩寨，前寨是校場，後寨是民居。我還在投靠來的人中發現了幾個有真才實料的人：

葉海濤，葉海波，孿生兄弟，兩人力大無比，善使八十斤的板斧（和我以前一樣），天生飛毛腿，翻山越嶺如履平地。我將修羅斬中的六招傳授給兩人，任命二人爲衝鋒營都統，領兵兩千。

毛建剛，善用槍，家傳鐵血槍法，爲人沉穩，不善言辭卻悍不畏死。我教他六招修羅斬，任命爲長槍營都統，領兵兩千。

多爾罕，拜神威人氏，因在家鄉殺了當地的土豪，逃至明月，善用一把破風刀，因聞聽我在西環落草，上山挑戰，卻被我三招擊敗，於是折服於我，我授其六招修羅斬，任命爲神刀營都統，統兵一千。

王朝暉，原是西環一名草寇，善射，一次能射出六箭，任命爲神弓營都統，領兵一千。

高山，沒落貴族，能寫會算，任命爲後寨總管，負責後勤和財務。

任陳可卿爲先鋒營都統，領兵三千，居左寨，梁興爲驍騎營都統（三個月前，我們劫到一個馬商，搶到良馬三千多匹），居右寨。

我親自挑選一百人爲我的親兵，傳授四招七旋斬。

我還在一個機會中，結識了東京的一位大珠寶商趙良鐸，並且和他有了一個合作的協議。透過他，我可以瞭解到東京的消息並購買糧食、兵器，條件是我免去他商隊的保護費。雖然我有些心痛，但我認爲在東京設立一個耳目是非常必要的。

從此，我在西環山豎起大旗，旗上繡有標誌：一個骷髏，下方是兩根枯骨，我自稱修羅王，每日在西環大肆練兵。

炎黃曆一四六〇年十月，隨著我不斷壯大，朝廷深感不安，招安還是圍剿一時爭論不休，最後皇帝高占下令，命令九門提督馬震領城衛軍一萬圍剿西環。

消息傳到我的耳中，我正在大廳和大哥梁興喝茶。聽到這個消息，我不禁一陣冷笑，馬震，根據我的消息，乃是大皇子高良一系，此次出征，以他最爲賣力，不過，這個馬震還不是我的目標，我要引出更大的魚。

不過既然來了條小魚，那我就先把你吃下，我不信，打了奴才，主子還不出來。我立刻集合各營都統來大廳開會。我看看他們，說：

「各位，近半年來，各營一直在加強訓練，諸位辛苦了！」我頓了頓，「不知各營訓練得如何呀？」

廳上諸人立刻七嘴八舌，表示沒有問題。

我抬起手，「安靜，現在有一個機會，可以證明給我看。」廳中立刻安靜下來，「朝廷命東京九門提督馬震統兵一萬，來掃平我西環，誰敢領兵將馬震的頭拿來給我?!」

我話音剛落，「首領，梁興請命！我願率本部一千人馬，將來敵殲滅，取馬震首級獻於首領！」大哥在正式場合，從來只稱呼我為首領。我曾多次勸阻，但他說沒有規矩不成方圓，私下裏我們可以打打鬧鬧，但在別人面前，必須這樣。

其餘眾將也紛紛請命，我一陣大笑：「明月無人，派不出虎將，也不能派隻豬過來。大哥不用急，若此等人物就讓你出馬，那不是我西環也無人了嗎！」

眾人一陣大笑，我話鋒一轉，「葉海濤、葉海波都統聽令！」

「末將在！」

「我給你二人一千戰斧手，每人攜帶四柄小斧，埋伏於二十里外打虎坡旁的藏兵澗。敵兵來時不許你出戰，待敵兵通過後，放火斷其後路，從後掩殺，先用飛斧斬殺之，而後困敵於打虎坡，若放跑一兵一卒，你二人提頭來見我！」

「遵命！」

「毛建剛，我給你一千長槍兵，於打虎坡前迎敵，待敵人來時，且戰且退，待見到敵軍後方起火，立刻殺回。建剛，我要你將那豬頭提來見我，你可願意？」

「末將領命！」

毛建剛、葉氏兄弟在其餘各將充滿羨慕的目光中，領命而去。

「好，其餘各將領兵隨大哥和我於暗處觀陣，讓我們來看看我西環三位虎將的風采，我預言明月將大敗！」

打虎坡，距西環山二十里，是前往西環的必經之路，道路崎嶇狹窄，兩旁雜草叢生，樹木參雜，山川相逼，乃是用火攻的絕佳之地。

三日後，馬震領兵逼近西環，他立功心切，也不休息，直襲西環。馬震正值壯年，自四年前投靠大皇子高良後，平步青雲，四年內連升三級，現任東京九門提督，可謂是春風得意。在他看來，我和梁興雖然聲名赫赫，但不足以爲信。傳言多有誇大，且兩個武夫，根本不足爲懼，其餘賊眾皆是跳樑小丑，不足爲慮。

傳言西環有賊兵萬餘，估計有些誇大，想來只是數千餘人的老弱病殘。他認爲皇上給他一萬兵馬多餘了，不過，他還是從戶部領取了一萬人馬的軍餉，但只帶了七千兵將。這樣，他一下子就撈到了三千人的軍餉，從內心而言，他真心希望能夠多得到幾次這樣的機會。

馬震命令五千人馬爲前隊攻擊西環，兩千人馬爲後援保護糧草。正當深秋，清風徐起，人馬行進之間，只見一片塵土飛揚，馬震勒馬問道：「我軍已行至何處？」

旁邊的偏將答道：「前面就是打虎坡，後面是藏兵澗，過打虎坡二十里就是賊眾的大寨。」

「傳我命令，全速通過打虎坡，我希望今晚能在賊寇的大寨中休息！」馬震有些迫不及待。

「大人親自出馬必是大獲全勝，賊寇必將望風而逃，大人立此大功，加官進爵指日可待啊！」旁邊的幾個偏將一陣狂拍，馬震不由得心情大好，在馬上仰天大笑。

突然，在軍馬行進的前方，閃出一彪人馬，為首之人正是毛建剛。只見他身穿銀甲，一頭白髮披肩，座下一匹白馬，手持亮銀槍，後面是一千長槍兵，陣容整齊。

馬震一看，不由得大笑，「賊首也太狂妄了，竟妄想以區區千餘人阻我軍步伐，命令全隊向前突進！」

明月士兵一聲大喝，大步前進，毛建剛將槍一擺，一千長槍兵隨著明月士兵的推進緩緩向後退去，戰場上鴉雀無聲，只聽見士兵在行動時兵器互相碰撞的聲音。

在西環軍退至坡頂時，毛建剛突然回身領兵快速後撤，馬震一看，不由得又是大笑，「賊將無膽，尚未交鋒就潰逃，傳我命令，隊伍加快速度追擊賊兵。」說完，一馬當先衝了上去。

如果他仔細觀察就會發現，賊兵雖然後退，但隊形未散。由於馬震的命令，明月士兵一窩蜂地湧了上去，原來整齊的隊形一下子亂了起來，七千士兵擁擠在打虎坡這一塊狹小的空間裏。

突然，明月的後方燃起了大火，深秋季節，樹木枯黃，火勢迅速蔓延，整個打虎坡燃燒了起來。在火光中，後方出現一彪人馬，清一色手持雙斧，身背小斧，為首兩人更是手持兩把車輪大斧，正是葉氏兄弟。

只聽二人大喝，那一千斧頭兵紛紛將背後的小斧擲出，霎時間漫天斧影。明月軍被這突如其來的襲擊打得措手不及，轉眼間，後隊的兩千兵馬死傷大半。很多士兵更是身中數斧，一時間陣形大亂，一陣斧雨過後，葉氏兄弟帶著一千戰斧手，如虎入羊群，撲進已經慌亂不堪的明月陣中。

只見兩人手中雙斧上下翻飛，左衝右突，將本以混亂的陣形，殺的是七零八落，在後軍壓陣的偏將試圖上前阻攔，葉海波高高越起，雙斧力劈華山，將那偏將連人帶馬砍成兩半。

將軍已經喪命，士兵再無鬥志，紛紛向前逃竄，前面正在追擊的士兵，已經被突如其來的大火燒得驚慌失措，後方一亂，也跟著向前跑。

這時，毛建剛已一馬當先領兵殺回，迅速殺到剛才跑在最前面的馬震面前，也不說話，掄槍就砸，本已是有些慌亂的馬震連忙舉刀相迎，兩把兵器碰撞在一起，馬震只覺一股奇異的氣勁從刀上傳來，直逼肺腑，然後喉頭一鹹，一口血噴了出來，兩手一軟，被毛建剛順勢砸得腦漿迸裂，栽於馬下。

這正是毛建剛家傳鐵血槍法中「野火燎原」一式，這時剛才無故後退的西環兵夾雜著一股怨氣衝到陣前，一陣狂刺、狂砸，同時高喊：

「馬震死了，馬震死了！」

因主帥已亡而無心戀戰的明月士兵，被這猛烈的襲擊打得四散奔逃，於是前面的人向後退，後面的人向前跑，人推人，人踩人，死在自己人腳下的不計其數，一時間，打虎坡上火光沖天，喊殺聲四起，血流成河。

我和梁興在遠處的山坡上一直觀看著這場屠殺，到最後覺得索然無味。

「大哥，看來這場戰鬥快要結束了，不過我相信，朝廷必不會善罷甘休，用不了多久，勢必會有更多的軍隊殺來，到時，領兵的人物一定不簡單，」我對梁興說：「我看我們還是要及早防範，一定要詳細瞭解京中的動靜，最好今晚就派人進京打探，務必要瞭解到朝廷對今日之戰的反應，同時打探下一次領兵之人會是誰。」

梁興深以爲然。

大戰在進行了大約一個時辰後，進入了尾聲，是役我軍共殲敵五千七百餘人，俘獲八百餘人，還獲得大批兵器、糧草。而我方共傷亡四百餘人，其中大部是被火燒傷。

這一戰，我們可以說是大獲全勝，所有的參戰士兵都興高采烈，不停地向別人吹噓自己如何英勇，讓那些沒有參戰的人好生羨慕。整個大寨一片歡騰，我吩咐大擺宴席，犒賞眾人。

先放下我的慶功酒不說。在東京，明月軍慘敗的消息傳來，朝廷上下一片震驚。他們萬萬沒有想到，堂堂的正規軍，會在瞬間被這幫草寇殺得幾乎全軍覆沒。

高占更是大怒，在朝堂之上大罵眾臣，一時招安之聲四起。由於馬震是大皇子高良的人，使他屢遭其他皇子的嘲笑和譏諷，所以幾次上書要親自領兵討伐西環，但都是石沉大海。於是高良終日悶悶不樂。

數日後，他隨眾大臣再次上朝，此事又被提起，經過一番激烈的爭論，最後高占說：

「上次討伐失利，都是因爲馬震無能，此事讓我明月的臉面極爲無光，如不討回，則我明月臉面何存?以後又如何治理百姓?所以我決定再次出兵，討伐西環！」

話音剛落，高良閃身站出，「父皇英明，兒臣願領命出兵。自上次戰敗，兒臣日思夜想，想那馬震本是兒臣推薦，今落得慘敗，兒臣也覺得臉面無光，如不親手將那許正陽斬殺，兒臣難雪心頭之恨！」

高占聞言大喜，立刻下令，命高良統麾下飛龍軍團，十日之後，出兵討伐西環。十日後，高良校場點齊五萬精兵，浩浩蕩蕩向西環殺去。

在高良出兵的那一刻，我正坐在山寨的大廳中沉思，案頭上放著一封來自東京的情報。上面詳細地寫著高良的情況：高良，明月大皇子，三十二歲，其母出身一個破落貴族家庭，被高占納爲嬪妃，本來只是一個極爲普通的女子，但是，她卻是第一個爲高占生出兒子的嬪妃！

原本論背景，論資歷，這太子之位都輪不到高良，只是由於他是長子，礙於明月祖訓，故自六年前被高占立爲皇儲，現任帝國皇家飛龍軍團元帥。此人好大喜功，性情粗暴，有勇無謀，不爲朝中重臣和各大世家喜愛，且深受其他眾皇子的排擠。但有一點好處，就是他爲人十分孝道，對於高占更是沒有半點的逆心，所以才能守住這太子之位。不過，他沒有半點背景，身邊亦沒什麼能人，卻能夠在朝廷中站穩腳跟，除了高占對他的支持外，只能解釋爲他的運氣實在太好了！

這份情報是出東京趙良鐸處傳來，五天前，我就得知高良將要出兵的消息，拿到這份情報，我心中不由大喜。原想殺了馬震，藉此引出一條大魚，沒想到引出了一條龍，我該怎樣利用這條龍呢？

這幾日我一直苦思冥想，終於我下定決心，招來眾將。

「自兵敗馬震之時，我已預料到朝廷不會輕易放過我們。果不其然，據東京線報，朝廷已命大皇子高良率精兵五萬前來討伐，他們將在今天出發，預計五日後可以到達，這次我們將要面對的，是明月最精銳的皇家飛龍軍團！」

大家一片譁然，不過很快安靜下來，他們相信我一定已有對策。我繼續說道：

「此次敵軍勢大，我們不要觸其鋒芒。高良此來，復仇心切，必將不顧一切加快行軍速度，嘿嘿！」說到這裏，我一陣冷笑。

「王朝暉、葉氏兄弟、毛建剛、陳可卿、多爾罕聽令！」

「末將在！」

「我令你們五人各帶一千五百精兵，自羅川口至越馬溪一線，沿途騷擾敵軍，儘量吸引敵軍兵力。記住，不可戀戰！三日後，將所吸引的敵軍引至寨西五十里處的葫蘆谷。然後你們五人合兵一處，待敵軍進入葫蘆谷後，以巨石將谷口封死，然後投擲滾木、熟油等引火之物，不用理會敵軍傷亡，迅速回援寨中，你等明白？」

「遵令！」

「高山聽令！」

「屬下在！」

「我給你三千精兵，埋伏在寨前仙鶴澗兩側，待敵軍前軍至，不要管他，放其過去。待其後軍輜重糧草車進入後，放滾木雷石，遍投引火之物，將其糧草燒毀，然後迅速撤回寨中，多備弓弩，以防不測！」

「遵命！」

「大哥，」我對一旁的梁興笑道，「讓我們親領三千驍騎營，在寨前會會那飛龍軍團，活捉那軍團元帥高良！」

梁興聞聽，臉上露出狂喜之色，「自你我兄弟來到此地，一直未能盡興一戰，就讓我們在此重現年前升平草原的手采，也讓明月那群無知之輩知道，修羅與夜叉之威不可輕視！」大哥的話語中充滿了自信。

我也不禁有些期盼那即將到來的血戰。明月，我要讓你在六十四年後，再次領略許家後人的手段！

這兩天，高良有些煩。自四天前從東京發兵至今，他便命令部隊全速前進。第一天，一切都很平靜；但是從第二天開始，當部隊到達羅川口紮營休息後，就不知從那裏冒出來一股賊寇，他們既不攻擊，也不後退，卻在入夜後來到營前叫罵。

剛剛入睡的高良以爲是敵軍偷襲，立刻起身迎敵，但出了營門，卻不見賊人的蹤跡。回營剛躺下，就又有一股賊寇在營外吶喊，可剛穿好衣服，又有軍校來報，賊人已經退走，如此反覆持續了一夜，整個軍營的人都沒有入睡。

第三天，一夜未睡的部隊繼續前進，可一路上，總有那麼一股賊寇不斷騷擾，有時在大路上突然出現一個大坑，坑裏插滿了削尖的木刺，人掉下去也不會死，可是兩腳鮮血淋漓，根本無法行走，只好將傷員留在原地，還要派一些人守護。

或者是從草叢裏突然飛出一支冷箭，然而派兵去搜尋時，卻找不到任何蹤跡；又或是在行進之時，不遠處的山坡上突然冒出一股爲數不少的賊寇，高良只得派出一名偏將，領兵圍剿。

晚上，累了一天的明月士兵終於可以安營紮寨，精疲力盡的他們剛躺下，賊寇又冒了出來。好！你喊你的，我不理你行了吧？可你不理人家，人家可不領你的情，竟然對營寨發起攻擊。高良一領軍出擊，他們立刻就跑。

第四天，這種情況愈演愈烈，竟然有數股賊寇出現，搞得高良頭昏腦脹，再加上晚上不能睡好，大白天兩個太陽穴突突直跳，脾氣也越來越暴躁。

想他高良自二十二歲從軍至今，已經有十年了，從來沒有見過這種不要臉的打法，你追他跑，你停他擾，你退他打，都是一沾就走，根本不和你纏戰，就連你吃個飯，他也要過來和你問聲好！

最後，高良實在忍無可忍，命令手下偏將帶領兩萬人馬就地清剿，並嚴令，如果不將賊首的首級拿來，不准回營。

那天晚上，沒有人來騷擾他，可他又失眠了，只要一有聲音，他就會被驚醒，最後氣得他在帳中大罵許正陽（幾十里外的某人在睡夢中連打了好幾個噴嚏）。

第五天，清早一點兵，發現除了昨日留在原地的兩萬人馬沒有回來，幾天下來因爲傷病、失眠等原因無法再行軍的人，竟有四千餘人，還必須留下一千人看護傷病的人。

兩軍還沒有正式交鋒，自己就先少了一半人馬，高良心中氣不打一處來，命令立刻拔營起寨，直奔西環大營殺去。

時值正午，明月軍來到了一座峽谷外，高良問身邊的副將：「此地何名，距西環大營尚有多遠？」

「啓稟殿下，前面這條峽谷叫仙鶴澗，過去之後就是賊寇的大本營——西環大營。」

「那我們還在等什麼，傳我命令，立刻衝過仙鶴澗！」說完，打馬就要向前。

「且慢！殿下，」一名副將連忙勸阻，「此地道路險惡，貿然過去，恐有埋伏！」

高良想了想：「言之有理，傳令下去，命令前隊五千人緩緩通過，待前隊全軍通過後，中軍一萬人隨我衝過去。待中軍衝過一半，後軍方可攜糧草輜重開始通過。」

明月軍緩緩向前移動，大約半個時辰，前隊順利地通過了仙鶴澗。高良此時重重地呼了一口氣，一招手，中軍隨著他立刻迅速衝進仙鶴澗。當他們快要到達中間時，後軍押運著輜重糧草也開始移動。

就在高良所率的中軍已經快要通過仙鶴澗，後軍也已全部開進時，只聽一陣鑼響，從空中落下滾木、巨石、乾草，還有滾燙的熱油、開水；緊接著，漫天的火把向澗中糧草車落下，瞬間糧草車被點燃，火勢迅速隨著剛才澆下的熱油在澗中蔓延開來，只眨眼的工夫，仙鶴澗燃燒起來。

沖天火光下，整個後軍連同糧草輜重被一片漫天大火包圍起來，人喊馬嘶，夾雜著乾草樹木燃燒時發出的響聲遍佈澗中。剛剛通過仙鶴澗的高良被這突如其來的大火燒得暈頭轉向，連忙命令士卒回身救援，無奈火勢太大，衝了幾次又不得不退下來，還燒傷了很多士兵。

燎人的熱浪夾雜著一股人和動物毛髮、身體被燒著時散發的惡臭，瀰漫在空中。高良看著在火光中痛苦掙扎的部下，心中大痛，但他很快發現自己的噩夢還沒有結束。

就在明月軍驚慌失措之時，突然又殺出一撥人馬。爲首兩人，胯下是兩頭威猛雄壯的巨獅，不著盔甲，手持奇形大槍，一個背負雙刀，胸前是一個虎皮兜囊；另一個滿頭赤髮，背負巨型大劍。兩人身後是一群手持大戟、臉上畫著奇形圖紋的騎兵，正是我和梁興率領的驍騎營。

這撥人馬如一支離弦的利箭一般，直插明月大軍。我也不吭聲，大槍一擺，在離敵軍還有二十米左右時，突然起身立於獅背，兩腿一用力飛身躍起。只見空中出現一股耀眼的光柱，發出刺耳的怪嘯聲向明月軍襲來，這正是修羅斬第十八招「長恨綿綿」。

烈焰似乎也感應到了我噬天訣的氣息，向天空發出震耳的獅吼。那光柱越來越粗，越來越長，最後宛如一條張牙舞爪的光龍，在明月軍中發威，任何阻擋在它面前的人都被瞬間吞噬。在那光龍後面，是滿天的繁星，剛剛從光龍山中逃生的明月士兵只覺得眼前光芒一閃，就什麼也不知道了，喉嚨出現了一個血洞，這是梁興的「漫天星雨」——修羅斬第十七招。

後面是那兩頭兇猛的烈火獅，牠們張牙舞爪，發出一陣陣震耳的吼聲，明月士兵座下的馬匹，一匹匹四肢無力，癱倒在地。兩頭獅子在人群中口咬、爪抓、身撞、尾掃，刀槍打在牠們身上，如碰巨石，反而激起牠們的凶性，更加兇狠的反撲。

躲過光龍吞噬、漫天星雨、兇猛野獸的明月士兵，正在暗自慶幸，卻發現他們的噩夢還沒有結束，數千名面如厲鬼的騎兵，正如兇神惡煞般撲來。

在我和梁興的率領下，驍騎營猶如秋風掃落葉般席捲整個戰場，戰況完全是單方面的屠殺。

已經完成任務撤回大寨的高山，此刻站在寨門口的瞭望臺上，看著眼前的場面，臉色煞白，口中喃喃自語：「真是修羅，真是夜叉……」他扭身對身旁已經面無人色的人說：「我這輩子都不會站在他的對面！」

所有的人都不由自主地點頭。

此刻的高良已經被眼前的這一幕驚呆了，這已經不是人的力量，這是神，甚至已經超越了神！他似乎忘記了眼前被屠殺的正是他的士兵。

突然那條光龍轉身向他撲來，他的戰馬早在烈火獅發出第一聲怒吼時，將他一下子掀翻在地，此刻早就不知跑到哪裡去了，他想向後跑，可身後是漫天的大火，往哪裡跑？而且他的兩腿已經沒有力氣移動了。

身邊的幾個副將見勢不妙，一起飛身上前，妄圖合力阻擋那條光龍的前進，但是瞬間被那光龍吞噬得無影無蹤。高良只覺得眼前一片紅光，殘肢斷臂夾雜在一片已經成碎末的血肉中，噴灑了他一身，光龍已經來到他的面前，高良兩眼一閉，等待著死亡的降臨。

半晌，他覺得沒有動靜，睜眼一看，光龍已經消失了。那個背負雙刀，面目黝黑的年輕人，不知何時已經騎在一頭巨獅身上，衝他微微一笑，朗聲說：「草民參見大皇子！」

高良此時不由得心頭一暖，剛想開口，就覺得眼前一黑，不醒人事了。

我將高良打昏，搭在烈焰身上，一拍烈焰的大腦袋，有些疲憊地說：「兒子，我們繼續！」於是光龍再起。

此時，大寨西方火光沖天。戰鬥持續了兩個時辰，天色已經昏暗，仙鶴澗的大火還在燃燒，將天空照得通紅。完成擾敵和誘敵的葉家兄弟、毛建剛等人急匆匆地趕回來，擔心大寨有失。但當他們來到大寨前，眼前的景象把他們驚呆了。

大寨前血流成河，遍地是殘肢斷臂，受傷的明月士兵在地上哀號，到處斜插著殘兵斷戟，無主的戰馬徘徊在戰場，像是在尋找牠們的主人，數千西環士兵靜靜地在打掃戰場。

他們來到寨門前，只有高山立於門前，也不理睬他們，像是完全沒有發現他們的到來，只是怔怔地望著前方，眼中充滿了狂熱的崇拜。

順著高山的視線，他們看到了一幅令他們此生都無法忘懷的景象。在熊熊燃燒的仙鶴澗上方，一前一後立著兩人，前面的正是他們的首領，身邊蹲著一頭雄獅，身後是騎在獅背上宛如守護神的梁興（**在我以後的生涯中，梁興就這樣始終在我身後，默默地守護著我**），身下是烈焰沖天的仙鶴澗……

此刻的我，就像一個從烈火中走出的戰神，無形之中散發著吞天食地的氣勢。在那一刻，他們忍不住對我產生了伏地膜拜的欲望，不知不覺地跪了下來。整個戰場中的人也都跪了下來，就連剛才還在哀號的傷兵也停止了呻吟，整個戰場一片寂靜，鴉雀無聲。

我也感到了下面的異狀，向下一看，吃了一驚，地上黑壓壓地跪滿了人。我扭頭看看梁興，只見他對我一努嘴，我立刻明白了，我運功說道：「弟兄們，我們勝利了！」

我嘹亮的聲音在天空中迴盪，下面沸騰了，所有的人在狂熱地高喊：「戰神！戰神！修羅戰神！」

在這一刻，我知道，我已經得到了他們的全部。

史書記載：炎黃曆一四六〇年十月至十一月，聖皇兩次全殲明月軍，在這一個月中，他不但顯示了優秀的軍事才能，而且再一次向整個大陸展現了他強橫的武力。

那一年，我二十歲。距離浴火鳳凰戰旗橫掃炎黃大陸，還有五年。

大戰之後，處理傷員，安置俘虜，接著就是全寨的狂歡。兩次戰勝明月帝國軍，兩位帝國的主將被我們一殺一俘，而且還有一位帝國的皇子，而我們只付出了微小的代價。

這驕人的戰績，足以讓全寨的人瘋狂。狂歡一直持續到深夜。

我靜靜地坐在我的房間內，兩眼微閉。剛才喝了一點酒有些興奮，此刻當那酒勁下去之後，一種疲憊的感覺襲了上來，雙手微微顫抖，身體似乎已經有些不受控制。

下午在那場血戰中，我幾乎已經耗盡了體內的真氣，雖然我的內力深厚，但是連續使用修羅斬中威力最大的招式，依然不是我所能夠承受的。來到西環已經有一年多了，由於寨中的公務，我練功比以前少多了，俗話說，一天不練自己知道，兩天不練敵人知道，三天不練所有的人都知道了，看來我還要加緊練習。

說實話，此刻我真想倒在床上，好好地睡他一大覺，可我不能，雖然外面的人都在慶祝我們的勝利，但是我很清楚，這只是非常微不足道的。我們現在的實力根本無法與明月抗衡，我不能被眼前的勝利沖昏頭腦，我必須要保持清醒。

門輕輕的被推開了，我感覺到有人進來，我沒有睜開眼，因爲我手下的那些人都知道，在我沉思的時候，最討厭有人打攪。所以我很清楚，在這個時候進來的人只可能是……

那人走到我面前停了下來，過了一會兒，我聞到一股淡淡的茶香，接著，有人將一杯茶遞了過來，我睜開眼，果然是梁興。

我接過茶，示意梁興在我旁邊坐下，然後我輕輕地吸了一口茶香，閉上眼睛，讓茶水在我口腔內流動，慢慢地將茶香從鼻孔呼出，「這是剛採摘下來的在一千六百米高山上的高山茶，對不對？」我睜開眼笑著對梁興說。

梁興點點頭，「這是前兩天，趙老闆叫人送信時帶來的，說是能提氣養神，要不是下午你這個『鐵匠』耗力太多，剛才又看你喝了不少，我還捨不得拿出來呢！」

「這麼說，這是你私自貪污下來的！哈哈，那我們就要按照規矩來處置你這個『弼馬瘟』了！」

說笑了一陣，梁興突然臉色一正，「那個高良你打算怎麼處置？」他嚴肅地問我。

「你說呢？」我反問道。

「此人不可殺，但也不能輕易放掉，我覺得他將是我們和明月談判的一個重要籌碼，至於怎麼談，我想你一定已經有了腹案，對不對？」其實梁興一點也不笨，只是和我在一起時，他不大願意動腦子。

「不錯！」說到這裏，我不由得精神一振，「但我們不是和高占談，而是要和眼前的高良好好談一談。高占已經老邁，估計在位之時已不多，而高良身爲皇儲，目下的情況卻大爲不妙。如果我們能和他達成協議，讓他順利地登上皇位，那對我們以後的發展將產生不可估量的作用！」

聽了我的話，梁興眼睛不由一亮，似乎明白了我的話中含義，於是我繼續說：「但是我們首先要讓門外的那些人明白，他們才是我們真正的力量，要他們同意我們的做法，恐怕還需要一番口舌。」我沉吟了半晌。

「這樣吧，大哥，先把那高良冷一冷，明天我們和建剛、高山和多爾罕他們先好好談談。現在他們頭腦正熱，估計很難保持冷靜，而且你我今天一番惡戰，都已經很累了，我看還是養好精神，明天再說吧！」

「也好，兄弟，那你也早點休息！」

也許是太累了，我一覺睡到了天亮，來到議事廳，發現所有的人都已經到齊了，他們都在等我，想來是梁興已經通知了他們。一見我走進大廳，所有的人全部站了起來，我向他們擺了擺手，示意讓他們坐下。

我輕咳了兩聲，說道：「昨天大家都辛苦了，現在我們就來商量一下，下一步我們應該怎麼辦？高良此次慘敗，估計對明月的震動不小，用不了多久，朝廷是戰是和，必有說法。不過在此之前，我們必須要有萬全之策，我的意見是，放掉高良，向朝廷表示我們希望招安的誠意！」

此話一出，大廳內就像炸開了鍋，議論紛紛，幾乎所有的人都表示反對。

甚至連平日裏不大說話的毛建剛也說：「首領，我們剛剛戰勝明月軍，大家士氣正旺，理應趁此時招兵買馬，擴大我們的勢力，怎麼能突然向朝廷投降呢？」

我看著下面反應激烈的眾人，心裏暗自嘆息：看來這些人衝鋒陷陣還可以，但是就審時度勢，運籌帷幄而言，還相去甚遠。此次如能招安成功，進京後，我還要仔細留意這方面的人才。

我再次咳嗽了兩聲，看著大家說：

「諸位，不錯，我們雖然勝了兩場，但是讓我們仔細地想一想，這兩次我們勝在何處，勝在朝廷對我們的輕視，敵軍的主帥無能，士兵訓練不夠，明月雖已是破落不堪，但是百足之蟲，死而不僵。瘦死的駱駝比馬大，這話你們應該聽過，他們還有上百萬的軍隊，上百位能爭善戰的將軍，更何況，他們還有一位號稱帝國擎天之柱的南宮飛雲。此次如果不是他和他的鐵血軍團駐紮在千里之外的通州，鎮壓北方閃族人的叛亂，那麼我想，憑藉我們這一點的兵力，此刻我們可能早就成爲朝廷的階下囚，西環已經被夷爲一片平地了。

想那明月擁有數十萬平方的土地，人口雖因連年戰亂銳減，但也有近億的人口，大小城池數百座，多少奇人異士隱於其中；而我西環方圓不過百里，人口不過數萬，兩次大戰，士兵已不足萬人，物資奇缺，又無任何支援，我們是孤軍奮戰。況且從東京到我西環大營，只需數日的工夫，若朝廷封鎖我西環，只要一個月，不用打，我們就已經無再戰之力，到那時，恐怕遭殃的還是這數萬百姓。」

說到這裏，我看見大家已是平和許多，但還有些不平，看來還要趁熱打鐵，「我知道，你們還有些顧慮，我們今天的請降不是爲了功名富貴，而是爲了保存我們的實力，爲了去尋求更強大的力量，更是爲了這西環數萬百姓！」

我看了看大家，「今晚我要設宴宴請高良，我要最好的菜，最好的酒，最美妙的歌舞，而你們要穿最好的衣服，用最隆重的禮節招待！」說完，我起身和梁興逕自離開，留下了一群在大廳中激烈爭論的人們。

高良睜開眼，「我是在哪裡？」已經是正午，他疑惑地看著四周，發現自己身處在一間很雅致的房間裏，自己正躺在一張非常舒適的床上，身上的衣服已經不見，枕邊擺放著一套淡黃色的絲製衣服，觸手光華柔軟，屋中有人點燃了香爐，淡淡的茉莉花香飄在空氣中，讓人神清氣爽，整個人都放鬆了下來。

高良起身坐起，穿上衣服，大小正合適，看來此屋的主人是個有心人，他站起來，仔細地打量四周，只見牆上掛著一張畫像，畫中之人仙風道骨，眉目清秀，麻衣步鞋，宛如神仙。

畫前擺著一張靈牌，上書：至尊聖師，先師邵夫子康節之位。靈牌對面是一張書桌，桌上凌亂地散著幾本書，高良走到桌前，看到有一張紙壓在書下，拿起來一看，只見上面剛勁有力地寫著幾行詩，字體有些潦草：

自幼飽受人間罪，得遇先師授絕學。
十年歷盡寒窗苦，習得文武望功名。
仗劍可取上將首，運籌帷幄百萬兵。
雛鷹展翅欲高飛，絕世名將萬戶侯。
可嘆報國無門路，明珠蒙垢藏山林。
只恨世間無明主，寶劍兵書換酒錢！

炎黃曆一四六〇年十月三日夜　許正陽書於西環

墨蹟已乾，像是很久之前所作，字裏行間透露著寫詩人懷才不遇的失落心情。看罷，高良不僅暗嘆此人好狂傲的口氣，竟然口稱自己爲絕世名將，妄圖封萬戶侯。

高良啞然失笑，想明月帝國僅有五名萬戶侯，那都是在明月開國時立下赫赫戰功的元勳功臣，連現在的帝國大元帥南宮飛雲，也僅僅是五千戶侯，可笑！慢著，許正陽？這個名字怎麼這麼熟悉，對了，此人不就是那西環賊首，炎黃曆一四六〇年十月三日，那好像是馬震領兵剿滅山賊的日子。高良此時心頭一涼，那自己現在不是在賊人的大營？他呆坐在桌前。

門突然開了，從門外輕手輕腳走進一個俏麗的小丫鬟，端著熱水，她看見高良坐在桌前，連忙將水放下，跪在地上，口中說：「奴婢不知殿下醒來，驚擾了殿下，還望殿下恕罪！」說完，以頭觸地，不敢起身。

高良見狀說：「不知不罪，起來吧！」

「此處是何地？」沉默了一會兒，高良問道。

「稟殿下，此處是西環山，這裏是我們寨主的臥室，從昨天傍晚起，殿下就一直沉睡。」

原來我已經睡了快一天了，高良暗想。

「殿下，你好厲害呀！」

「我現在是階下囚，沒想到我堂堂明月大皇子，現在落到連這個小丫頭也來嘲笑我！」高良心中大怒，剛要開口。

「我聽我們寨主說：您臨危不亂，到最後都沒有逃跑，還和我們寨主大戰了近百招。您知道嗎，我們這裏除了二寨主能和寨主過上兩百招，其他的人，沒有人能和他走上十招，您好厲害呀！」小丫頭一臉的崇拜。

「我……是啊！不過，那是你們寨主承讓了，哈哈哈……」高良的臉色立時陰轉晴，心想：看來這個許正陽還不錯，沒有漏我的底，好！衝著這一點，死罪可免，這個小丫鬟挺有意思的，長得嘛，也不錯，將來如果能回宮，把她帶上，無聊時可以解解悶，不錯，不錯！

「妳知不知道我手下的人馬怎麼樣了？」高良問道。

「啊！我聽說，您帶來的人馬，被大寨主和二寨主殺光了，還有一部分被三寨主他們消滅了。可是您爲什麼要來打我們呢？我們又沒有殺人放火，我們只是想吃飽肚子！」小丫頭語氣中帶著委屈，臉上露出楚楚可憐的神情，眼中水光閃動。

高良不由得一陣心痛，「這，這……別哭，別哭，我只是輕信了壞人的話，所以……」高良說不下去了。

「真的？」小丫頭一臉的懷疑。

「真的，是那些壞人瞎說，所以……」

「那您回去，一定要把那些壞人抓起來，打他們的屁股！」小丫頭天真地仰起臉，臉上還帶著淚水。

「一定，而且要狠狠打！」說到這兒，高良也不僅笑了。「妳叫什麼名字？」

「我叫月竹，我是個孤兒，是寨主把我收養的。」

「月竹啊！那妳知不知道你們寨主打算怎樣處置我？」高良試探地問道。

「哦，這個我就不知道了，不過寨主正在準備酒宴，說是要給你壓驚，他說，他最佩服像你這樣的勇士！」說到這，月竹的眼中再次流露出崇拜的神情。

高良心中的一塊大石放下了，兩人又聊了一會，小丫頭起身告辭。高良坐在桌前，心中久久不能平靜，昨日的一幕幕浮現在他的腦海裏，許正陽和梁興尖嘯的大槍，那血肉橫飛的場面，那淒慘的叫聲，發狂的雄獅，兇狠的驍騎，甚至之前的種種騷擾。

高良不僅渾身打顫，拿起桌上的詩，又看了一遍，想起月竹剛才的談話，他不僅暗中長嘆：

「許正陽啊，許正陽，你果然是個修羅，你也真是個奇才。高良啊，高良，你若能得此猛將，飛龍軍團必將橫掃天下，又何愁皇位不保，得此一人，勝過百個千個馬震。」

# 第四章　接受招安

傍晚，我坐在大廳內當中的大椅上，看著兩旁愁眉苦臉的眾人，一邊生氣，一邊還要強壓著心中的笑意。

我手下的這些人，大多是平民出身，也沒有什麼好衣服，所以穿著五花八門，什麼樣的服裝都有。更有甚者如葉海波，這位老兄身穿著一件新郎服，大紅緞子配著他那張黑臉，再加上頭上那頂新郎帽，梁興首先忍不住衝出大廳，接著就聽見廳外傳來一陣歇斯底里的笑聲。

我一邊強忍著臉部肌肉的不停抽搐，一邊問他爲什麼穿成這樣，他反而振振有辭的說，是我讓他們穿最好的衣服，他身上的這身衣服是他老娘在世時給他做的，是他最好的一件衣服，如果不是我吩咐，他才不會穿呢！

「住嘴！」我實在是忍不住了，「今天你結婚呀？我讓你穿好衣服，可沒有讓你打扮成新郎倌，你是想和誰結婚！」

我扭頭又對其他人說：「還有你們，都別笑他！你們自己看看，都穿的像什麼樣子？我今天是要宴請皇室成員，當今的太子，不是搭台唱大戲！特別是你，陳可卿，你別笑別人，你看看你，明知道自己胖，還要穿什麼緊身衣服，你那身肥肉晃呀晃的，晃得我頭暈！你們幾個馬上給我滾出去，換一身合適的衣服！」

然後我對已經笑得快要倒下的高山說：「盯著他們，什麼時候穿的像個人樣了，什麼時候回來！」

幾個人嘴裏嘀咕著走出大廳，我看著他們離去的背影，對剛走進來的梁興搖搖頭，嘆了口氣。「大哥，佈置的怎麼樣了？」我問梁興。

「一切按計劃進行，就看今晚了。」梁興走過來，拍了拍我的肩頭，我深深吸了口氣。

掌燈時分，酒菜已經擺好，所有的人端坐在大廳。我坐在中央，大家鴉雀無聲，靜靜等待。

「太子到！」傳令兵在門外喊，我連忙起身，廳內的眾人也一起隨我起身，跟著我迎了上去。

「草民恭迎太子！太子殿下千歲，千千歲！」看著高良走來，我連忙跪下，口中恭敬地說。身後的眾人心不甘、情不願地也隨著我一起跪下喊道。

「免禮，平身！」高良顯得有些受寵若驚，但是十分受用地說。

我站起身，「太子請！」「寨主請！」高良和我推讓了一番，然後走進大廳，我緊隨其後，眾人也魚貫而入。我和高良再次謙讓了一番，分賓主坐下，我一擺手說：「上酒！」宴席正式開始。

我端起酒杯：「來！讓我們共敬太子千歲一杯！」眾人也一起站起來說：「敬太子千歲！」高良也端起酒杯，和我們一飲而盡。

酒過三旬，我對高良說：「久聞太子文才過人，如此乾喝無趣，草民有一曲，願舞於殿下，不知殿下有無興趣？」

「壯士文武雙全，小王洗耳恭聽。」

「刀來！」我喝道，有人將我的誅神呈上。我起身拿刀，大廳兩旁絲竹聲起，我隨曲舞動雙刀，口中唱道：「醉裏挑燈看劍，夢回吹角連營。八百里分麾下炙，五十弦翻塞外聲。沙場點秋兵。馬作的盧飛快，弓如霹靂弦驚。了卻君王天下事，贏得生前身後名。可憐白髮生！」

唱罷，我將雙刀向地一插，伏身跪下，「請殿下恕草民之罪！」我大聲說。兩旁眾人也連忙起身隨我一起跪下，梁興向身旁的高山一使眼色，高山立刻會意，伸手狠狠地擰了一下跪在身旁另一側的五花太歲，陳可卿突然張嘴大哭。

高良被眼前的情景搞得有些吃驚，連忙起身攙扶我們：「壯士這是何故，爲何行此大禮，且哭得如此傷心？」

陳可卿抬起他那張胖臉。就這麼一會兒的工夫，已經哭的眼淚鼻涕直流（可能高山擰得太狠了）。

「俺們寨主原是嘯傲江湖的奇俠，一年前路過這裏，看俺們生活困難，就留下來幫俺們。寨主常常教導俺們，要上進，要爲國分憂。可自從上次那個叫馬什麼的來打俺們以後，寨主就日夜長吁短嘆，愁眉苦臉，對俺們說：從此是報國無門了！俺就看見寨主很多次在夜裏睡不著覺，對著月亮念詩，剛才那首詩，俺以前聽寨主念過，所以俺聽了以後，心裏不舒服，俺難受啊！想俺寨主才高八斗，文武雙全……（以下省略一千字），卻無伯樂賞識，俺替寨主不値呀……」

「住嘴，我等冒犯天威，原本死罪，今日向殿下請罪，你卻在這裏胡言亂語，眞是罪不容赦！」說完，我起身就要拿刀上前將陳可卿斬殺。

高良連忙攔住我，「先生不必動怒，這位壯士乃是爽快之人，小王可以看出，他所說乃是肺腑之言，也是小王疏忽，聽信了小人之言，竟讓先生這等奇才淪落綠林，此乃小王之過呀！」

「望殿下饒恕草民等忤逆之罪，我等願向殿下效犬馬之勞！」我再次跪下。

「我等願效犬馬之勞！」身後眾人同時高喊。

「各位壯士先平身。」等我們全部站起後，高良沉吟半晌，「小王這邊好說，但朝中並非是小王能說了算的，上有皇上，下有群臣，小王只怕力不從心呀！」

「殿下請不要擔心，只要殿下能將我等苦處上達天聽，替我等多多美言，群臣之事，草民自有安排！」我小心翼翼地說。

「既然如此，那我們喝酒，喝酒！」

當晚，我與高良談了一夜，第二天，高良便要離開，我也不挽留，一直將他送到大寨門口，待他上馬，我躬身行禮：「我等就在此恭送殿下，願早聞殿下佳音！」

「先生留步，小王將在京中恭候先生的到來！」說罷，高良打馬如飛，迅速離開。

我遙望著高良遠去的背影，嘴角露出一絲冷笑，轉頭問道：「大哥，前往東京聯絡趙老闆的人起程了嗎？」

「昨晚就已起程！」梁興沉吟半晌，問道：「你看此次結果會是如何？」

「我們所能做的都已經做了，昨天的戲也演足了，錢也送不少了，剩下的就聽天由命了！」

我輕鬆地對梁興說，說完，我扭身向寨中走去。

「阿陽，你老實交代，昨晚你都和那位殿下說了些什麼？」梁興急急忙忙追上我。

「保密！」我賊賊的一笑，「等著吧，最多十五天，就會有結果了。」

「你這個狡猾的小狐狸！」梁興指著我說。

「別忘了，你是我哥，我是小狐狸，那你就是一個大狐狸！」說完，我拔腿就跑，梁興笑罵著在後面追我……

等待是最讓人著急的，十五天過去了，東京沒有一點動靜，連我派去的人也沒有消息，難道是老天爺不幫我？我有些心急火燎，但表面上我還要很平靜，我知道我不能表現出著急，否則恐怕整個寨子都會不安穩！一方面我派探馬去東京打探，另一方面，我命令寨中加強訓練，以備不測。

又是十五天過去了，再過幾天就要是年關了，眾人已經有些像熱鍋上的螞蟻，連梁興也有些沉不住氣了。而我內心裏，早就急得上火，但我告訴我自己：冷靜，冷靜，我現在能做的只有等待……

這天，我正在書房裏心不在焉地翻著書，房門突然被撞開了，梁興闖了進來，興奮地對我喊：「阿陽，東京來人了，東京來人了，欽差就是高良！」

聽聞此言，我心中一陣興奮，連日來提在嗓子眼兒裏的心，一下子放了下來。我連忙吩咐：「來人，通知寨中所有人，擺隊迎接！」

來人果然是高良，當他來到寨門口，我們早已恭候在那裏。

一行人來到大廳，高良從身上拿出一份黃色錦緞，「許正陽、梁興眾人接旨！」

「草民領旨！」我們趕快跪在地上。

「奉天承運，皇帝詔曰：西環賊寇許正陽、梁興等人，占山爲王，聚眾搶劫，危害商旅，並多次與朝廷作對，罪不容恕。然念其一心報國，其忠貞之心可嘉，且武功蓋世，文才過人，實乃國家棟樑之才，故對其以往所犯之過，不予追究，現命其從即日起，立即解散西環賊寇，焚燒營寨，即日入京。封許正陽爲東京九門提督，統領城衛軍，原西環眾賊首依然歸其所屬，西環賊眾納入城衛軍，西環賊眾家屬遷入東京，欽此！」

「臣等謝恩！願吾皇萬歲！萬歲！萬萬歲！」

我起身接旨，口中向高良答謝，然後設酒宴款待高良一行。

在與高良的談話中，我才知道，原來飛龍軍團的失敗著實讓朝廷震動不小，高良到京時，正是議和之聲四起，所以當高良談起此事，倒也沒有費太大的事。倒是如何安置我們，意見很多，所以當高良提出由於九門提督馬震身亡，九門提督一職一直空缺，而且城衛軍損失近萬，讓我們來補此缺時（**我的條件之一**），引起了軒然大波，很多大臣一致反對。高占對此也是猶豫，不能做出決定。

正當高良爲此頭痛之時，一日早朝，原先對此事反對最爲激烈的大臣突然改變了主意，聯名上奏，表示我是九門提督最合適的人選，所以當聖旨下來，高良第一個請奏來做這個欽差大臣。

知道我此時什麼感受嗎？心痛！非常心痛！讓那幾個老東西改變主意，趙良鐸肯定花了不少的金幣。這下我還沒有上任，就先欠下了一筆巨債，我該怎麼還呀？

炎黃曆一四六〇年底，經過進一個月的苦苦等待，我終於可以光明正大地走進了東京。我和梁興、葉家兄弟在高良的帶領下先行啓程前往東京，留下了毛建剛、王朝暉和高山配合朝廷的使者處理寨中最後的事務。

東京，明月帝國的首府，人口有一千兩百萬，是明月帝國的政治、文化、經濟、金融和軍事中心。這裏有帝國最好的建築、最悠久的學府、最可口的飯菜、最美的女人，還有最昂貴的物價。在這裏，只要你有錢有權，你就可以享受到帝王般的待遇；反之，你只有受人欺壓，做一個平凡的百姓，過著勉強能夠維持的生活。更甚者，就是淪落街頭，沿街乞討，甚至與野狗爭食。

來到東京的第一天，我沒有去提督府上任，因爲高占在我來到東京的頭兩天，和他的寵妃前往西山遊玩，到明天才能回來，因此我只有等待。

高良讓我先住在他的府裡，我同意了。我沒有去趙良鐸那裏，因爲我不想讓人知道我們的關係，更何況，我現在也不敢見他，怕他向我要債。我知道，爲了替我打通朝中的關係，一定讓他破費了不少，這筆賬他遲早要和我算，所以能躲一天是一天吧！

當晚，高良在翠鳴閣設酒宴請我們。這翠鳴閣是東京最大的銷金窟，裏面有明月最好的廚師親手烹製的美酒佳餚，而且四方佳麗雲集，更由享有「明月花魁」之稱的梅惜月坐鎮。傳聞此女琴棋書畫樣樣精通，且能歌善舞，雖然賣藝不賣身，但是京中官宦子弟、富商巨賈趨之若鶩，一擲萬金卻只求能見美人一面。

我們來到翠鳴閣時，酒宴已經擺好，我們逕自來到三樓的雅間，只見有很多人已經等在那裏，高良將他們給我一一介紹，都是些朝廷大臣，或是京中有頭有臉的人物，想來都是屬於高良一派的。

我臉上帶著很虛僞的笑容，一邊嘴裏說著「久仰」之類的客套話，一邊盤算著以後如何與他們相處。一番客套，大家分賓主落座。

作爲今天的主角，我坐在高良的下手，剛剛坐下，就聽門外傳來「噔噔噔」的上樓聲，進來一人。

我抬頭一看，愣住了，心想：真是怕什麼來什麼，怎麼這麼巧！竟在這裏碰上他。

來人一進門，就對高良拱手施禮說：「在下來晚了，殿下恕罪！」

高良也起身迎上去說：「趙先生怎麼此時才來，應當罰酒三杯！」說完，拉著那人的手，向我走來，邊走邊說：「來，來，來，趙先生，我給你介紹一位少年俊傑。」說著，就已經走到我的面前。

此時，我只好站起來，對來人拱手說道：「趙老闆，多日不見了！」

來人正是我的大債主，趙良鐸。我不知道當時我的表情如何，但我知道，我的臉色一定很難看。

「許寨主，多日不見，你的氣色不是很好呀！想來一定是路上辛苦了！」趙良鐸一臉的關懷，語氣也十分真摯。

「兩位認識？」高良十分驚異。

「我們……」我剛想開口，趙良鐸就搶著說：「殿下，我和寨主可是老朋友了。我的貨物曾經被許寨主搶走，爲此，我和他打過交道，是不是啊？許寨主。不過從那個時候，我就知道許寨主絕非池中之物，終有一天會飛黃騰達。許寨主，啊，不，應該稱許大人，目下在京城住在哪裡？也好讓趙某前去拜訪。」

「趙老闆客氣了，在下目前住在太子殿下的府中。」

這時高良打斷我們的話，「好了，好了，不要再客氣了，既然大家都認識，那趕快坐下，我們喝酒！」

大家都坐下，又互相客氣了一番，就開始推杯換盞，看著席間談笑風生的趙良鐸，我心中不禁產生了疑問。這趙良鐸絕對不是一個簡單人物，這席間眾人對他都十分客氣，就連那高良對他也似乎很恭敬，他到底是什麼身分呢？我和他全部的接觸，僅只是寨中的兩次見面，仔細回想，我們並沒有交談過多，可是他卻給予了我極大的幫助。從他給我提供的情報來看，很多都是非常機密的，他又是從何處得到的？我心中的疑問越來越大。

由於第二天我們還要面聖，所以這頓飯早早就結束了，在回府的路上，我小心地向高良打聽。原來這趙良鐸在這東京有三家珠寶行，而且在各地都有他的生意，還經常從西方弄來一些奇特的名貴首飾進獻給宮中，頗受京中貴夫人們的喜愛。一來二去，他和這東京各家權貴都有了交情，加之此人爲人豪爽，出手大方，所以口碑很好，在京中頗有勢力。

晚上，我躺在床上，仔細回想今晚酒宴中的情形。說實話，對今晚所認識的人，我都沒有什麼印象，倒是這個早就認識的趙良鐸，引起了我極大的好奇，不知不覺中，我就睡著了。

第二天一覺醒來，天色已經見亮，我叫醒梁興和葉家兄弟，然後跟隨高良前往皇宮，在路上，高良又仔細給我們講了一遍宮中的規矩。

一座雄偉的宮殿矗立在我眼前，它被籠罩在一層薄薄的晨霧之中，遠遠看去，像是圍繞這一層淡淡的仙氣，在寧靜的清晨中，顯得是那麼的莊嚴，肅穆。

皇宮到了！我們在午門前停下，只見所有的王公大臣都靜候在門外，三三兩兩地扯著閒話。高良領著我走過去，一一介紹，我雖沒有來過東京，但是「許正陽」這名字早已名滿廟堂，再加上趙良鐸的金幣和我刻意奉迎、謙虛恭敬的態度，很快就和他們熱絡起來。

「大皇兄，什麼時候回來的，也不告訴小弟一聲，也好讓小弟爲皇兄接風洗塵！」正當大家在閒聊之時，從門外走進一人。

我抬頭一看，只見來人中等身材，相貌堂堂，眉宇間透出一股英氣。身後還跟著一人，一臉孤傲，使人望而止步，不想上前親近。前面那人一進門就向高良走去。

「六弟，多日不見，越發是瀟灑英俊了！」高良一見此人，臉色微微一變，但馬上又恢復正常，口中也親熱地打著招呼，向那人迎去。

聽著高良的話，我心中一動，此人莫非就是六皇子高飛？我腦海中迅速浮現出趙良鐸給我的有關此人的情報：高飛，二十七歲，正宮昭儀皇后所生。自幼師從崑崙山清虛觀紫雲道長，聰明過人、心機深沉、精通兵法，統領十萬禁衛軍，其外公乃是當朝太師董斌。董家是明月開國元勳，是朝中爲數不多的幾個世襲萬戶侯，在明月根深蒂固。所以高飛在其外公的扶助下，在朝中享有極高的威望，是皇位有力的爭奪者。其門下能人眾多，而那號稱明月擎天之柱的鐵血軍團統帥南宮飛雲，更是與他交往過密，使得高飛的實力更顯雄厚。朝中大臣多是他的黨羽，對他更是言聽計從。

「這位就是那傳聞中能力敵萬夫、才智過人的許正陽？久仰！久仰！」這時，高良已將高飛領到我面前，將我介紹給高飛。高飛一聽，立刻面露驚喜，上前拉著我的手。

我連忙退後一步，躬身施禮：「草民參見六皇子殿下，那些都是謠傳，草民只是普通之人，哪能力敵萬夫，殿下切莫要放在心上！」

「不要謙虛，閣下先是在升平草原殲敵數千，又在西環將我明月的飛龍軍團打得落花流水，修羅之名，誰人不知，哪個不曉！」高飛拉著我，面帶笑容，眼睛卻看著高良。

高良的臉有些掛不住了，臉色十分難看，我連忙說：「殿下過譽了，西環之勝非我之能，那是太子殿下愛惜草民，有意相讓，以期能讓草民有所表現，使皇上能重用小人。否則以太子殿下的英明神武，小人哪裡是對手！」

聽完我的話，高良的臉色有所緩和，我心中暗罵：操你高飛祖宗十八代，我跟你有仇啊？你這是明顯挑撥離間，要不是我反應快，今天後果不堪設想。你他媽真是笑裏藏刀，別讓我有機會，我不讓你連卵蛋都吐出來，我就不姓許！

「閣下客氣了，許寨主人還沒到京城，已是滿朝皆知，更被父皇親封為九門提督，想來必是有真功夫，」說著一拉身後之人，「這位是我師兄丁顏，也是一身好武功，江湖人稱邪劍客，兩位以後要多多親近。」說完，又扭頭對丁顏說：「師兄你看，眼前這位許寨主比你如何？」

丁顏用眼角瞄了我一眼，嘴角一挑，輕蔑地說：「無名之輩，殺了些土雞瓦狗，就自以為了不起，在我看來，不過是一個屠夫而已，我尚不屑為之！」話語中帶著強烈的火藥味，一邊的王公大臣，此刻都鴉雀無聲。

我尚未發火，身後的葉家兄弟已經是火冒三丈，作勢就想衝上去，身邊的梁興死死地拉住兩人。

我強壓著火，以牙還牙：「丁大俠武功高強，自非小人所能比。不過小民雖是個屠夫，但總強過那些自以為是，靠著師門餘蔭沽名釣譽的市井小人！」

丁顏臉色大變，「那在下倒是要領教一下閣下的高招！」伸手就要拔劍。

高飛連忙分開我們，雖然臉上還帶著笑容，但眼中卻閃過一道寒光。

高良也過來勸阻，不過面帶笑容，在我耳邊輕輕說：「罵得好！這傢伙自從來到京中，囂張跋扈，我早就看不順眼了！」

我心中一陣苦笑。沒想到這九門提督還沒有當上，先把當朝皇子給得罪了，人說新官上任三把火，我這第一把火就先燒到了這皇子身上！

就在兩邊劍拔弩張之時，一位公公走過來，尖聲說道：「各位大人，聖上有旨，上殿早朝！」眾臣連忙整冠魚貫而入，向大殿走去。高良讓我們在殿外候旨，交代了我們幾句，轉身上朝。

我們在殿外等了一會兒，就聽大殿傳來一聲吆喝：「宣許正陽、梁興入殿！」我和梁興連忙朗聲應道：「草民許正陽、梁興領旨！」然後吩咐葉家兄弟在殿外守候，大步向殿中走去。

走進大殿，只見兩旁文武站立，正中央高坐一人；我沒有見過高占，想來此人就是。我仔細打量高占，只見他五十出頭，長得倒是十分威武，只是面色蒼白，眼窩深陷，想來是縱欲過度。不過總體而言，他身上倒還不乏帝王的威嚴。高占身後還立一老者，兩目微閉，面目清瘦，有些仙風道骨的味道，不知是何人。

我正在想，突然聽到一聲大喝，「大膽，見到聖上卻不參拜，簡直是罪不容赦！」高飛閃身站出，「啓稟父皇，許正陽、梁興面君不跪，分明是藐視天威，其罪當斬！」

「啓稟父皇，許正陽乃江湖中人，不懂朝廷禮儀，故一時失態，請父皇饒他不敬之罪！」高良連忙站出爲我求情。

我和梁興連忙跪下，我伏在地上說：「請皇上饒命，草民初見天顏，聖上天之驕子，爲世人推崇，草民為聖上的威儀折服，一時失態，請皇上恕罪！」

千穿萬穿，馬屁不穿。高占聽了後十分受用，讓高飛、高良退下，叫我和梁興先站起來，非常和善地問：「久聞壯士武藝高強，才華過人，不知師從何處？」

早料到你這老傢伙會問，我心想。「草民與梁興自幼在飛天的漠北奴隸營長大，有幸師從邵康節！」

「可是那有飛天第一才子之稱的儒學大師邵康節？」高占有些動容，他身邊的老人也將眼微微睜開。

沒想到夫子有這麼大的名氣，我暗暗吃驚，連忙回答：「正是！」

這時，高占身邊的老人似乎有些激動，附在高占耳邊輕輕說了兩句。高占點點頭，又問我：「那你師傅現在何處？」

「啓稟皇上，我師在一年多前不幸過世！」

這時高占身邊的老人突然開口，「他怎會過世？他年僅四十六，怎會過世！」

我有些吃驚，這個老人是誰？竟然對夫子如此關心，而且還敢打斷高占的話。而高占也不阻止，倒是兩旁的眾臣有些驚異，就連高良和高飛都很疑惑。

我和梁興對視了一下，心想：莫非這位老人與夫子有什麼關係？連忙恭敬地回答：「這位老先生，事情是這樣的……」我將當年開元城的事情講述了一遍。

那老人聽了不知為何，老淚縱橫，轉身對高占說：「聖上，請恕老臣今日失態，老臣有些不適，先行告退！」

高占十分恭敬地對那位老人說：「國師請便！」

待那位老人消失在大殿外，高占又問我：「既然愛卿文從邵先生，那武從何人？」言語中已是親切了很多。

「啟稟皇上，草民與梁興幼年曾得一位道人暗中教授武功，那道人外號蛇魔道人。」

「什麼！」這時就聽高飛驚叫了一聲，聲音中帶有憤怒，更充滿了吃驚和恐懼。

「皇兒，你可聽說過此人？」高占有些疑惑地問高飛。

「啟稟父皇，兒臣幼時在崑崙學藝時，曾聽師傅提起過此人，這蛇魔道人武功高強，行事怪異，嗜殺成性，乃是一名江湖怪人。」

「既然如此，想來許愛卿與梁愛卿師出名門，必是文武雙全。許正陽、梁興上前聽封！」高占道：「任命許正陽為東京九門提督，統領城衛軍，梁興為城衛軍副都統。西環眾將歸其麾下，任命為千騎長，具體由許正陽安排後報上！退朝！」

我和梁興剛想上前謝恩，就聽一人高喊：「且慢！」

聽到那一聲大喝，我心裏一陣大怒，心想：高飛，又是你這個王八羔子！

隨著那聲音剛落，高飛搶身從旁站出，拱手施禮，「啓稟父皇，兒臣認爲讓那許正陽出任九門提督一職不妥。」

「皇兒有何見解？」高占顯然沒有想到會有人反對，十分好奇地問。

「兒臣認爲，九門提督一職事關重大，不可輕易任命，前任九門提督馬震就是一例。」高飛道：「九門提督除了維護京城的治安，還統領城衛軍保護京城周圍的安全，保證京師道路的暢通，責任重大，非尋常人等就可勝任。許正陽初來京城寸功未立，而且先前淪爲草寇，如若讓他出任這一職務，恐怕難以服眾！」高飛續道：「兒臣推薦一人，就是兒臣的大師兄丁顏。此人自幼習武，武藝高強，一把斷情劍自出道以來，未逢敵手，且兵法出眾，正是九門提督一職的最佳人選。」

聽到這，我心想：你個王八羔子，說來說去，還不是爲你師兄求職，以增加你這一派的實力。但我沒有出聲，我知道自會有人反對。

果然，高飛話音剛落，高良搶身而出，「啓稟父皇，兒臣認爲六弟之言差矣，英雄不計出身！許正陽武功高強，世間難有人與之匹敵，此乃兒臣親眼所見，而且文才出眾，還請父皇三思。」

「許正陽武功高強，兒臣雖也有耳聞，但傳言多有誇張，未必真實。而且皇兄此次出兵失利，莫非是想用此藉口來推脫。」高飛陰陽怪氣地說道。

「你……」高良聞聽此言大怒，臉色鐵青，但高飛所說的也是事實，一時間竟無言以對！

「二位皇子莫要爲小人失了和氣！」我看見高占的臉色有點不對，正是我出來做好人的機會，連忙出來圓場，並給高良打眼色，示意他不要說話。我揚聲對高占說：「聖上，此事也不難決斷，臣有一策，可讓百官心服口服！」

「愛卿請講！」高占的臉色緩和下來，好奇地問。

「到底是六皇子的師兄武功高，還是臣的武功高，口說無憑，不如讓臣和這位丁大俠較量一番，比出個高低。臣斗膽狂言，只要這位丁大俠能在臣手下走過十招而不敗，就算臣輸了！」我此言一出，滿朝一片譁然。

「愛卿此言當真！」高占顯然對我的話十分好奇。

「臣不敢誑語。想當年，我師蛇魔道人在崑崙山以一己之力挑戰整個崑崙派，重傷崑崙派當時的掌教和長老，也就是當時名列天榜的崑崙三道，名震天下。今日我在十招內擊敗丁顏，已是有損我師英名！」

高飛，你敬我一尺，我敬你一丈，今天你處處和我作對，那我就撕破臉皮，你不是害怕說出你崑崙派丟臉的事嗎，那我就非把你的老底揪出來。

我說完這話，滿朝文武又是一片譁然，就連高占、高良都有些吃驚。崑崙派乃是武林泰山北斗，崑崙三道更是被人視為神仙中人，卻沒想到被人以一己之力戰敗。有心不信吧，看那高飛與丁顏那鐵青的臉色，恐怕此事不假。

不過，這也引起了高占更大的好奇，「如是這樣的話，朕就准卿所奏，明日午時，校軍場比武，朕親自觀戰，誰勝誰出任九門提督一職，散朝。高良，你要好生款待許愛卿、梁愛卿，萬萬不得有絲毫怠慢！」說完，扭身就走。

我和梁興相視一笑，同時向那高飛看去，只見他臉色鐵青，目露凶光，臉上一片殺機。我衝他一揚頭，氣得他一拂袖轉身就走。

這時，高良滿面春風地走過來，在我耳邊低聲說：「痛快，真是痛快，阿陽，你知道嗎？我已經很久沒有這麼痛快了！」

「這都是借太子之威，想那高飛目無太子，小人實在是氣不過，太子放心，明日我再好好殺殺他的威風！那時太子一定會更加的痛快，呵呵！」我已經得罪了高飛，那就一定要與高良拉好關係，省得到時兩頭不討好。

「好！好！」高良說罷，放聲大笑。我心想，還是這傢伙好唬弄。

在回府的路上，我突然想起一件事，將梁興拉到一邊，悄悄地問：「弼馬瘟，可還記得剛才在殿上站在高占身後的那位老先生？」

「當然記得！」梁興悄悄地回答。

「你對這人怎麼看？」

「我看此人和夫子的關係必然非同尋常，不然也不會聽到夫子死去的噩耗，當時就淚流滿面，不能自已。我想，他和夫子的關係一定很親密，他會不會是夫子臨死前讓我們來找的人呢？」

「我也這麼想，弼馬瘟，如果此人與夫子真的有關係的話，我們應該對他施禮！不過，在沒有確定之前，你我萬萬不可輕舉妄動！」我嘴裏這麼說，心裏還在想，看朝中的情形，這位老人應該是說話很有分量的人物。我應該早日探明他和夫子的關係，這對我今後在明月的計劃很有幫助。

回到府中，高良再次宴請我們，席間我向他打聽那位老者的情況，原來那位老者複姓鍾離，單字名勝，乃是明月的三朝元老、玄學大師，也是當今皇上的師傅，在朝中享有極高的聲譽。而且鍾離家族是明月的開國元勳，享有自己的封地，世代鎮守明月的西陲重鎮：武威。這鍾離勝更是厲害，自幼鑽研道典，精通易學。

此人很少發表自己的政見，但所言必爲皇上採納，不過這幾年不知爲何，在朝中一言不發，更將雙眼閉住，不過爲何今日失態，高良也不清楚。我心中暗自盤算，那天一定要去拜訪這位老人家。

次日，我和梁興等人隨高良前往校軍場。遠遠就看見校場外人山人海，僅僅一天的工夫，我和丁顏比武奪提督的消息傳遍了京師，男女老幼爭相觀看，還有人開起了賭盤。

老百姓來看熱鬧，那些官員恐怕是另有想法。一個是太子眼前的紅人，殺人無數的嗜血修羅；另一個是皇位有力的競爭者、當朝六皇子的師兄，大名鼎鼎的邪劍客，這場比武內在的含義遠遠的超過了它的觀賞性。

我們隨高良逕自來到場中，我看見高飛和丁顏早就等在那裏。丁顏一身勁裝，臉上還是一臉的輕蔑，眼中充滿仇恨，不過我看得出，他還是有些緊張。倒是那高飛，臉上帶著笑容，非常熱情的向我們走來，一點也看不出就在昨天，我們還是勢同水火。真是個奸人！我心裏想。

「皇兄，怎麼現在才來，我還以爲你會來得比我早呢，讓小弟好等！」高飛一臉假笑。

「六弟，我看是你來早了！父皇還沒有來，急什麼？我可不想來這麼早，急著輸呀！哈哈哈！」高良語中帶刺。看來我和丁顏還沒開仗，他們兩個就已經先鬥起來了。

高飛沒有搭理高良的挑釁，轉臉對我說：「許寨主，昨日多有得罪，還請寨主不要介意呀！一會兒比武，寨主還要手下留情呀！」

他媽的，一口一個寨主，擺明了要讓我好看。老子大人有大量，這會兒不理你，一會兒比武時，看我如何修理你那個師兄！我心中暗想，嘴裏還要客氣著：「六皇子客氣了！」

大家說了一會兒，那高飛大概覺得無趣，向高良起身告辭。過了一會兒，就聽有人高喊：「皇上駕到！」只見高占在一群御林軍的護衛下，緩緩來到校場，走上場中央的閱兵台，身後跟著鍾離勝，全場的人都跪了下來。

只聽高占清了清喉嚨，說道：「今日許正陽、丁顏二位卿家比武，勝者將出任九門提督一職。比武之時，刀槍無眼，請兩位卿家先立下生死狀，生死有命，任何人不得事後報復，如有違反，殺無赦！」

全場聞聽此言，都是一愣。我也是一呆，偷眼看去，卻發現鍾離勝也在看我，帶著一種令我似曾相識的慈愛眼神。見我看他，微微向我點了一下頭。我明白了，這一定是他出的主意，以防我有不測。

「比武現在開始！」在太監尖厲的喊聲中，所有的人向場邊退去。

高良在路過我身邊時，壓低聲音說：「幹掉他！」

我微微一笑，「太子放心，我會讓他比死更難過！」高良滿意地點點頭。

我兩手空空走進場中，也不將身上的長衫脫去。我暗中運起嗜天訣，體內真氣勃然而發，龐大的氣場以我的身體爲中心，向四周散開，將整個校場籠罩。瞬間，我整個人融於天地之間，與場中萬物的氣機相和，一呼一息間，逞若我就是這個宇宙，宇宙就是我。整個校場之中的一草一木，任何動靜都難逃我的六識，我牢牢鎖住了丁顏的氣機。

我緩緩向他走去。

此時場外的眾人，沒見識的人看到丁顏此時臉色蒼白，都十分奇怪。而有見識的人則是臉色大變，憂喜參半，只不過，高飛等人是憂，高良等人是喜。

丁顏此時臉色蒼白，臉上的驕傲與輕蔑蕩然無存，「拿出你的武器！」他厲聲喝道，但是聲音顫抖，斷情劍早已在手。

「我沒帶兵器，不過，丁大俠請放心，我的兵器已在我心中，天地間一草一木都是我的兵器，我就是兵器，兵器就是我，請不要顧慮！」我淡然說道。我們在場中對立半晌，誰也不動手，但我的氣勢越來越龐大。

「退票，退票！」場外有人有些不耐煩了。

我微微一笑，開口說：「既然丁大俠不出手，那麼就讓我拋磚引玉。」說完，一拳直向他打去。

這一拳沒有任何花巧，只是普普通通的一拳，卻融合了我修羅斬中一百零八式的精華，大巧若拙，化腐朽爲神奇。霎時間，就連場外的眾人也感受到了巨大威力。

這一拳很慢，卻有著在沙場上千軍萬馬一往無前的氣勢，丁顏只覺得喘不過氣來，手中斷情劍舞成一團光華，左衝右突，卻總是被我這一拳的氣勢所籠罩。

突然，全場都聽見了一陣骨骼的碎裂聲。丁顏只覺一股強大的氣勁湧入體內，而且一股一股，連綿不絕，似乎要將自己的身體撐爆，接著，他清楚地聽見自己身體內骨骼的碎裂聲，一陣巨痛，接著一口鮮血從口中噴出，然後就人事不知了。

場外的人呆住了，原想看一場龍爭虎鬥，卻沒有想到我只出了一拳，就結束了這場比武。在他們眼中，是丁顏將自己的身體送到我的拳上，然後就癱倒在地，整個校場鴉雀無聲。

半晌，不知是誰說了一句：「修羅！」全場沸騰起來，高呼：「修羅！修羅！」

早有太醫走過去檢查丁顏的傷勢，過了一會兒，來到高占的身邊，低聲說了兩句。高占的臉色一驚，朝我看了一眼，然後面有喜色，起身宣布：

「這場比武是許正陽獲勝，從即日起，由許正陽擔任九門提督一職，今日我明月得此勇士，真是天佑我明月！」

我連忙跪下謝恩。

其實我知道太醫對高占講了什麼，那一拳，已將丁顏全身的骨骼震碎、經脈爆裂，即使能活過來，此生也只能在床上苟延殘喘，就算是大羅神仙也救不活他。

高良帶人衝進場內，將我抬起向空中拋去，這時高占等人已準備退場，我看見鍾離勝在高占身後向我微微點頭，我也還以一笑。但瞬間，我又被高良等人淹沒。

我不斷和向我祝賀的人們打招呼。突然間，我感到背上一陣發冷，似乎有一雙眼睛在看著我。

我扭頭一看，是高飛，他站在場外看著我，臉上雖然還帶著笑容，眼中卻流露出令人不寒而慄的陰冷目光。我知道，比武還沒有結束，從現在起，這場比武才真正開始。

新年的鐘聲已經過去，在祝賀與嫉恨聲中，我走馬上任，成爲東京的九門提督。說實在的，我對這個九門提督的興趣並不大，更重要的是我可以統領城衛軍，這五萬城衛軍才是真正想要的。這樣我既可以安置西環的近萬士兵，又可以暗中借助朝廷的力量擴大自己的實力，同時可以借助九門提督這一職務尋求更多的助力，這樣一石三鳥的好事，我何樂而不爲呢！

不過說起來，這九門提督聽起來好像很風光，其實是一個吃力不討好的差使。京中的王公貴族多如牛毛，想我一個小小的九門提督能管得了誰？一個不小心，就會得罪某個權貴，讓你吃不了兜著走。我心裏很清楚，很多人都在等著看我的笑話。更何況還有一個高飛，他就像一條隱藏在暗處的毒蛇，只要我稍一鬆懈，他就會突然跳出來惡狠狠的咬我一口。所以，我就像一隻汪洋裏的小船，隨時都會被淹沒，我真正體會到了什麼叫做如履薄冰的惶恐滋味。

這天，我起了一個大早，帶著梁興、葉家兄弟興沖沖地前往九門提督衙門。提督府位於東京城西，一進衙門，就有兩個衙役打扮的人攔住我。

「幹什麼的！也不看看這是哪裡？悶著頭就進，當是你家呀！」

我看了看，沒有理會他。「叫這裏負責的人出來！」

「負責的人？」其中一個衙役的語氣有些輕蔑，「負責的人早死了！你去陰曹地府裏找他吧！」

葉海波聞言大怒，一手一個將兩個衙役抓起，「混蛋，你們竟敢咒我們大人死了，我看是你們想死了吧！」

「海波，趕快鬆手，別鬧事！」梁興在一旁趕忙勸阻，又對那個剛要發火的衙役說：「去通知你們這裏管事的，就說新任的九門提督許大人到了。」

「許大人？」那衙役有些震驚，「可是那個在校場一拳擊敗邪劍客的許大人？」他說話有些結巴。

「廢話！還不趕快通知，莫要讓我們大人等久了！」葉海波環眼一瞪。

「是，是，是，小的馬上去通知！」一個衙役一溜煙跑進府內，而剛才那個和我們說話的衙役不知什麼時候也不見了。

片刻，一個做幕僚打扮，五官端正、面如白玉、英姿颯爽的年輕人，帶著一幫人急匆匆地跑出來，他快步來到我面前：「小人九門提督衙門參軍鍾離師，參見九門提督許大人，不知許大人今天要來，未能迎接，請恕小人失禮。」說完就跪了下來。

我連忙將他攙起，「這也不能怪你，是我事前沒有通知，好了！我們還是進去再說吧！」我看看慢慢圍在府門前的人，微微皺眉。

# 第五章　立威東京

進入府中，我們先客套了幾句，然後我開門見山地問鍾離師：「鍾離參軍，不知提督府目前有多少人，府內事務處理得如何？」

「啓稟大人，自馬大人離去後，府內倒也平靜，各項事務進行順利，現府內有參謀六人，文書十八人。」鍾離師恭敬地回答。

「很好！那煩勞鍾離參軍將府內的卷宗拿來，也好讓我先熟悉一下狀況！」

片刻之後，鍾離師將一摞厚厚的卷宗抱來，我隨手拿起一本卷宗翻了翻，問道：「這裏可有城衛軍兵冊記錄？我想瞭解一下。」

鍾離師遲疑了一下，「城衛軍一直是由馬大人一手掌管，下官並不知曉，這裏只有一些普通的資料，詳細的記錄在馬大人離去後，被太子殿下派人拿走了。」他停頓了一下，似乎有些猶豫，「下官建議，明日還是由大人親自前往兵營查看，這樣大人可以更加清楚！」

聽完這話，我心裏有些明白了，「那好，你先下去吧，有事我再找你。」

鍾離師躬身退下。我吩咐葉家兄弟先去休息，我和梁興在房內拿起卷宗慢慢閱讀。

突然，我放下手中的卷宗，對梁興說：「大哥，你看這鍾離師如何？」

「尚不瞭解，不過從剛才的接觸來看，我感覺此人非常精幹，並非普通的刀筆吏。從他話語中，城衛軍……」梁興搖搖頭，沒有往下說。

我沒有出聲，不錯，城衛軍看來有些問題，甚至連高良也牽涉在內。

陡然間，我聽見府門外一陣喧嘩，鍾離師匆匆跑進來。

「大人，出事了！」

「大人沒有出事，大人在這裏好好的坐著呢。」我笑道，「鍾離參軍，別慌，有事情慢慢講！」

鍾離師也有些不好意思，「大人，門外發生了命案，很多百姓聚集在衙門口，說要大人主持公道。」

「這有什麼慌張的，將兇手緝拿歸案，依法論處不就行了！」我有些不以爲然。

「兇手已經緝拿，但此人是太子府中的人，乃是太子府總管的兒子，此人平日裏就仗著他老子在京中橫行霸道，百姓無人敢惹，今日在市集中與人發生口角，將人打死。不過要在往日，也沒有許多麻煩，但今日不知爲何，竟有許多人出頭，並且糾集了很多百姓在府門外鳴冤告狀，勢頭有些不對。」

我一聽，腦袋一下子大了很多，這明顯是有人背後策劃，要我好看，若我偏袒此人，會有人將我告上金殿，若我秉公處理，勢必將得罪太子，以後的日子也不會好過。

沉吟半晌，我抬頭對鍾離師說：「鍾離參軍，煩勞你先穩住門外眾人，我留大哥在此協助，給我半個時辰，讓我來處理！」然後，我對梁興使了一個眼色，梁興不容鍾離師開口，拉起他立刻往外走。

我起身走出門外，從後門溜出，迅速前往太子府。來到太子府，我徑直向府裏走去，由於這幾日我一直住在這裏，門衛也沒有阻攔我。我直奔高良的書房，也不敲門，直接闖了進去。口中大叫：「太子，大事不好了！」

高良此時正坐在書桌旁看書，看見我慌張的模樣，有些詫異，「阿陽，你今天不是去提督府了嗎？怎麼這時候回來了？竟然讓你慌慌張張的樣子，究竟發生了什麼事？」

我將事情的來龍去脈告訴了高良，高良一聽不由笑了：「我當發生了什麼，讓你如此慌張，這種小事，賠他些金幣不就行了！」

「太子，臣有異議。在臣看來，此事非同小可，甚至將危及太子的皇位！」

高良聞聽一驚，「此話從何而言？」他連忙問我。

「太子，恕臣下直言，太子目下登基最大的障礙乃是來自六皇子高飛，那高飛出身正宮，背後有太師撐腰，更有董家暗中支持，朝中百官多偏向於他。而太子出身平民，身後也沒有什麼後臺，只是皇上礙於祖訓，授太子以皇儲之位，若皇上不幸歸西，則太子必將陷入兩難！今日之事，以臣看來，必是有人暗中策劃，若處理不好，臣的官職事小，而太子也要背上一個馭下不嚴、縱容屬下為禍京師的名聲，到時，太子的處境會更加不利。」

「這麼嚴重？依你之見，該當如何呢？」高良也有些失了方寸。

「臣以為我等正可借此機會，收買民心。古人云：得民心者得天下。太子出身平民，百姓對太子原就有親近感，若能就此事作些文章，對那些奴才嚴加處理，則百姓定會盛讚太子公正英明，對於太子之大業大有所助，而且此事若傳到皇上耳中……」

高良一聽，大喜，「阿陽，我早知你足智多謀，此事甚好。就依你所議，將那奴才秉公處理，若我府中有人干涉，不要顧慮，給我狠狠的管教，你速去處理此事……」

我等的就是這句話，立刻告退出府，直奔九門提督衙門而去。

遠遠的，我就看見衙門口堵著很多人，高喊：「我們要見提督大人，嚴懲兇手……」其中有幾人的嗓門最大。我連忙從後門進去，在房中換上官服，直奔大堂。此刻，梁興和鍾離師已經是滿頭大汗，不停地勸慰百姓。

看見我從後面走出，兩人臉上都露出笑容，高聲說：「大人來了，肅靜！……」可堂上一片亂哄哄的，沒有人聽見。

「都給我住嘴！」我見狀大怒，運氣高聲喝道，聲音中帶有內力，震得眾人兩耳直鳴，堂上霎時間一片寂靜。

我走到大堂正中的桌前坐下，面似沉水，不怒自威。「誰是原告？」堂下站出兩個婦人，神情緊張，身體不住打抖。

「誰是被告？」眾人一指堂前跪著的一人。

我一拍驚堂木，怒道：「大堂之中只要原告、被告。爾等何人竟然咆哮公堂，來人，除了原告被告之外，其餘閒雜人等，給我亂棒哄出大堂！」兩旁的衙役二話不說掄棒就趕。

「我們要看大人秉公執法，我們要在這裏看著！……」又是那幾個蒼蠅。

我冷笑地望著喧鬧的眾人，我將梁興和鍾離師招到身旁，低聲說了幾句，二人領命向後堂走去。我又將葉家兄弟叫來，在他們耳旁低聲說了兩句，只見他們像一陣旋風一樣衝進人群，不一會的工夫，兩人一人一手拎著一人回到大堂，將手中之人往地上一扔。

我冷笑兩聲，「我已經注意你們很久了，就是你們在一直搗亂，你們以爲我不知道。今天我就拿你們開刀，讓那些在一旁想看笑話的人見識一下本官的厲害！」我高聲喝道：「此二人帶頭擾亂公堂，聚眾鬧事，來人！給我一人背刺五十！」

這時，梁興和鍾離師手中拿著幾根大棒，棒的一頭沾著一層還未乾的紅油漆，回到大堂。早有衙役上前將那幾人上衣扒光，按在地上，又有衙役從梁興二人手中接過大棒，掄圓了就打……

初時幾人還口呼冤枉，十幾棍下去，就只剩下慘叫了。此時，大堂上靜得只有那幾人的慘叫，連一旁的原告和被告都是臉色煞白。人們都悄悄地退了出去。

我不理還在一旁哼唧的幾人，扭頭對堂下的人說：「你們有何冤情，一一說來，本官自會秉公辦理！」

原告畏縮著將事情一五一十地彙報，我心中也有了定奪。正當我想宣判之時，門外一陣騷亂，徑直闖進來一個老頭，一身華服，趾高氣揚，衝我只是一拱手。正是太子府的總管，高牧。

我也微微欠身，拱手說道：「不知總管大人前來，有失遠迎，不知有何指教？」

「聞聽小兒出了事，特向大人求情，念他年幼無知，放過他吧！在下自會牢記大人的這番情義。」

我面現爲難之色，「總管大人，令公子可是犯了殺人之罪，這……」

我話音還未落，高牧臉色一變：「殺一兩個賤民又有何妨，大人莫忘了，大人還是山賊之時，是我家太子殿下替你求情，大人才有今天的風光。我看大人還是仔細想想，不要以後見了太子，也不好說。」

我的臉色越來越難看，你這狗奴才，竟然在大堂之上揭我老底，我若放過你，我顏面何存！一拍驚堂木，我大喝：「大膽，你也不看看這是什麼地方，竟然口出狂言，咆哮公堂，太子殿下何等英明，就是你這種狗奴才壞了他的名聲，我今天就替太子殿下教訓教訓你，以正太子之名！來人，將這老奴才拉下去，杖三十！葉家兄弟，由你二人執行，若有人阻攔，殺無赦！還有，若這老狗還能胡言亂語，你二人提頭來見我！」

我已決心將這高牧置於死地，高良那邊我以後再解釋。我不理高牧的叫罵，扭頭宣判：「被告高春，目無王法，在鬧市殺人，其罪當誅，三天後在菜市口斬首示眾！」然後我又對兩旁的衙役說：「今後若再有人咆哮公堂，不論身分，不論官職，一律先重打三十，殺殺他的威風，出事由本官一力承擔。若讓本官發現有人徇私，到時不要怪本官無情！退堂！」我氣沖沖地走向後堂。

門外眾人高呼：「大人英明！青天大老爺。」

一直目睹此事的鍾離師，臉上流露出一種非常怪異的神情，可惜我沒有發現。此時我在想，如何和高良解釋。

斬殺高春，杖殺高牧，背刺鬧事者，上任第一天，再次在京中引起軒然大波。誰也沒有想到我會將這把火燒到太子身上。

有人戲說：「這許正陽的到來，讓原本就已經很熱鬧的京城從此再也無平靜之日。」從在校場一拳打殘丁顏，到上任後的雷霆手段，讓人們紛紛議論，這新任九門提督的第三把火會燒向哪裡？一時間，京中各家權貴紛紛囑咐下人，要夾著尾巴做人，莫要惹火上身。

雖然我事先和高良打過招呼，但是，還是惹得高良十分不快，一連幾日都不與我照面。直到一日早朝，高占說起此事，大大地稱讚了高良一番，說他處事果斷，對屬下不偏不向，是朝中眾臣的典範，高良才解開心結，與我恢復了關係。

我一直記得鍾離師的話，要抽空前往軍營查看，不過由於雜事繁多，一直沒有時間。

這鍾離師果然有幾分才能，在九門提督一職空缺之時，將府內的大小事務處理得十分周全。我曾與他幾次徹夜暢談，發覺此人真是一個飽學之士，上至天文，下至地理，談古論今，都有不凡的見識，我很奇怪，這等人才爲何會委身於這小小的九門提督衙門。當我問到他時，他只是笑而不答，令我對他又增加了幾分好奇。

一日，梁興興沖沖地來告訴我，西環眾人已經來到京師，現已駐紮在西山城衛軍大營。我一聽，心中十分興奮，要知道，西環兵將才是我的根本，更何況，我來京時，擔心事情有變，將烈焰放在西環，進京多日，我真的有些想念牠了。

我立刻放下手中的書，拉著眾人就要走，出門時碰見正要找我的鍾離師，我告訴他我要前往軍營，讓他留守提督府。在我想來，他一介書生，對這兵營之事，想來興趣不大，沒想到，他也吵著要去，沒辦法，我只好也帶上他，順便也可以看看城衛軍的情況，說實話，我心裏一直沒底。

西環大營位於東京西，駐紮著城衛軍五萬兵眾，與御林、禁衛統稱京師三大禁軍，平日裏駐紮西山，拱衛京師。如遇戰亂，城衛軍將首當其衝，在我的印象裏，城衛軍應該是驍勇善戰的神武之師，上次馬震敗給我，只是由於他的無能。

遠遠的，我就看見旌旗飄揚的大營，我心中一陣激動，城衛軍，屬於我的軍隊，我來了！

剛到營外，人家突然聽見一聲震天獅吼，接著，兩道紅影從軍營中閃出向我撲來。身後眾人一陣緊張，座下的馬匹狂嘶不止，原屬提督府的眾人紛紛扯出兵器，我連忙止住眾人，「別擔心，是我的兒子！」

話音剛落，兩道紅影已經來到我面前，圍著我和梁興轉個不停，口中低吼透露出一種思念、關心，還有一點責怪。

我摟著烈焰的大腦袋，眼中充滿溫情，嘴裏還喃喃自語，像是久別重逢的親人，而烈焰也親熱地扒著我的肩膀，不停的用牠的舌頭舔著我的臉，我陶醉在這重逢的喜悅中。

久久我聽見一聲輕咳，我驚醒過來，看著身後眾人那奇異的眼神，我有些不好意思，「對不起，在下失態了，來！讓我介紹一下，這是我兒子——烈焰，那個是大哥的閨女——飛紅。」

我又扭頭對烈焰和還在和梁興親熱的飛紅說：「來！烈焰、飛紅給大家問個好！」

飛紅有些不情願地將牠的大腦袋離開梁興懷裏，和烈焰同時抬起前爪，直立起來前爪併攏，只是發出令人發怵的吼聲。眾人的馬匹再次驚慌了起來，拚命想掙脫，搞得大家又是一陣手忙腳亂。我見此情，不由放聲大笑，多日來給人卑躬屈膝、忍辱負重的不快，刹那間無影無蹤。

這時，營中眾人也走了出來，大家又是一陣親熱，隨後走進大營。

眼前的景象令我十分吃驚，這是我的城衛軍嗎？只見在我的眼前，黑壓壓站著一片面帶菜色、有氣無力的士兵。身上的軍服還是秋季的服裝，而且已經破爛不堪，手中的兵器有的都已經生銹了，看著他們，我心裏在想，這難道就是我的城衛軍，這簡直就是一群難民嘛！再看我的西環士兵，雖然著裝不整，但是卻精神抖擻，盔甲鮮明，武器雪亮。

我疑惑地看著身後的鍾離師，卻發現他也是一臉無奈的苦笑。

身旁的毛建剛在我耳邊低聲說：「大人，我們來時，有士兵告訴我們，他們已經有數月未發軍餉了，不少人都已經逃跑，情況好像不妙呀！」

廢話，你不說我也知道不妙，這哪裡是什麼城衛軍，就連護送那些商隊的傭兵團都好過他們，爲了這個城衛軍，我不惜得罪了高飛，得罪整個崑崙派。

我心中一股怒火油然而生，「解散，通知營中百夫長以上大小官員到我帳中。命令西環驍騎營將大營圍住，沒有我的命令，任何人不得出入，命令神刀、戰斧二營，把住帳口，隨時聽我調遣！」說完，我扭頭就往大帳走去。

大帳中，我查閱著手中的登記冊，臉上的烏雲越來越重，身邊的眾人也鴉雀無聲。帳外傳來一陣陣雜亂的腳步聲，接著帳簾一挑，呼呼啦啦走進五十餘人，將整個大帳塞得滿滿的，我沒有抬頭，繼續看著登記冊。

「你們誰負責這裏？」半晌，我抬起頭。

「啓稟大人，小人米通，現任萬騎長，營中日常事務，由小人負責。」一張圓乎乎的胖臉進入我的眼簾。

「原來是米將軍，這段時日辛苦了！」我強壓著怒火，和顏悅色地說：「不知米將軍能否告訴本官，這西山大營裏目前共有多少士兵？」

「這……下官不大清楚。」

「那軍械如何？」

「……」

「訓練怎樣？」

「……」

「混蛋！你是如何統領你的軍隊？你又是怎樣做你的長官？米通，我看你還是叫飯桶吧！」

我再也無法按壓住我的怒火。

「是，是，是……大人教訓的是！」米通滿頭大汗。

我身後的眾人偷偷的暗笑，我扭頭用嚴厲的眼光制止了他們。

「告訴我，這營中有多少千騎長？千夫長？你若連這都不知道，不如立刻自刎在我面前！」

「這個末將知道，這帳中都是！」

我一口將口中的茶水噴了出去，「什麼，這帳中都是，那些百騎長、百夫長現在何處？」

「都在帳外聽候。」汗……

「這兵員登記冊上不過兩萬餘人，而這裏竟有四十多位千騎長、千夫長，米通，你開什麼玩笑！」我一把將桌上的登記冊摔在米通臉上。

「高山！」我厲聲叫道。

「屬下在！」

「立刻帶領門外戰斧營清點大營人數，並查清各營長官是誰，速速報來！」

我坐在帳中一言不發，西山眾將站在那裏惶恐不安。大帳中一時死氣沈沈，只聽見被強迫抑住的呼吸聲和喘息聲。

大約過了一個半時辰，高山走進帳來，「稟大人，經查明，西山大營內現共有士兵兩萬七千三百二十六人，其中傷病六千二百零一人，多是因天氣寒冷導致，屬下已命人將他們歸攏，並派軍醫治療。但軍醫人數和治療藥物都奇缺，另外，將士大都沒有過冬衣物。各營經查明將領共二十八人，名單在此請大人查閱！」

我點點頭，對高山說：「高參軍辛苦了，先退下去！」然後扭頭又對毛建剛、鍾離師、王朝暉等人說：「去打開軍械庫，查點軍械物資，若有過冬衣物，先給士兵發下去。每個營帳內生堆炭火，供士兵取暖，將我們帶來的食物先分發下去！」

「是！」

「陳可卿，多爾汗，高山，你們立刻前往城內，儘量多請一些大夫，多買一些藥物，告訴他們，這筆賬記在我九門提督府上，要快！」

看著眾人都走出去，我又看了看城衛軍的各位將官，「各位將軍，凡我點到名字的請出去，沒有點到的請留下來，我另有委派。梁興，點名！」我看著一個個發抖的將官，冷冷地說。

沒用多大工夫，帳中只剩下連米通二十人。我冷冷一笑，「各位大人，在下要向各位借一物，不知意下如何？」我問他們，沒有等他們回答，我大喝一聲：「來人！」門外的刀斧手閃身進來，「將這些蛀蟲拉出去，斬首示眾！」

米通大驚：「許大人，這是爲何？再說，我是皇上委任的將官，你無權殺我！」

「只怕聖上不知道你在這裏的所作所爲，你將聖上倚爲股肱的城衛軍糟蹋成這樣，殺你一次都是便宜你！」說完，刀斧手將一干人推搡出去。

「鐵匠，這樣不妥吧？好歹他們都是朝廷命官，我們這樣，是不是……」梁興在大帳中只剩我二人時對我說。

「大哥，你難道沒有看見嗎？剛才閱兵之時，那些士兵眼中的絕望之色，這些人不殺，士兵心中難以平憤，將領之中難以服眾。只有將他們殺掉，以示警戒，我要的是精兵強將，不是一群蝦兵蟹將！」

「可你自來京中以後，兇殘之名已是眾人皆知，而今這樣，我是擔心……」梁興一臉的擔憂。

我心中一陣溫暖，我相信，這世上如果還有人真心爲我著想，那一定是我眼前的這位大哥。得兄如此，就算是千軍萬馬，我又有何懼，我豪氣頓生，「弼馬瘟，別擔憂，區區兇名又有什麼了不起，只要你瞭解我，就算是全天下都誤會我，我也一肩擔之！」說完，我放聲大笑。

轅門外三聲號炮，我知道，這世上又少了二十個人的性命，「來人！命令全體集合！」我傳令下去，然後拉起梁興的手向外走去。「走，人哥，去看看我們未來的無敵軍隊！」

帳外，隊伍已經集合完畢，剛穿上冬裝的士兵們一眼看到前方掛著一排血淋淋的頭顱，都吃了一驚。

只見我走出大帳，面無表情地掃視一下眼前的士兵：「今天是我第一次來到軍營，我很失望，沒想到，我心目中那支所向無敵的龍虎之師，竟然是眼前這般景象！如果你們上了沙場，看到了嗎？」我一指矗立在營門的西環驍騎營，「只要兩千，我就可以讓你們全軍覆沒。恥辱，這是軍人的恥辱，這是你們的恥辱！」

我停了下來，將自己的激動平息了一下，接著說：

「當然，這也不能全怪你們，眼前的這些敗類要負很大的責任，但是他們已經付出了代價，剩下的就要看你們了！現在，我公布九條軍規：

一、克扣糧餉、軍資者，殺！

二、訓練不力者，殺！

三、逃跑者，殺！

四、違反軍紀者，殺！

五、相互鬥毆者，殺！

六、騷擾百姓者，殺！

七、姦淫擄掠者，殺！

八、臨陣退縮者，殺！

九、不聽命令者，殺！」

九個殺字從我口中一一迸出，大營內死一樣的寂靜，他們耳旁一直迴響著我那九個血淋淋的殺字！

「在我眼裏，現在的你們是一群垃圾！如果你們不服，那就用你們的實際行動證明給我看。如果有一天，你們能證明你們是一支雷打不動、風吹不歪的無敵鐵軍，我會在你們面前收回我今天的話，向你們認錯，請你們喝酒，你們想不想?!」

「想！」數萬人異口同聲。

「我聽不見！」我大聲說。

「想！」所有的將士眼中流露出熾熱的光芒，我知道，那叫希望，那叫信心！

漆黑的一片，屋內沒有點燈，門輕輕地被推開了，一個人影閃進屋內，他沒有出聲，進屋後，只是靜靜地跪在地上。

「都已經安排好了嗎？」黑暗中，傳來一個蒼老而低沉的聲音。

「稟掌教，都已經安排好了，貨物八天後到達，師弟今晚就會將人派出去埋伏，他說要我們一定要辦好這件事，點子很扎手，所以讓我們千萬不要輕敵，事成之後，那批貨物就當是我們的酬勞。」

「好，告訴你師弟，讓他靜候佳音。此事不僅關係到他，還關係到我派的聲譽，所以掌教已經有了周全的安排，請他不要擔心！」這個聲音同樣很蒼老，但十分尖厲，與先前的聲音完全不同，好深厚的內力，竟然將自己的氣機完全隱藏。

「弟子遵命，先行告退！」跪在地上之人向黑暗中一拜，站起來轉身離去。

「現在的年輕人真不像話，怎麼出去也不關門，哎……」又是一個蒼老的聲音。

老天！這屋中到底還藏有多少人？內力居然都如此深厚！門輕輕地合上，屋中再次陷入一片黑暗，寂靜籠罩著屋內。

西山大營的風波，在我預料中會大發雷霆的高占，只是說了我兩句不該自作主張之類的批評，就不了了之了，讓我很是奇怪。不但如此，高占還下令戶部撥出一些經費，讓我將城衛軍的人員補齊，對於這個決定，朝中大臣反應不一。有很多人說，這筆費用應該由兵部撥出，但令我奇怪的是，平時總和我過不去的高飛此次不但沒有反對，甚至幫我說話，同意高占的這項不同尋常的舉動。

我隱隱覺得有些不安，但又說不出哪裡不對，既然錢已經批了下來，我也樂於接受，畢竟這世上沒有人和錢過不去，先拿到手再說。

總之，這三個月風平浪靜，一切都很順利。京城內的治安好了許多，以前那些在街上趾高氣揚的官宦子弟都老實了。而我的城衛軍，經過三個月的整頓，也都是面目一新。

一句話，現在的西山大營與三個月前截然不同，每天都可以聽見營內嘹亮的軍號，震天的喊殺聲。這才是我的城衛軍，雖然還不能說是一支無敵的鐵軍，但是卻露出了那麼一點點的崢嶸。

不過，這不是我的功勞，從那天回到提督府，我就像一個甩手掌櫃，將這個包袱甩給了梁興，並且呈報給朝廷，任命梁興爲城衛軍都指揮使，總領西山大營。

梁興第一次表現出他出色的領導才能，將營中大小事務處理得井井有條；鍾離師爲城衛軍軍機參謀，協助梁興，因爲鍾離師是提督府的老人，可以協調西環與原城衛軍的矛盾，而且我發現，鍾離師的軍事才能非常出眾，讓他待在提督府實在是一種浪費。葉家兄弟、毛建剛、多爾汗和王朝暉各統領一萬人馬，代職萬騎長。我知道他們是衝鋒陷陣、攻城拔寨的猛將，但決不是一個稱職的將軍，所以我還在城中發佈了招賢榜，以期能夠找到更加合適的人選。至於高山和陳可卿，我則將他們帶回提督府，高山更適合在提督府處理各項日常瑣事，而陳可卿，我則讓他擔任了我的侍衛。在宮中混，身邊沒有侍衛，怎麼有臉出來見人！

還有三天，就是高占的六十大壽，京中一片繁忙，各家權貴都是各顯神通，挖空心思尋找禮物。高良，高飛等人更是在兩個月前，就已經開始聯絡各地親信，為高占準備壽禮，所以這幾日，從明月各地來的車隊連續不斷，運來的東西更是五花八門，爭奇鬥豔，可謂是眼花撩亂。

炎黃曆一四六二年四月一日，東京舉城歡慶，皇城中更是披紅掛綠，熱鬧非凡。各地官員、封疆大臣早在數日前就來到京師，不能來的也派來了代表，此刻，正大光明殿中是人滿為患，大殿門口珠光寶氣，令人目不暇接。

本來，像我這種五品官員，是沒有資格進入大殿的，由於我是高良的親信，而且就職以來功績卓著，深受皇寵，所以在大殿中也有了我的座位，雖然是靠近殿門的末座。

今天的高占身穿黃袍，一臉紅光，像個慈祥的老人坐在大殿中央。看著大殿中川流不息的禮物，耳中聽著各種奇珍異寶的名字，臉上的皺紋越來越多，兩眼已經瞇成了一條線。

高良的禮物是一個用各種翡翠珠寶鑲嵌而成的孔雀，而高飛更是誇張，不知從哪裡找到了一塊重達五十斤的萬年溫玉，並找來能工巧匠將它雕成了一龜、一鶴，意爲龜鶴同壽。

「九門提督許正陽獻禮！」正在高聲吟唱的司儀突然止住了聲音，從殿外走進了一名太監，手中捧著一個托盤，托盤上蓋著一塊紅布，兩旁議論紛紛。

「爲何不念了，朕正想看看許卿家所獻何物，許卿家自上任以來，已是令人驚異不止，今日之禮，想必是別出心裁，異於旁人吧！來人，將紅布掀開！」

紅布掀開，殿中一片譁然，只見托盤上擺放著一個鐵桶，桶中堆滿了薑。

「許愛卿，這是何意！」高占有些生氣。

「聖上，請問此乃何物？」我不慌不忙地回答。

「此乃一桶薑山。」

「對！微臣恭祝皇上早日一統江山！」高占微微一愣，臉上露出笑容，我看高山的臉色已有緩和，接著說：「請公公將那塊紅布翻過來，鋪在地上。」

一旁的太監將那塊紅布鋪於殿中，原來那塊紅布本是摺在一起，現在完全展開，竟有兩米長，一米寬，紅布上繡有一個巨大的月亮，周圍是七顆形狀不一的星星，做工顯得非常粗糙。

「啓稟吾皇，這幅七星拱月圖更是意義非凡，此圖不多不少，共用了五萬零一百二十四針，乃城衛軍五萬將士和提督府包括臣在內的所有人員共同刺上去的，以表達我等將士對聖上的一片敬意。七顆星，代表著炎黃大陸上飛天、拜神威、陀羅、東瀛、安南、大宛氏，甚至西邊的墨菲帝國，他們都將臣服在我明月帝國的光芒之下。這不僅是我城衛軍的心意，我想在殿上的滿朝文武，包括我明月的百姓的共同心願。願吾皇早日能夠讓炎黃七星同拱月，明月一統照江山！」

兩旁的百官同聲賀道：「七星拱月，一統江山！……」

「好！好！許愛卿此禮果然不同，今日殿上各禮之中，以許愛卿之禮價值最輕，但分量和意義卻最為厚重和深遠。我明月自開國以來，無時無刻不以一統江山為己任。然自先皇敗於許鵬之手，我明月實力大損，可今日許愛卿之言，重燃我明月希望。不過，朕老了，這重任就由良兒、飛兒和許愛卿你們這種年輕人來完成了，來人！將這幅七星拱月圖高掛於殿中，將來不管是由誰完成此項大業，就將此圖焚燒於朕的陵前，以慰我在天之靈！傳我旨意，城衛軍將士每人賞金幣一枚，賜酒肉與朕同樂。任許正陽為上書房行在，無須稟報，可自由出入皇城。城衛軍擴編為十萬，著兵部立即辦理，九門提督府眾將官升一級，欽此！」

「吾皇萬歲！萬歲！萬萬歲！」百官同聲跪下，在他們心裏，我這個小小的九門提督的分量已經是不同尋常了。高良暗中衝我伸出大拇指，不過奇怪的是，高飛這小子竟然沒有阻止，陰謀，一定有陰謀！我暗自猜想。

酒宴開始，人家推杯換盞，我雖然敬陪末座，但是還是有不少朝中大臣來向我敬酒，正當酒宴正酣，有一個侍衛匆匆走進來，附在我耳邊輕輕說：「大人，九門提督府有人找您，說是有要事相告，此刻正在午門外等候！」

我點點了頭，起身悄悄地走出。

來到午門，遠遠的就看見高山面帶焦急之色，在午門外來回踱步，一看見我出來，就急忙迎上：「大人，大事不好了！」

我心裏很不爽，在高山的頭上狠狠地敲了個響頭，「你怎麼和那個鍾離師一樣，一見面就說不好！發生了什麼事，讓你這麼慌張？」

高山齜牙揉揉頭，定了一下神，「大人，剛剛得報，從青州而來的貢品，在東京城外東三百里的老爺坡被人劫走了。貢品被洗劫一空，大約價值有一百萬枚金幣！負責押運的五百名士兵，除了一個士兵裝死逃生外，其餘無一生還。據他講，賊人訓練有素，武器精良，不像是普通的賊寇，倒像是一群久經沙場的士兵。」

「什麼！」我聽後，不由大吃一驚，「他有沒有講那些強盜的人數和大概位置？」

「他說了，人數大約有五百人左右，而且都是騎兵，但他們大都沒有動手，真正動手的只有十幾人，其餘的人只是牽制他們！」

我打了一個冷顫，青州兵是明月東部的邊防軍，久經沙場。而他們竟然被十幾個賊人所殺，看來這批強盜不是普通的強盜，倒像是一群武林高手，而且還有一群騎兵，自我上任以來，從來沒有聽說過京城周邊有這樣一群強盜，莫非他們是天上掉下來的？而且五百名騎兵，行動迅速，又從何知曉他們的行蹤？

我低頭沉思，「這批貢品大約有多少數量？」

「大人，據那個倖存者報告，此次貢品共有六車，十分沉重。」高山回答。

「這是什麼時候發生的？」

「大約十二個時辰前，我們的城防巡邏隊是在大約六個時辰前發現的，發現後，他們就立刻派人回報，其餘的人目前還在現場。」

不對，這段時間進京的貢品很多，相比之下，很多貢品的押運護衛比青州要薄弱很多，價值也高出那青州的貢品，而且拿走也很方便，但為何偏偏選中青州的貢品？這中間有很多疑點！

「大人！大人！」高山的聲音將我從沉思中喚醒，「我們該怎麼辦？」高山問我。

這或許是一個陷阱，但又何嘗不是一個機會！高飛近來沒有什麼動靜，這頗不尋常，也許我可以借此機會一探究竟。

我一咬牙，「高山，你立刻回府，派出府中所有探馬，打探賊人行蹤，我想賊人定會留下一些蛛絲馬跡。另外，讓陳可卿拿我的令箭前往西山，命令梁興給我準備一千驍騎，在城外隨時待命，我要親去圍剿，鍾離師、毛建剛、王朝暉隨我出征；令梁興暗中率西山大營所有兵將，秘密潛在城外，密切關注城中的動態，切記不可讓人發現他們的蹤跡。你在府中留守，在我走後，記住要和太子府保持聯繫，我立刻上殿請命！」

「大人，莫非？……」高山一臉的擔憂。

「不要多說，我想此次針對的是我，我如果不出現，賊人的目的是不會達到的，放心！以我的身手是不會出事的，但是我不在期間，你們要和我大哥配合好，我擔心的是京城！」我拍了拍高山的肩膀。

我轉身向大殿走去，大殿中傳來陣陣的歌舞聲和酒杯互碰的聲音，但我知道，在這歌舞聲中，隱藏著無邊的殺機。

不出我所料，當我將貢品被劫之事一稟報給高占，高占大怒，一腳將面前的酒席踢翻，當眾大罵我，說我無能，竟然連京城周圍何時出現這樣一群賊寇都不知道。高良替我求情，說我僅上任三個月，大部分時間都在處理一些遺留問題，高占才稍稍緩和，著令我立即調查，一旦發現敵蹤，就地圍剿，不得放過任何一個賊人。

我領命出殿，直奔提督府，就在快到府門之時，從街道拐角的暗處閃出一個人，他躬身來到我的面前，擋住了我的去路，「許大人，我家老爺希望能與大人談一談，請大人屈尊移駕前往一敘。」

若是在平常，我定會應邀而往，但今天，第一，我剛挨了一頓臭罵，心情不爽；第二，事情緊急，也確實沒有時間。所以我沒有搭理那人，從他身旁繞過。

沒想到那人一閃身，再次來到我的面前，依舊恭聲說：「我家老爺知道大人公務繁忙，但此事關係到大人的前程，請大人務必前往！」

我沒有停下腳步，口中惡狠狠地說：「告訴你家老爺，本大人沒時間，如果你再攔我，就真的影響到我的前程！」

「此事有關邵康節邵老師。」那個聲音在我身後又說。

我腳步突然停下，事關夫子，天大的事都要擺在一邊，「不要廢話，前邊帶路！」我扭頭對那人講。

那人沒有再說話，扭身拐入一條街邊的胡同，我二話不說，跟在他的身後。

我來京三個多月，竟然不知道京城還有這麼曲折的小路，跟在那人身後，我越轉越頭暈，最後我實在忍不住，開口道：「還有多遠？」

那人突然停住身形，「大人，我們到了！」我向前一看，眼前是一個小小的庭院，這是在京師中最常見的小院子，是什麼人要見我呢？

「大人，」那人轉過身來，對我說：「請進，我家老爺在正堂中等候大人。」

「你不進去嗎？」我有些懷疑。

「小人還要在這裏把風，請大人自便！」說完，也不見他有什麼動作，突然消失在我眼前，好高明的輕身術，我不禁對這個庭院的主人產生了濃厚的興趣。

我抬腳走進院內，發現這是個和普通人家沒有區別的小院子，院門正對的是一間青磚瓦房，房內點著燈，從窗紙上的人影，隱約可以看出是一個老人。

庭院，瓦房，孤燈，老人，還有那個神秘的僕人，我越發好奇，雖說大隱隱於鬧市，可也用不著這樣吧！

我來到門口，剛要敲門，就聽見裏面傳來一個蒼老的聲音：「進來吧！戰神的後代！」

我的手突然僵住了，我的身世十分隱秘，這世上除了我大哥梁興，沒有人知道，他是誰？

門被打開了，一個清瘦的面孔出現在我的眼前，是他？我萬萬沒有想到，居然會是他！鍾離勝，明月鍾離世家的家主。

鍾離勝看著我吃驚的面容，微微一笑，「進來吧，我等你很久了。」我有些呆滯地跟隨他走進屋內。

這是一間五十平方的房間，屋內的擺設很少，只有一張桌子和幾把椅子，牆上掛著一幅字，而且字跡十分眼熟，我仔細一看，正是邵夫子的筆跡，這不是曹玄的《短歌行》嗎？我對它再熟悉不過了，那是夫子教我的第一首詩。

我有些驚異地看著鍾離勝。

「很熟悉吧！先別急，讓我先給你講一個故事，你先坐下！」鍾離勝擺手示意叫我不要出聲，指了指他身前的椅子，我順從地坐下。

「大約是在六百年前，在炎黃大陸上出現了一個奇異的家族，他們的家主複姓鍾離，單字名權，他們爲結束炎黃大陸的戰爭，使百姓不再遭受痛苦，他們聯絡天下的英豪起兵反抗，拋頭顱灑熱血，雖歷經多次失敗，但仍然癡心不改。後來，他們遇到了那位偉大的帝王——曹玄，就發誓要輔佐明主，創立一番大事業。於是他們散盡家財支持曹玄，甚至不惜付出生命，而那位鍾離權，更是竭盡全力，爲曹玄出謀劃策，多次化解危難，最後，他更是在一次戰役中爲救曹玄而付出性命。在他臨死前，他告訴後人：亂世興，鍾離現。天下定，鍾離隱。

後來，在曹玄一統炎黃大陸時，鍾離權的後人依照他的遺囑，退隱江湖，從此銷聲匿跡。但是天下分久必合，合久必分，大約兩百年前，炎黃大陸戰亂再起，那時的鍾離家主應命重新再涉亂世，他叫鍾離漢，是我的祖父。

他結交了當時的高懷恩，也就是明月的開國皇帝，他們共同打下了今天的明月，但鍾離漢沒有想到，高懷恩在成為皇帝之後，竟然開始貪圖享樂，不思進取，雖多次勸說但都沒有效果，他雖然想離開，但是礙於友情，被高懷恩留了下來，鎮守西陲重地，抵禦西方的陀羅。

他一生鬱鬱而終，死前告訴他的繼任者，也就是我的父親：他一生困於友情，有負鍾離家的祖訓，愧對祖先，希望他的繼任者能夠找到新的帝王，輔佐他統一天下。之後，鍾離家就一直沒有放棄尋找明主，甚至包括飛天的姬無憂，所以在當時許鵬進攻明月之時，我父親藉口陀羅進兵，沒有協助明月。但是沒有想到，姬無憂竟然在些許小利面前，放棄了大好機會，令我父親大失所望。

不過從那時起，我們就開始留意許鵬此人，他圍困東京三個月，圍而不攻，反而努力安撫已經攻陷的城池中的百姓，大開糧倉收攏人心。他所表現出的軍事才能和仁愛之心，讓我們大感興趣。

大約三十年前，我派我的弟子邵康節前往飛天，試圖聯絡許家，但是康節去了之後，報告我們說，許鵬此人忠君思想太重，而且過於沉溺於友情之中，難以勸說，需要時間和他接近，再圖勸說。於是我令康節留守飛天，竭力接近許鵬。

但是沒有想到，不知是誰走漏了風聲，使姬無憂得知我鍾離家和許鵬接觸，於是下令滅了許氏一門，之後沒有多久，就連康節也失去了聯繫。這二十餘年來，我夙夜難眠，一是痛惜我的弟子，二是後悔我連累了許家一門。」

說到這裏，鍾離勝看著我，臉上有傷心也有悔恨。

我的大腦這時一片空白，不知道是否應該責怪眼前的老人，是他害得我從小沒有了父母，是他讓我許氏一族被害。但是看著他臉上的皺紋，我知道這個老人其實也很可憐，他背負著祖先的遺訓，爲了一個對自己沒有半點好處的崇高理想，已經忍受了這麼多年，這是常人無法想到的。我沒有資格去責怪這樣一個偉大的老人，更何況他是我的師祖。

我默默地跪下，向他磕了三個響頭，沒有說話，但眼中流露出一種對他的理解和尊重。

鍾離勝沒有想到我會這樣，他一愣，霎時老淚縱橫，一把將我抱住，哽咽著說：

「二十年了，我已經失去了希望，沒有想到康節沒有讓我失望，他還是找到了你，並將你這個許家的幼苗培養成一棵參天的大樹，雖然他沒有回來向我覆命，但是我知道，他完成了我交給他的使命，他沒有讓我失望啊！」

說到這裏，鍾離勝已經是泣不成聲，我也忍不住了，口中叫了聲：「師祖！……」就再也說不下去了，一老一少在這房間內抱頭痛哭。

# 第六章　鍾離世家

半晌，鍾離勝止住哭聲，「起來孩子！從我得知你是康節的徒弟，我就什麼都明白了，在這三個多月裏，我一直在觀察你，你沒有讓我失望，來！讓我將鍾離家的下一代家主介紹給你。」鍾離勝將我拉起，對門外說道：「師兒，進來！」

門輕輕的打開，我呆住了，門外走進了一個我非常熟悉的人，鍾離師！鍾離勝、鍾離師，我怎麼會沒有想到他們原就是一家人。

「你……」我吃驚地張大嘴巴，說不出話來。

「城衛軍軍機參謀，鍾離世家第十三代家主鍾離師，參見提督大人！」鍾離師向我躬身施禮，「請大人原諒卑職的隱瞞，自三年前，鍾離師受命到九門提督衙門歷練，不想大人突然出現，於是奉家祖之命，暗中協助並觀察大人，現在，鍾離師代表鍾離家族向大人宣誓，自鍾離師以下三百六十二人，從今天起誓將輔佐大人，助大人一統天下，七星繞陽。」鍾離師一臉的莊重。

我驚呆了，我沒有想到那個曾和我秉燭夜談的鍾離師，竟然是大名鼎鼎的鍾離世家的家主，我也沒有想到，就在這一夜之間，我就得到了鍾離家族的幫助，要成為統一天下的帝王。這一切來的太突然了，我完全沒有心理準備，我已經被今晚這突如其來的事情搞得頭昏腦脹。

但事情還沒有結束，鍾離勝嚴肅地對我說：

「阿陽，雖然現在師兒已經向你效忠，但是你必須先應付眼前的危機，顯示你有足夠的能力，才能夠真正獲得鍾離家的幫助。據我的密報，六皇子高飛一派的明月之柱——南宮飛雲，已經秘密返京，此人萬萬不可小視，另外，禁衛軍已經暗中調動，高飛奪位已經是迫在眉睫，現在的京師已經是暗流洶湧，猶如一座即將噴發的火山，而你就是那根導火線。由於你的出現，打破了京師各勢力的平衡，嚴重影響到了高飛，所以他必將你除之後快，這次的貢品被劫，想必也是他的陰謀，而你必須將此事處理好，才能夠進行你下一步的計劃。武威的大軍將在五十天後才能到達，而在這五十天裏，將是你最難以熬過的，我不知道會有些什麼樣的詭計，但是，你一定要運用你的智慧，調動一切你可以調動的力量熬過這五十天！明白不明白？」

頓了頓，鍾離勝又對我說：「我一會兒就會面見高占，然後星夜前往武威，我會留下師兒和我的親衛隊助你，廖大軍你已經見過了，就是引你前來的那個人，他的輕功極為出眾，擅長暗殺、刺探，相信對你會有所幫助。我走之後，就要留你一人獨自承擔，這對你是一種磨練，我相信你可以的，臨行前，我有一句話送給你：留心身邊的人！」

南宮飛雲是什麼東西，我沒有見過，但是既然連鍾離勝都這麼說，我也要小心提防。就把眼前的危機當成對我的一種考驗，我不害怕，倒是他最後的那句話，似乎話裏有話，「留心身邊的人！」留心誰呢？梁興？絕對不可能，這天下，任何人都會背叛我，惟獨梁興不會，他是夫子留給我最大的財富；鍾離師更不會，如果是他，鍾離勝也不會來和我有今晚的對話，並且還提醒我。

莫非是西環的人，陳可卿，葉家兄弟？不會，這三個人是大老粗，心裏憋不住事，毛建剛，多爾汗，王朝暉？不像，這三個人應該還沒有那麼多心眼，而且，他們一直是在西山大營，剩下的只有他，高山！他原是貴族子弟，來京後，又有機會和別人接觸，他的嫌疑最大。不過，西環眾人中，我最看中他，希望不要是他。除此之外，那還有誰呢？我陷入了迷茫……

帶著喜悅和迷茫，我和鍾離師離開了那間小屋。當我踏出那道屋門時，我知道，我已經不再是那個孤軍奮戰的許正陽，而是得到了鍾離家族三百餘口的支持和西陲數十萬將士。

回到提督府，天色已經開始放亮，高山早已經等在提督府門前，面露焦急之色，可是不知為什麼，我的心裏卻還是很不自然。他一見我回來，立刻迎上前，臉上帶著真摯的關懷，可以看出他的這種關懷是發自內心的，可是我卻總覺得他好像在作戲。

「大人，兵馬已經準備好，在城外守候，隨時可以出發，只是鍾離參謀……」他突然看到跟在我身後的鍾離師，神情不由一愣。

「剛才我在路上碰到了鍾離參謀，所以一起回來了。」由於心裏有顧慮，我不想和他說太多，於是趕忙轉移話題：「探馬可有回報？」

「還沒有，大人。探馬已經派出去有幾個時辰，想必很快就會有消息！」

「那好，我們先回府，對了，我大哥現在哪裡？」我問高山。

「指揮使大人在得到您的通知後，就馬上安排大營中的各項事務，現正在府中等你。」

「那快快帶我去見他。」

來到書房，梁興果然正在屋中焦急地踱步，看見我進屋來，他臉上露出如釋重負的神情，急忙上前拉住我，「鐵匠，你去哪裡啦？怎麼這時候才回來，我剛才派人去皇城打探，可他們說你早就出來了，我真擔心你出了事！正要親自前去打探。」

我沒有回答梁興的話，扭頭對高山和鍾離師說：「我有些事要和大哥單獨說，你們先出去，在門外等候，沒有我的招呼，不要讓任何人進來。」

二人躬身退出房內。

我和梁興在房內談了很長時間，然後梁興出房門，沒有招呼守在門外的二人，上馬直奔西山大營而去。

我叫進高山和鍾離師：「我決定不再等了，我和鍾離參謀先帶領驍騎軍前往出事地點，高山，府內的眾多事務，就拜託你了。」說完，我和鍾離師就朝府外走去。

來到府門外飛身上馬，這時，我看見高山的嘴唇動了動，似乎想對我說什麼，於是我勒住馬韁，看著高山，但他最終向我一拱手，「大人路上保重，望大人早日凱旋！」

我心裏嘆了一口氣，向他一拱手：「參軍保重！」說完打馬揚鞭，向城外衝去。

城外，驍騎軍已經整裝待發，王朝暉和毛建剛早已等得有些不耐煩了，看到我和鍾離師，兩人立刻上前，「大人，可要馬上出發？」

我點點頭，問道：「烈焰你們可曾帶來？」

王朝暉一聽，笑了，對我說：「帶來了，不過，您的這個兒子可真不好伺候，在大營時，除了梁大人，普通人牠根本不讓接近，士兵也不敢去給牠餵食，只好將牠放開自己覓食。今天帶牠來時，牠正在睡覺，死活不肯動，還是梁大人將牠拖來，不然，我們還真不知怎麼辦！」

我也笑了，這個烈焰，我不在時，不知道牠是怎樣折磨這群人的！

「牠在哪裡？」我話音剛落，一道紅影就撲到我面前，一個勁地和我親熱，每次見面都要舔我一臉的口水。

我和牠親熱了一會兒，拍拍牠的頭，然後翻身騎到牠的背上，對其他人說：「好了，出發！」烈焰馱著我，像一道紅色的閃電飛馳而去，其他人也都上馬跟在我的身後，隨後是那一千驍騎軍，風馳電掣地急馳而去。

高山不知何時來到城樓，望著我們消失的背影，他喃喃自語：「大人，您可要平安的回來呀！」

我們大約行進了有三個時辰，正碰上迎面而來的探馬回報，大約在此地六十里外，發現有車馬和大隊人馬經過的痕跡，想是賊人留下來的。

我陷入沉思，既然賊人能夠將青州兵一網打盡，那麼顯然是訓練有素，不應該留下這麼大的破綻，這明顯是有意爲之，目的是引誘我們上鉤，這絕對不會是普通的盜賊。看來此次是凶多吉少，我對從後面跟上的鍾離師說：

「鍾離參軍，你如何看此事？」

「大人，我看此事有蹊蹺，依在下之見，我軍不宜貿然跟進，以防賊人的埋伏。我看我們還是先停下來，仔細打探再做主張。」

鍾離師的意見與我不謀而合，但恐怕他們並不會讓我們如願的。

「鍾離先生，一會兒不論發生什麼事情，你們萬不可自亂陣腳。我估計此次賊人的目標是我，他們一定會想方設法引我出去，所以一旦我不在軍中，大小事務就拜託鍾離先生了。」然後我又對身後說：「毛建剛，王朝暉，如果我不在，你們要聽從鍾離先生的安排，切莫自作主張，否則軍法從事，明白了嗎？」

「大人，卑職以爲萬萬不可，明知是陷阱，還要跳進去，此乃不智，還是從長計議！」鍾離師立刻勸阻我。

「鍾離先生，京中那幫人恐怕容不得讓我們從長計議，如果我此次不涉險探清他們的陰謀，恐怕以後更加不妙，你也知道京師眼下暗流湧動，局勢非常不穩。如果這次我能查清高飛等人的動向，我們在以後就掌握了主動，這個險必須要冒！」我苦笑道，「不過放心，我知道此事危險，自會小心從事，再說以我的身手，打不過，我還逃不了嗎？」我安慰眾人，接著話鋒一轉：「此事不必再議，就這麼辦，我們立刻前進，追蹤敵人！」

鍾離師等人知道再勸也無用了，於是跟隨我繼續前進。

隊伍繼續行進了大約兩個時辰，天色已經暗了下來。行進間，探馬不時回報，賊人的蹤跡似乎不見了，我心想：真是怪事，五百人馬，六輛大車，怎麼可能平白無故地消失了，他們會隱藏在哪裡呢？我命令隊伍停止前進，就地休息，看來我們要等待，等待他們自己出現。

已經是子夜了，我站在隊伍的前列，等待！只有等待。

已經過去了三個時辰，賊人還是沒有一點動靜，隊伍由於從一早就出發，中間沒有休息，再加上長時間的等待，已經倦怠，我知道現在才是危險的開始。

突然，一道亮光衝我劃來，是一支利箭，我連忙閃身躲過，伸手抓住那支箭，這是一支鷹翎箭，只有邊防軍才會使用，我的腦海裏立刻迴響起鍾離勝的話：南宮飛雲已經秘密回京。

箭桿上綁著一封信：

「九門提督許正陽許大人親啟，久聞許大人武功蓋世智謀過人，自進京後更是屢做驚人之舉，令在下十分敬佩，只可惜一直未能得緣一見，無奈何只好出此下策，望能不吝賜教，在下將在亂石澗恭候大人大駕，望大人能隻身前來一敘，以慰在下之心願，所劫貢品自當如數奉還。

南宮飛雲上。」

南宮飛雲，果然是你！我對鍾離師說：「保持警戒，我前去一會這南宮飛雲！」

「大人！」鍾離師欲言又止。

「鍾離先生不必爲我擔心，我自有分寸。想要我的命，那還要問問我手中的誅神願不願意！」我爽朗地笑道，語氣中透出無比的自信。

「大人小心！」鍾離師無可奈何地嘆了一口氣。

我緊了緊身後的雙刀，認清方向，提氣急馳而去，我沒有留意到，我身後二十丈外，有一道紅影緊緊跟隨。

在我離去後，鍾離師立刻命令隊伍加強警戒，所有人人不卸甲，馬不離鞍，隨時準備應付突發事件。兩個時辰後，所有的人都開始感到疲倦，從昨晚到現在，大家都沒有合過眼，就連毛、王二人都有些撐不住了，鍾離師更是感到兩眼直在打架。

突然兩旁大亮，從四面八方不知從哪裡冒出許多的人馬，只見黑壓壓一片，數不清有多少人。鍾離師不由倒吸一口冷氣：不是說只有五百賊人嗎？可眼前至少有三千人馬，個個盔明甲亮，武器精良，就連城衛軍也比不過他們，這哪裡是賊寇，這分明就是明月的正規部隊。

禁衛軍，鍾離師腦海裏閃過一個念頭，看來高飛此次是要將自己一網打盡了。遭到突然襲擊的隊伍一陣慌亂，不過很快就鎮靜下來，等待著鍾離師的命令。

「藤槍騎兵在外，長槍騎兵居中，弓騎兵在內，圍成圓陣！」一連串的命令從鍾離師口中發出，「王朝暉領弓騎兵，漫天散射！」

這批驍騎是我從西環帶下來的，訓練有素，聽到命令，立刻有條不紊地行動起來，在王朝暉的帶領下，弓騎兵率先行動，在敵軍進入射程，一弓三箭，三百名弓騎兵一齊發射。

「毛建剛領長槍騎兵五百步刺襲。……」

「藤槍騎兵三百步突擊。……」

在鍾離師的指揮下，城衛軍慢慢穩住陣腳，敵軍顯然沒有想到在經過漫長等待之後，城衛軍在突襲之下並沒有潰逃，反而有組織地進行防守和反擊，速度一下子放慢了下來。一時間，兩軍陷入了膠著狀態，看著不斷縮小的圓陣，就要耗盡的箭支，不斷傷亡的士兵，鍾離師心中不由大急，大人，大人，你在哪裡呀！

殊不知，此刻我也陷入了生死關頭。

當我來到亂石澗，遠遠地就看見一個人負手背對我而立，當我來到他的身前，他開口說道：「大人令在下真是好等！」聲音清朗，可以感覺出此人的內力不凡。

他轉過身和我面對面站立，此人劍眉虎目，面如冠玉，身形偉岸，雙手如白玉般沒有瑕疵，且隱有光華流動，年齡約有四十出頭，總的來說，他給我的第一印象非常好。

「在下南宮飛雲。」他向我一拱手。

我感到一道寒徹肺腑的怪異氣勁向我襲來，直撼我的心脈，一剎時，我對此人的好感煙消雲散，我暗自運氣，拱手施禮：「在下許正陽！」

兩道氣勁相撞，我身形微微一晃，只見南宮飛雲的身體向後連退了六七步，臉色蒼白，過了一會兒，才緩過勁：

「許大人功力果然深厚，飛雲佩服！佩服！可惜我們各爲其主，不能成爲朋友，真是飛雲一大憾事，可惜！可惜！」

「南宮將軍未奉詔令，私自從通州潛回京師，這可是殺頭的大罪呀！」

「這個不勞許大人費心，過了今夜，我想不會有人知道這件事的，倒是許大人自恃武功高強，孤身前來，恐怕過於托大了吧！」

「是嗎？」我微微一笑，「只怕未必，我想單憑南宮將軍尚無膽說這個大話，還是將其他的朋友叫出來，也好讓在下一一拜見！」

「許大人果然聰明，難怪進京短短數月，就將六殿下搞得焦頭爛額，不得不將計劃提前。在下有自知之明，單憑在下恐怕實難留住大人，所以……」他輕咳了兩聲，「出來吧，莫要讓許大人笑話我們不知禮節！」

從暗處閃出十幾人，我暗自心驚。這些人的身手個個不凡，兩邊太陽穴都高高鼓起，顯示出極深厚的內力。再加上那個南宮飛雲，此人的內力陰寒無比，而且從剛才的較量中，我可以發覺此人的內力雖在梁興之下，但是相差不多，看來今天恐怕要費一些周折。

我將噬天訣運轉全身，六識瞬間進入空明狀態，誅神握於手中，內力勃然而發，陰陽二氣迅速運轉，方圓數十丈籠罩在我的氣場之內，誅神光芒大盛，刀中寒氣似有形之物，直逼場中眾人，刀口流出宛若實物的光芒。

「還未請教各位的大名？」

場中眾人臉上露出驚色，南宮飛雲更是微微一振，眼中精光大盛：

「這幾位乃是來自崑崙的仙長，他們有一筆賬要和許大人清算，沒想到傳聞不假，許大人的修爲可以進入天榜中前十位，可惜！可惜！」

我不再聽他廢話，多拖延一會兒，就多一分變數。我雙手一振，誅神劃過一道閃電，向離我最近的幾人劈去，招式雖然簡單，卻讓那幾人生出難以躲閃的感覺。

誅神帶著一種千軍易避的氣勢，刀勢牢牢鎖定對方氣機，當先那人肝膽欲裂，只覺呼吸一陣困難，想向一旁閃去，可又覺得無處可閃，一咬牙，手中長劍用力向外一封，一股強絕的內力自劍上湧來，長劍瞬間碎裂成一堆碎片，向兩邊迸射，周圍的人連忙躲閃，一陣手忙腳亂。

那人剛擋住第一道氣勁，身形向後連退數丈，還未站穩，就覺又有一道氣勁直襲心脈，於是用盡全身的勁力抵擋，前勁未消，第三道氣勁又到身邊，這次他再也無力抵擋，一口鮮血噴出，身形倒飛數丈，摔在地上，七竅流血而亡。這正是我自創的「長河三疊浪」。

此時其他人一聲吶喊，向我撲來，我身形如鬼魅變幻無常，在眾人眼裏，我就像風一樣不可琢磨，身形過處，只見血光突現，無人可攔，轉眼間已有數人倒下。

突然，我感到身旁氣機大動，想也不想，單手揮刀向外封去，只聽一陣金屬撞擊聲，一股奇詭的陰寒勁氣傳來，直撼我心脈，我悶哼一聲，運勁向外一推，來人在空中翻了幾個跟斗，跪在地上。我抬眼一看，正是南宮飛雲，他這一擊，雖讓我心脈受損，但他也不好過，臉色煞白，一口血吐在地上。

我無心再戰，朗聲說：「南宮大人既有不適，在下也不再打攪，告辭了！」說完就向澗外逸去。

就在我快要到達澗口之時，從一旁突然襲來一道內力，我毫不猶豫，伸手向外一封。只覺一股奇強、奇詭、奇純的氣勁向我襲來，直撼我心脈，我只覺心中一陣絞痛，口中一鹹，一口鮮血狂噴而出，一個蒼老低沉的聲音在我耳邊響起：「提督大人留步，宴席尚未開始，何必匆匆而去！」

我跪在地上，以刀拄地，滿臉血污，披頭散髮，暗自調動體內陰陽二氣，修復我受損的心脈，抬頭透過散亂的頭髮，我看到七個身穿道服的老道站立在我面前，一臉的陰笑。

「崑崙七道拜見大人，家師受挫於令師，一直念念不忘。今日再見故人之徒，不忍手癢，欲和大人切磋一番，不知意下如何？」

我苦笑著：「我能不同意嗎？」心中暗自悔恨，我也過於托大了。自我噬天訣練成以來，尚未逢敵手，對天下的高手未免小覷，今日看來凶多吉少了，這幾個老道看來不弱，從剛才的氣勁來看，我遠遠不是敵手，沒想到崑崙派居然有如此高手，只有拼死一戰，或許可見一條生機！

此刻我已將體內的傷勢壓住，「今日能與高手一戰，乃我輩幸事，接招！」我作勢欲撲，崑崙七道連忙警戒，但我卻反身形向身後撲去，身後眾人一湧而上，將我圍住，我再無顧慮，大喝一聲：「天地同悲！」雙刀瞬間劈出三百六十刀，龐大的內力將周圍的人擠壓在我身邊，三百六十刀從不同角度融爲一刀，瞬間將我周邊之人的氣機通通鎖住，天地間似乎籠罩著一種悲傷的氣氛，眾人拼命掙扎，但卻無處可逃。

只聽一聲巨響，一片塵土飛揚，塵土散去後，地上橫七豎八的倒著十幾具被開膛破肚的屍體。

我依然半跪在地，口中再吐一口鮮血，抬眼向飛奔過來的七個老道看去，只見這七個老道臉色蒼白，再無任何出家人的風範，指著我大罵：

「好個狡猾兇殘的凶徒，今日如果讓你生還，天下將永無寧日！」

我張開帶著血的嘴巴，仰天大笑，「天下永無寧日？與你何干！擺出一副道貌岸然的模樣，卻只能暗中偷襲，什麼正義，什麼名門大派，我呸！不過是一群偷雞摸狗的鼠輩！」我惡狠狠地朝地上吐了一口血痰，「如若今日生還，終有一天，我必將血洗你崑崙一派！」

我轉身對在地上療傷的南宮飛雲說：「許某光明正大來此赴約，是因爲你南宮飛雲的名氣，什麼戰神，不過是一個只能耍陰謀的小人，原以爲你是一個值得我尊敬的敵人，狗屁！沽名釣譽之輩！」

南宮飛雲被我罵得滿面通紅，無言可對。

「今日就算我許正陽死在這裏，也要拉你們幾個老傢伙墊背，讓你們見識一下我的最後一擊！」面臨死亡之時，我心中再無牽掛，大喝一聲：「噬天一擊！」雙刀並與一手，揮拳做槍式向前刺去，瞬間刺出五百拳。一拳之力未消，二拳之力又到，五百拳的力量融爲一拳，拳上帶著的內力與空氣摩擦，發出刺耳的尖嘯，天地霎時間爲之變色。

拳勢將七道籠罩住，七道臉色大變，口中大喝：「七星連珠！」七人連成一線，內力傳至前面一人，當前一道揮掌迎來，七道的內力彙在一起，共同抵禦我這毀天滅地的一拳。兩股強絕的內力在空中交會，只聽一聲震天巨響，場中煙霧瀰漫，七道東倒西歪地倒在地上，最前面的兩人更是口吐鮮血，躺在地上一動不動。

我更是不好過，只覺一股渾厚的內力湧入體內，心脈再次受傷，體內的經脈也紛紛破裂，口中大口吐出鮮血，身體在空中倒飛了十幾丈，向地上重重砸去。

就在這時，一道紅影從澗口閃出，將我無力的身體接在背上，然後在空中一個轉身，落在地上。

是烈焰，牠一直偷偷地跟著我，此時，烈焰銜著七道一聲獅吼，轉身向亂石澗的另一頭跑去，一轉眼，就消失在夜色中。

「飛雲，不要追了，你傷勢未好，追上也不是那頭神獸的對手！」一個老道攔住要追趕的南宮飛雲，「去看看你幾個師叔的傷勢如何。」他費力地坐起身體。

「青雲師叔，三師叔和七師叔全身經脈斷裂，已經身亡。紫雲掌教腰椎寸斷，以後只怕是……其他幾個師叔都無大礙，只是昏過去了！」南宮飛雲語帶哭腔。

青雲仰天長嘆：「為了一時之氣，派中精英盡失，七子兩亡一殘，我崑崙將永無寧日！許正陽啊、許正陽，你真不愧是一個嗜血的修羅！」

鍾離師看著在眼前不斷呻吟的傷兵，心裏暗自著急。箭支已經消耗怠盡，能夠戰鬥的人員越來越少，天色就要放亮，敵人這場貓抓耗子的遊戲也要結束了。毛建剛，王朝暉二將也是遍體鱗傷，恐怕沒有多少力量了，此刻鍾離師最擔心的是我，從一開始我們就落在了下風，幾乎每一步行動都在對方的掌握之中，那麼，此刻的我一定也是危險萬分。

就在所有的人都已經陷入了絕望的時候，突然，在敵人的後方響起了嘹亮的衝鋒號，一彪人馬好似從天而降，這支生力軍像一支利箭一樣，在敵軍的隊伍裏橫衝直撞，無人可擋。

透過火光，鍾離師看到了城衛軍的旗幟，為首的一人，胯下雄獅，一手執奇形大槍，一手拿巨型大劍，左槍右劍，身前無一合之將，火光中，一頭鮮豔的紅髮格外醒目，正是城衛軍都指揮使梁興，身後緊跟著的是手舞潑風刀的多爾汗，援軍到了！

鍾離師不僅熱淚盈眶，原本無力再戰的城衛軍，一下子精神了起來，在毛建剛的帶領下，進行猛烈的反撲。而那些被打得頭昏眼花的賊軍，在梁興等人出現以後，就無心再戰了，在腹背夾擊之下，迅速的潰逃。

梁興騎著飛紅迅速來到鍾離師的面前，「鍾離參軍辛苦了！」

「指揮使怎麼會來這裏呢？」

「在大人出發之前，為以防不測，特叮囑我暗中領兵隨行！」梁興沒有說太多，其實我一直擔心賊人另有埋伏，在府中吩咐梁興領兵接應，我會每兩個時辰暗中派人與他聯絡，如果超過兩個時辰沒有我的消息，那就說明我們發生了意外。

「大人呢？」梁興沒有看見我，有些焦急。

「大人接到賊人的傳書，孤身前去亂石澗赴約，至今沒有回來。請梁大人火速前去接應大人，以防發生不測！」鍾離師拉著梁興的手，語帶哭腔。

「這個傢伙！」梁興氣惱地一拍飛紅的腦袋，「多爾汗留在此地清剿賊人，王朝暉給我帶路，立刻前去亂石澗接應大人！」

當梁興來到亂石澗，只見到十數具殘缺不全的屍體，空中盤旋著幾隻禿鷲，澗中已經沒有一個人了。這幾具屍體是阿陽的天地同悲造成的，顯然他遭遇到了高手，不然，他是不會輕易使用這一招的。梁興翻動著地上的屍體，心中暗想。

「啓稟指揮使，沒有發現大人的蹤跡，現場只有幾柄斷劍！」一名士兵上前稟報，梁興接過士兵呈上來的斷劍，仔細看了看，但由於江湖經驗太少，沒有發現什麼。他抬頭仰望天上的禿鷲，神遊天外：阿陽，你在哪裡？你可平安？

半晌，他回過神，沉思了一下，「王朝暉，你帶領三百輕騎，在附近仔細搜索，一定要找到大人，我先要趕回京師，以防城衛軍發生變動。一有消息，立刻飛馬回報！」說完，留下王朝暉，跨上飛紅扭頭離去。

我無力地趴在烈焰的身上，烈焰緩緩地、小心地慢跑著，牠知道我現在的身體是經不起任何的顛簸的。我目光恍惚地向四周打量，一切都是模糊不清的，眼裏似乎罩著一層薄霧，此刻的我，已經是衣不遮體，噬心的痛楚噬咬著我。呼吸間從口鼻中呼出大量的鮮血，我不知道我還能堅持多久，但我知道，我還不能倒下，我還要做很多事，我在心裏告訴我自己。

模糊中，我看到前方有縷縷炊煙，有人家了，這時烈焰一個不小心，將我顛了下來，我像一灘爛泥一樣躺在地上。烈焰在我身旁不停地轉動，嘴裏發出陣陣的低吼，像是在向我抱歉，大腦袋一個勁地拱我的身體，拱得我痛苦萬分，我使盡全身的力量，對牠說：

「兒子，別動了，老子經不起你這樣，快趕回京師，去叫梁興他們來，知道嗎！梁興！」

烈焰似乎聽懂了我的話，依依不捨地又在我身邊轉了幾圈，一聲大吼，扭身而去。

我躺在地上，看著天上的白雲，漸漸地，我感到我的意識模糊了，我努力想保持清醒，但是大腦已經失去了控制。

就在這時，恍惚間，我聽見一陣甜美的歌聲由遠而近，接著我聽見一聲尖叫，一個俏麗的面孔出現在我的面前，她張嘴向我說著什麼，可我什麼也聽不見，我的視線慢慢開始模糊，我想開口，嘴唇動了動卻發不出聲音，我失去了知覺。……

眼前一片黑暗，無邊無際的黑暗，還有寂靜，靜的怕人，我死了嗎？我這是在哪裡？地獄嗎？一定是地獄，我這樣的人是不可能進入天堂的，前方有一點亮光，還傳來隱約的聲音，我努力向前方游去。

「他動了，楊大叔，他動了，楊大叔快來，那個人醒了！」多好聽的聲音，就像天籟一樣，地獄裏是不會有這麼好聽的聲音，難道我來到了天堂？

我眼前一亮，一陣令人難以忍受的劇痛傳來，映入我眼簾的是一張姣好而羞怯的面龐。那雙大大的眼睛，瀑布似的長髮，含著幾分天真，也蘊含著一股難以言喻的醉人神韻。

是仙女，一定是仙女，我想我真的來到了天堂。

接著，一張佈滿皺紋，但一臉慈祥的蒼老面孔出現在我眼前，討厭！我要那個仙女！我想說話，但是張張嘴，沒有發出聲音。

那個老人翻了翻我的眼皮，又把了把我的脈搏，「小姐，他沒事了，已經度過危險了。」

我還沒有死，那剛才不是仙女了，我好睏，我要睡覺！

當我再次醒過來，已經是黃昏了。一抹夕陽自窗上映進，好美，我從不知夕陽原來是這麼美，但似乎顯得有些淒涼。我想動一動，可發現一動，就會覺得自己的身體酸楚而刺痛，像癱瘓一樣，四肢無力。

我暗運噬天訣，發現平日裏暢通無阻的經脈，卻變得生澀難行，丹田中空蕩蕩的，沒有一絲內力，我運轉心法，漸漸的，我感到有一絲若有若無的真氣自丹田升起，慢慢在體內流動，雖然是很少的一縷真氣，但是有總勝於無，只要以後勤加修煉，總會恢復的，我的心中一鬆，開始留意我身處的環境。

這是一間普通的農家小屋，屋中的擺設很簡單，唯一的修飾，可能就是窗上的一盆我叫不出名字的花。屋中靜悄悄的，沒有一丁點的聲音，我這是在哪裡？我努力回憶。

門輕輕的被推開了，傳來一陣細碎的腳步聲，很明顯，來人害怕驚醒我，所以故意屏住了呼吸。一縷若有若無的蘭花香氣傳入我的鼻中，我忍住身上的疼痛動了動，那人好像察覺了，連忙來到我的身邊，一個怯怯的、軟軟的聲音傳來，「你，你醒了？」

一張俏麗的面孔出現在我上方。「天使，是天使！」我激動地叫道。

那個少女的臉騰地紅了，「這位大哥，你沒事吧！我不是天使，我叫小月！」聲音還是那麼怯怯的，軟軟的。

我平靜下來，有些不好意思。我想起來了，她就是在我昏迷前看到的那個少女，只是我當時神智已經不清楚了，所以沒有細瞧。現在她離我如此的近，看得如此的清楚，多美的一個姑娘啊！真是一個美人胚子，我心中暗讚。

「謝謝妳！小月姑娘，是妳救了我吧！辛苦妳了。」我感激得笑了笑，不過由於緊張，臉上只是很不自然地抽動了一下，我想那樣子一定很傻。

果然，她笑了，然後她羞澀地說：「你太客氣了，你身受重傷，我想每一個見到的人都不會坐視不理的。再說，我也沒那麼大的本事，是楊大叔救了你！」

多善良的姑娘呀，真是天使下凡呀！小月那種出自自然，不帶任何修飾的天真與嬌柔，讓我深深著迷。

停了一下，看著我用那樣的目光看著她，小月的臉一下子紅透了，「我去叫楊大叔，順便看看藥好了沒有！」說完，扭身就跑出門外，我癡癡的看著她的背影，大腦中一片空白。

門外傳來一陣急匆匆的腳步聲，一個老人走進房內，爽朗地說道：「小夥子，你醒了！你可真是在鬼門關上打了個轉，不過醒了就好，醒了就說明沒有危險了！」

「這位一定就是楊大叔了，在下得蒙楊大叔施手治療，才得以脫險，救命之恩，在下有生之年，定當永記不忘！」

「好了！好了！咱爺倆個就別客套了，要不是小月發現你，我就是神仙也救不了你，要謝，你就謝小月吧，你昏迷這段時間，還多虧了小月照顧呢！」老人爽朗地說。

「大叔！你胡說什麼！」此時，小月恰巧端藥進門，聽了老人的話，臉上就像一塊紅布。她用眼睛狠狠地瞪了老人一眼，然後紅著臉，端著藥來到床邊，「快把藥喝了吧，別涼了！」

我掙扎著動了動，可手腳不聽使喚。我苦笑著，老人看出端倪，笑著說：「小月，妳別難為他了，他傷勢剛好，恐怕手腳不便，我看呀！還是妳來餵他吧！哈哈哈……」

小月這時臉已經紅透了，猶豫了一下，不過還是拿起湯勺，舀了一湯匙，送到我嘴邊。手微微的輕顫，我輕輕地對她說：「有勞妳了，小月姑娘，謝謝！」

小月低著頭，紅著臉輕輕的說：「快喝吧！」

藥雖然很苦，但是我的心裏卻比蜜還要甜。

「小夥子，你叫什麼名字呀？」當晚，我們在屋中又聊了起來，楊大叔問我。

「我叫鄭陽，京城人氏，今年二十二歲！」我們已經熟悉了起來，說話間也不再那麼客氣。但我不敢將我的真名告訴他們，不過，最後一句我是衝著小月說的，那當然是真的了。

「阿陽，看你身上的傷勢，是內家功夫所致，而且傷你之人的功力相當深厚呀！不過，我看你的功夫也有可能可以進入天榜百名之內了。」這位老人熟知天榜，且能看出我功夫不弱，很明顯不是一般的老人。我心中不由戒備起來，不過，我看到小月的眼中閃過一道異彩。

「嗨！此事說來話長，我自幼習的家傳武學，前些時日碰到了一些仇家，半路埋伏將我打傷，我拼盡全力，方殺出重圍，說來慚愧，如果不是遇到小月和大叔您，只怕我的這條小命……」我嘆了一口氣。

「我這個侄女也是好武，習得兩三招三腳貓的功夫，就自以為了不起，我看改日賢侄傷好，好好教訓教訓她，免得她不知天高地厚！」

原來是這樣，我提著的心稍稍放了下來，不過這也說明，這兩位絕對不是普通的村民。

「大叔！」小月有些不依，抓住老人的手不停地搖，「等你好了，我一定要和你比比，看你是不是真的那麼厲害！」

她有些挑釁地看著我，我不由苦笑，這個老頭。

「在下這兩手三腳貓的功夫，怎麼敢在小月姑娘面前獻醜，恐怕用不了三招兩式，我就要趴在地上求饒了！」

「就是，到時你要不求饒，我可不依你！」說完，小月發出一陣悅耳的笑聲，我著迷了。

由於我的身體沒有康復，楊大叔要我早點休息，小月在離開前跑到我的床前，用我幾乎聽不見的聲音在我耳邊低低地說：「早點休息，明天見！」說完，紅著臉就跑出房間。

我躺在床上，怎麼也睡不著，腦海裏一直想著小月的身影，我知道，我戀愛了！我不敢合上眼，因爲我害怕這只是一場夢，我害怕醒來以後，我失去了所有。那晚我失眠了。

在我這一生中，始終貫穿著殺戮、欺詐、血腥和鬥爭，但是在我的記憶裏，卻保持著一塊淨土。在炎黃曆一四六二年的四月，我度過了我一生中最美好的十天，我無法去評估這十天，但是它對我的影響，卻是無法形容的。

整整一夜，我都無法入睡，既然無法入睡，又不能起來，我索性躺在床上運轉心法，修煉我的噬天訣。亂石澗一戰使我明白，我的大意險些使我喪命，看來我不能小視天下的英豪，而且以我現在的能力，最多使用兩次噬天一擊，之後我就再無還手之力了。

我的功夫還不夠完美，仔細想來，崑崙七道單打獨鬥決非我的對手，但是他們的那種合擊功夫，絕對不是我所能比擬的。特別是他們最後使出的七星連珠，將他們所有人的內力集合在一個人的身上，若非是噬天一擊強絕的威力，絕對是我不能抵擋的了的。

隨著噬天訣的運轉，我漸漸地感到體內的真氣不斷地彙集，我不斷地吸納天地之間的陰陽二氣，使其修復我破損的經脈。多虧了我在大漠中的那次改造，使我的經脈非常堅韌，在遭到如此的打擊下，竟然沒有斷裂，真不知是我運氣好？還是夫子、童大叔和我的家人在冥冥之中保佑我！

慢慢的，我的真氣開始流轉全身，雖然很微弱，但是卻使我感到非常的舒服，我的六識漸漸進入空明，氣機與天地相合，進入了一種妙不可言的境界。

當我從入定中醒來，天光已經大亮，朝陽暖洋洋從窗戶照進來，陽光散在我的身上，讓我感到非常舒服。我可以聽見屋外的鳥鳴，一切是那麼美好，我經過一夜的入定，身上的傷勢雖然沒有起色，但是體內的經脈卻修復大半，真氣也可以自行運轉。

雖然還遠遠不能達到我以前的水準，但是至少也有了一個非常好的開始。我相信用不了多久，我就可以恢復到之前的水準，到那時，我就可以再次縱橫天下了，想到這裏，我的心情一陣大好。

我努力撐起身體，坐了起來，長時間躺在床上，讓我的身體酸痛不已，渾身都麻木了，活動，一定要活動活動。我扶著床沿，緩緩地移動自己的身體，雖然每移動一下，都會使我的身體疼痛難忍，但是我還是咬著牙下了床。

剛站在地上的那一剎那，我只覺得天旋地轉，急忙伸手扶住牆，休息了好半天才緩過勁來，我不由暗暗稱讚自己明智，要是再躺兩天，我真需要讓人攙扶了。

吸了兩口氣，我扶著牆一步一挪，緩緩地向門邊蹭去，短短的幾步路，我足足走了一袋煙的工夫。來到門邊，額頭上已經出了一頭的虛汗，出了門，閉上眼，我狠狠地吸了一口空氣，清晨清新的空氣讓我精神一振，睜眼向院中望去，我被眼前的景象驚呆了！

清晨，在朝陽的沐浴中，一個俏麗的身影迎著朝暉，在院中翩翩起舞。手中長劍挽出朵朵劍花，在朝陽的映照下，長劍閃爍著耀眼的光芒，那個俏麗的身影正是小月。

我扶著門坐在門檻上，靜靜地欣賞著她那婀娜的身姿，陽光照耀在她身上，給她增添了一道聖潔的光芒。手中的長劍幻化出的耀眼劍花，圍繞在她的周圍，像是披上了一件光彩奪目的盛裝，此刻的她在我眼中，就像下凡的散花天女，美麗動人，我知道這幅圖畫，將永遠深藏在我的腦海。

坦白說，小月的武功和劍術並不是很出色，很顯然，她的劍法沒有經過名師的指點，顯得很生澀。她的功夫甚至還比不上陳可卿，但她練得很認真，完全將自己融於劍法當中，我想這也是一種境界。我相信，如果能得到名師的指點，假以時日，她一定會成爲一代劍術宗師的，我心中突然升起了一個念頭。

劍光一收，小月收勢站立，微微氣喘，臉上紅撲撲的，顯得更加嬌豔。

突然她聽見一陣掌聲，有人在旁稱讚：「好劍法！」小月猛然一驚，順掌聲看去，只見我坐在門檻上，一邊鼓掌，一邊大聲叫好，小月的臉一下子變得通紅。接著就面帶著急之色，緊張地對我說：「你怎麼起來了，楊大叔說你應該好好休息，不能亂動！」說完，就向我跑來。

我抓住門框，吃力地站了起來，對著跑過來扶著我的小月笑著說：「在床上躺了幾天，渾身都酸軟無力，再不活動活動，恐怕真的要成病人了！再說，如果不起來，我怎麼能欣賞到小月姑娘妳如此動人的劍姿。」話一說完，我就有些後悔，這樣說是不是有些輕薄了，我有些緊張地瞄了小月一眼。

還好她沒有生氣，不過臉就像一塊紅布，她低著頭，輕輕地打了我一下，嘴裏像蚊子哼哼一樣，「鄭公子淨取笑我！」那副小女兒嬌羞的模樣，真讓我迷煞了，愛煞了，我有些呆住了，癡迷地看著她。

見我沒有出聲，她抬起頭，看到我那副癡癡的樣子（有些色瞇瞇的），她的臉更紅了，嬌羞的說：「清晨天氣涼，你身體還沒有痊癒，趕快進房躺著吧！」聲音低的讓我幾乎聽不見，不過，我一聽見要我繼續躺著，頭搖的和撥浪鼓似的，嘴裏說：

「還躺呀，我不去，再躺下去，我就真的變成病人了，我不去，我不去，我不躺！」

我這時有些像一個倔強的孩子，我想，如果讓梁興看到我這時的表現，他一定會笑破肚皮，想我堂堂的嗜血修羅，居然做出如此撒嬌、無賴之態，傳出去一定會讓人笑。

一個堅持要我進屋躺下，一個撒潑耍賴，抓著門框死活不進去，於是我們在門邊僵持住了。

就在這時，楊大叔從門外進來，看見我們互相拉扯的樣子，不由風趣地一笑，「這一大早，兩位就在這裏拉拉扯扯，唱的是哪齣戲呀！」

我二人一看，小月的臉紅的像出血一樣。「楊大叔！」她放開我，跑到楊大叔的身邊，拉著他的胳膊不停地搖晃，嘴裏不依地嗔道。然後她開始數落我的罪狀，怎麼小小的一件事，從她嘴裏說出來，簡直是十惡不赦，連我自己都開始有些痛恨我自己。

楊大叔嘴角含笑聽完小月的控訴，臉上帶著很有意思的笑容來到我的面前，「阿陽啊！這就是你不對了，你身體還沒有好，怎麼能下床呢？要是再病倒，那不是還要我們小月來費心照顧！」他語氣中帶著責怪，但是最後一句，我怎麼聽都覺得話裏有話。

「大叔，我真的覺得好了許多，悶在床上，實在是太難受了，我略通一些醫理，適當的活動有助於身體的恢復，您說是不是！」我連忙辯解。

「胡說，昨天你才剛醒，怎麼可能今天就沒事呢！」說著，他伸手將我的左手抓起，把了把我的脈，臉上呈現出吃驚的表情：「怎麼可能，你的脈如此平和，這不可能！」

這時小月也走上來，有些擔憂地問他：「怎麼了？」

楊大叔沒有搭理她，想了想，對我說：「阿陽，看來你所修習的心法十分神奇，不但能夠修復你的經脈，還有助於你傷勢的復原，沒想到天下竟有如此神奇的心法，沒想到，沒想到！」

「爲什麼不說是我們的藥好！大叔，你怎麼知道是他的心法很神奇呢？」小月有些不服。

「傻丫頭，這天下間的真氣共有兩種，後天真氣和先天真氣，普通人所修煉的只是後天真氣，它讓人使用的乃是自己本身的力量，多一分修煉，就多一分力量，但它始終局限於人本身的力量。但是先天真氣不同，它乃是採集天地靈氣，充分發揮人本身的潛力，每進一分，先天真氣的威力就成倍的增長，所以，即使你的後天真氣再厲害，始終超不過先天真氣，不過……」楊大叔看見小月聽得入迷，故意停了下來。

「不過什麼？」小月有些著急，楊大叔咳嗽了兩聲，「有點渴了。」說完看看小月，小月這時十分聽話，連忙跑去端來一碗水，還拿了個凳子，然後扶著我坐在門檻上，一臉的著急。

楊大叔喝了一口水，笑著接著說：「不過先天真氣再厲害，大多是兩種功用，或傷敵，或護身，極少有第三種用途，不過，有些門派的心法卻是還有其他的功用。但他們大都將其視爲不傳之密，不是親傳弟子，很難一窺全豹，像陀羅密宗的般若心經，飛天大林寺的降魔真氣，東海紫竹林的玄天心法，崑崙的紫冥真氣，都有其特殊的妙處，不過他們大多失傳了。」

「現今排名在天榜中第一位的墨菲帝國的國師扎合木大師，他的九轉陰陽心法，可謂是一絕，練到最高境界之時，就是百毒不侵金剛不壞之身，威力可排山倒海，十分驚人。我看阿陽的心法，恐怕不輸於那九轉陰陽心法！」

我從不知我的噬天訣竟有如此威力，不過我牢記住大叔所說的幾種心法名字，九轉陰陽，總有一天我要見識一下！我心中暗自思量。

這時，小月的臉上也是若有所思，突然露出一種神秘的笑容，「鄭公子，人常說受人滴水之恩，應當湧泉相報，這句話對不對？」

我不假思索：「沒錯，那是當然！」

「我好像是你的救命恩人，是不是？」

「……是！」我有些猶豫，感到似乎掉進了圈套。

「那你說，你該怎樣報答我呢？」

「我，我，妳不會是……」我有些吃驚，心想莫非妳要我以身相許，要是這樣的話，沒問題！

「不錯！你答應不答應！」步步緊逼。

我額頭開始流出幸福的汗水，「願意！願意！」

「那好，從今天開始，你要教我武功，你答應的！不許反悔！」小月發出一陣悅耳的笑聲。

「什麼！教妳武功？我還以爲妳要我以身相許呢！」我脫口而出。

笑聲戛然止住，小月的臉紅的像熟透的蘋果，「你，你要死了，胡說什麼！」說完將我一把推倒在地，一跺腳，轉身跑出去，如波浪一樣的黑髮在風中飄揚，那背影再次讓我癡迷。

「哈哈哈……」楊大叔大笑著將我從地上扶起，拍拍我身上的灰塵，「傻小子，別看了，人都走了！」

我尷尬地撓撓頭，白癡一樣的傻笑著。

# 第七章　東京戰雲

午飯後，我將噬天訣的第一層心法教給了小月，她很聰明，一學就會，有這樣的學生，做老師多麼快樂。

傍晚，楊大叔藉口讓我多走動，讓小月攙著我慢慢在村中的小路上散步，經過早上的那一幕，我們彼此之間的距離拉近了很多。她不再叫我鄭公子，而叫我阿陽；我也不再稱她爲小月姑娘，而是直呼她的名字，我們迎著夕陽慢慢地走著，身後留下我們長長的影子，我呼吸著那淡淡的蘭花香，心就像長了翅膀一樣，不知飛到哪裡了。

我們一路閒聊，從談話中我得知，她家裏還有兩個哥哥，她的父親是一個傳統的大男人主義。雖然一身的好武藝，但是就是不教給她，而是傳授給她的兩個哥哥，對她則是有些不理不問，十分冷淡。於是，她就在家裏的人練功時，東學一式，西學一招，雜七雜八的偷學了一些。

不過她天資聰明，根據那些雜亂無章的招式，竟讓她自己創出了一套劍法，然後又跟著自幼疼愛她的楊大叔學了一些粗淺的吐納之術，竟也小有所成，這不得不讓我佩服她的聰明。但是，她始終沒有告訴我她姓什麼，我問她原因，她卻說當時機成熟的時候，自然就會告訴我，我問她什麼時候時機才成熟，她笑而不答。

那天晚上，我做了一個非常甜美的夢，我夢見我跨著烈焰，一身戎裝，小月身著美麗的新娘禮服，站在門口，面帶羞澀。我來到她的面前，伸手將她抱起飛馳而去，身後散下了她一連串銀鈴般的笑聲。

從那天起，我們每天都在一起，楊大叔常常藉口採藥，給我們製造單獨在一起的機會。這是我最快樂的日子，沒有殺戮，沒有勾心鬥角，沒有虛僞的應酬，所有的一切都是那麼真實。

我們在一起練功，我指點她招數中的缺點；一起吟詩作對，她經常將我刁難得一頭汗水；我們在田間散步，互相吐露著內心的煩惱；我們在田野中採花，她將花高高撒向天空，我們在紛紛的花雨中翩翩起舞，一切都那麼的美好。我忘記了浴火鳳凰戰旗，忘記了京中的危機，忘記了我的責任，我只知道，眼前的一切足以讓我忘掉一切，我只想將她牢牢地擁在懷中。

但是，該來的總是要來的！

這天，我和小月來到村前的小山坡上，小月跑去採花，這是她每天都要做的事情。我則是坐在山坡上，暗運噬天訣，吸取天地的靈氣，經過近十天的休養，我的經脈已經恢復，真氣也恢復到了以前的一半。這都要多虧了楊大叔的功勞，如果不是他細心的治療，我想我不會恢復這麼快！

突然間，我感到了一股非常熟悉的氣機波動，我心裏一動，順勢看去，遠遠的山坡上，一頭紅色鬃毛的雄獅蹲坐在那裏，是烈焰，牠回來了！一瞬間，我知道幸福的日子就要結束了，我終究離不開我命中註定的殺戮。我很矛盾，看著在田中快樂奔跑著的小月，再看看對我翹首期盼的烈焰，我彷徨了……

「阿陽！你怎麼了？發什麼呆？」不知什麼時候，小月來到了我的身旁，「獅子，阿陽，你看！是紅色的獅子，牠好漂亮呀！」小月發現了遠處的烈焰。

我再看去，夕陽中，烈焰孤獨地蹲坐在那裏，紅色的鬃毛隨風飄揚，半晌，牠仰天一聲大吼，然後慢慢地離去，消失在我的視線中，我知道牠在催促我。

「阿陽，你怎麼了？臉色這麼難看？」小月問我，眼中流露出關懷。

「沒什麼！」我努力的強做笑臉，「我有些累了，我們回去吧！」

小月順從地點點頭。

那天晚上，我吃的很少，話也不多，早早就回到房中，留下有些驚異的小月和大叔。

孤燈下，我坐在桌前，我該怎麼辦，離開小月，那是我絕對無法接受的。但是，我怎麼能夠將她這麼一個天真善良的女孩子帶到我的生活，那裏到處是爾虞我詐，殺戮，欺騙！最後我下定決心，先離開，當我擁有足夠的實力時，我再來將我的新娘接走。

我將我這幾日裏苦思冥想，爲小月創出的三式劍法和噬天訣的第二、第三和第四層心法寫了下來。我不希望我的女孩再受到一絲的委屈，然後，我又給她和大叔每人寫了一封信，這時天色已經微亮，我知道我該走了，我不想和他們道別，因爲我無法忍受離別的痛苦。

我將誅神揹在背上，悄悄地推開門，院子裏靜悄悄的，她和大叔的房內黑漆漆的，想必他們還在夢鄉。我默默地站在院中，心裏在默默的向他們道別，小月，大叔，請原諒我的不告而別，我真的不知道該怎樣面對你們。

我一咬牙，轉身打開院門，我驚住了，大叔就站在門外，我們默默對視。半晌，我開口道：「大叔，我……」

「別說了，我都知道了，你要離開了。從第一天見到你，我就知道，你終究會離開的，小月告訴我說，昨天傍晚你們看見了一頭獅子，我想那是你的吧！」他嘆了一口氣，「鄭陽不是你的真名，對吧！你應該就是那位有嗜血修羅之稱的京師九門提督許正陽，是不是？」

我一臉慚愧，「大叔，對不起，我不是有意要隱瞞，而是因爲嗜血修羅這個名字……我害怕小月知道後會不理我，所以……」

「冤孽，冤孽呀！」他仰天長嘆，「阿陽，不，應該是許大人，你想對小月怎麼交代呢？」

「大叔，我是真心的愛小月，這一點，我想您應該能看出來，京師眼下危機四伏，我必須回去處理，等我處理完了，我一定會回來迎娶小月的！」我真摯地說。

「阿陽，我想你不會怪我這麼稱呼你吧！」楊大叔思索了一會兒，「聽大叔一句話，凡事莫要趕盡殺絕，留一分餘地，對你，對小月都好！明不明白?!」

他語帶深意，可惜當時我沒有明白過來。

「好了，大叔不再留你了，迎著朝陽上路吧，孩子！」他頓了頓，「不要辜負了小月的情義。」

我跪下來向著大叔磕了三個頭，起來後，我什麼都沒有說，扭頭堅定地離去。

來到村口，我再次停下來，扭頭向村中看去。小月，妳要保重，等著我，我會讓妳成爲我的新娘！

「阿陽，你真的要走了！」一個幽幽的聲音在我耳邊響起，我渾身一振，慢慢地轉過身，天邊一片火紅的朝霞，小月站在朝霞裏，默默地看著我，臉上掛滿了淚水。

「小月?!」我失聲叫道。

「阿陽，從昨天看到那頭獅子，我就看出你和牠有著非同一般的聯繫，我知道你要走了，所以我一直在這裏等你！」小月語帶哭腔，聲音顫抖，「能將你的朋友叫出來，介紹給我嗎？牠真的好漂亮！」

我默默地點了點頭，口中打了一個響亮的呼哨，一聲獅吼，烈焰從遠方跑過來。

在朝霞的映襯下，火紅的鬃毛像是一團燃燒的火焰，牠飛快的來到我的身邊，親暱地蹭著我的身體，我拍了拍牠的腦袋：「去，兒子，給你未來的媽媽打個招呼！」我又對小月說：「牠叫烈焰，是我的兒子，小月，我希望有一天妳也叫牠兒子！」我的聲音有些哽咽。

這一次，小月沒有臉紅，她摟著扭捏的烈焰，把臉貼在烈焰的臉上，哽咽著說：「烈焰，你叫烈焰是嗎？你爸爸的身體還沒有康復，你要多照顧他，讓他按時吃藥，吃飯定時，男人做大事，一定要注意身體！記住了嗎？」

烈焰似乎聽懂了，伸出舌頭舔去小月臉上的淚水。

「小月！」我再也忍不住了。

「大哥，」小月站起來，擦乾臉上的淚水，走到我的身邊，「小月明白，你要去做大事，男人大丈夫應該以事業爲重，不應該總是待在女人身邊，那樣沒出息！」說到這兒，小月已經是泣不成聲。

半晌，她又抬起頭，堅定的說：「只要大哥心裏有小月那就夠了，小月會在這裏等著你，等著大哥有一天來接小月！」她努力的想向我露出笑容，可是咧了咧嘴，卻讓我心碎。

「小月……」我根本就無法說下去。

「什麼也別說，小月心裏都明白，走吧！大哥！」小月的臉上露出了一絲強擠出來的難看笑容。

我狠下心，轉身走了幾步，突然，我回身衝到小月的面前，一把將她摟在懷裏，低下頭狠狠地親在她那顫抖、冰涼的嘴唇上。我感到小月的身體在我懷中微微的顫抖，我下意識地將她摟的更緊，她的唇好涼，有一絲絲的鹹味，我知道那是她的眼淚。

我們就這樣無聲地吻著，哪怕是天崩地裂，我們也不會爲之所動，我們要將我們所有的愛意在這一刻表達。烈焰靜靜的趴在我們身邊，我們就這樣擁吻著，時間在這一刻似乎停止了流動。

半晌，我們分開來，小月的臉龐就像天邊的朝霞，我們就這樣對視著，眼中流露出熾熱的光芒，我抓住小月的雙肩，「小月，等著我，最多五十天我一定會回來，到那時，我一定要讓妳成爲我的新娘！」

小月堅定地點點頭。

什麼都不需要說了，已經夠了，我轉身跨上烈焰，又看了小月一眼，一個呼哨，烈焰發出一聲吼叫，像是在向小月道別，向著朝陽飛馳而去。

我沒有回頭，我害怕忍不住留下來，直到跑出很遠，我才讓烈焰停住，回身看去，遠方的山坡上，一個身影孤單地矗立在風中，我知道，那是小月。

離開小月，我就好像沒有了靈魂，我不相信什麼一見鍾情，但是和小月在一起時的那種無憂無慮、那種快樂使我知道，我今後的生命將要和她糾纏在一起。

我向東京的方向慢慢行進，一路上，我已經編織了一個非常美好的未來，那是屬於我和小月的。

突然間，前方塵煙滾滾，一隊驃騎迎面而來，我定睛一看，旗號上面是城衛軍的標誌，為首一人，正是王朝暉。王朝暉一看見我，臉上露出笑容，老遠就下馬迎上來（**馬匹是不敢靠近烈焰的**）。「大人，總算找到你了！」他驚喜地拉住我。

看著他滿臉的風塵，我心裏有些感動，「朝暉，辛苦你啦！」

我們上馬並馳，一邊走一邊聊，原來王朝暉在附近已經找了十三天了，梁興幾乎每天都派人前來問訊，他都快被他給逼瘋了。昨日聽說在這裏出現了一頭雄獅，想來是烈焰，於是今日一早就趕來此地，我有些疑惑：「烈焰，我不是讓你前去通知梁興嗎？難道你沒有去？」我對一旁的烈焰說。

「大人，這不能怪烈焰，在梁大人回去以後，太子殿下詢問了此事。當他得知京城外出現了這麼一股強悍的『賊人』，立刻稟報了皇上，皇上急調城衛軍回京，以加強京師的安全，所以，這段時間，西山大營已經空無一人，全部駐守在東京。梁興大人也回到了提督府主持日常事務，加強京師的治安，想來烈焰是去了西山，沒有見到大人，就又回來了！」

「京師的情況有這麼糟嗎？連城衛軍都調至京中？」我有些疑問。

王朝暉連忙向我解釋，原來自我失蹤以後，京師內的鬥爭日益嚴重，高飛以拱衛京師的安全為由，向高占要求，要將南宮飛雲的鐵血軍團調回京中。但是高良以通州戰事未平，閃族叛亂剛剛結束，不宜立刻離開為由，力主將城衛軍調回京中，與御林、禁衛共同守護京師安全，高占同意了高良的要求，將城衛軍調入京師。同時，為了防止御林軍向高飛靠攏，高良還將他的飛龍軍團駐紮在城外，目前京師內人心惶惶。兩派鬥爭激烈，短短十天，禁衛和城衛軍已經發生了數次的衝突，所幸雙方尚還克制，沒有演出大規模的械鬥，但已經是水火不相融，形勢一觸即發。

我聽了以後，不僅暗自心驚，目下六皇子高飛一派雖然人數不佔優勢，但手下高手眾多，想那南宮飛雲足智多謀，手中的鐵血軍團決不會棄之不用。崑崙七子武功高強，合擊之術幾近天下無敵，還有眾多依附他的能人，目前隱忍不發，想來是因為尚無必勝把握，他們在等待，等待什麼呢？

我不僅暗中忖量，鐵血軍團，一定是鐵血軍團主力尚未到達，如果鐵血軍團到達，那就是高飛起事之時，御林軍雖然是忠於高占，但在強勢之下，未必會再袖手旁觀。到那時，飛龍軍團絕非氣勢正旺、挾勝而歸的鐵血軍團的敵手，區區五萬城衛軍也不可能是近二十萬精兵的敵手。

我越想越驚，一時間，鍾離師公的話在我耳邊響起。算一算，武威的兵馬還要三十五天才能到京，而鐵血軍團隨時會出現，絕不能讓御林軍倒向高飛一系。如果這樣的話，就只有在鐵血軍團到達京師之前，逼迫高飛一系提前造反，使御林軍倒向我們這一方。這樣，即使鐵血軍團出現，御林、城衛兩軍再加上飛龍軍團的一幫炮灰，憑藉東京的高牆應該可以使我們度過危機。只要武威的軍馬一到，我相信我就可以穩操勝券，但如何使高飛提前造反呢？

王朝暉見我半晌不出聲，「大人！」他小心翼翼地叫我。

我從沉思中清醒過來，現在最重要的事要儘快趕回京師，我從馬上跳下，對王朝暉說：「朝暉，我需要馬上趕回京師，騎烈焰先行，你等快馬跟隨，速返京師！」說完，我飛身坐在烈焰的背上，急馳而去。

東京已經出現在我眼簾，我知道我又回到了我的世界，那個罪惡的世界，不過我喜歡，我告訴我自己，不要再沉溺在小月的世界，如果我想得到她，我就要先將她拋去，不然，我不知道我是否有命再見到她。

東京現在果真是戒備森嚴，到處可見盔甲鮮明的士兵，城門進出都要經過仔細盤查。我來到城門，剎時引起一陣騷亂，起因正是我胯下的烈焰，東京雖然過往商賈眾多，但何曾有人騎著獅子亂跑。不光是普通百姓，就連城門口的士兵也緊張地持槍拔刀，小心戒備。一時間，城門處刀光閃閃，所有的人都躲到一邊。

「叫你們的隊長來這裏，就說九門提督許正陽在此！」我絲毫不理會那些緊張的士兵，沒想到我話音剛落，城門口就像炸了鍋一樣，「他就是提督大人？」「不是說他已經死了嗎？」「別胡說，小心他聽見。」門口的士兵早已經向裏通報，剩下的人還是小心戒備，我有些奇怪，爲何我的名字會使人們如此吃驚！

「什麼人，竟然在此喧嘩！」一個百夫長模樣的人來到我面前，他一看到我，臉上立刻顯出驚喜的笑容，連跑兩步，跪在我的面前，「卑職城衛軍督察營第七中隊隊百夫長解懷，參見提督大人！」

他身後的眾士兵也連忙向我參拜，我跳下烈焰，伸手將解懷攙起，「你怎麼認識我？」要知道我並不經常去城衛軍，軍中的大小事情都是由梁興處理。

「大人，我原是西環神刀營的小隊長，大人曾經親授我們絕學，您可能不記得了，但小人一直將大人牢記於心。」

我一聽，笑了，原來是我的老部下，我拍拍他的肩膀，「有心了，速去通知梁大人，不必拘禮，我在此等候！你們趕快進行你們的工作，你看這城門口已經排了很多人了！」

因爲烈焰的關係，我不能徑直入城，在城門口就引起這麼大的騷亂，如果要入城，那……我不敢想。

此時早有兵丁前往通報，城門口的人群也漸漸恢復秩序，但是人們看我的眼光都有些怪怪的，有崇拜，有恐懼，也有……我有些奇怪，向身旁的解懷詢問。

「大人，您在亂石澗那一戰，已經在京中傳開，大街小巷都在議論紛紛，盛傳您的勇武！」

「怎麼傳的？」我有些好奇。

「大人，不說您巧施妙計，全殲數千賊寇，單只是您在亂石澗獨對上百高手，面無懼色，殺得他們狼狽鼠竄，更孤身涉險，追殺賊人，真是一位孤膽英雄。指揮使大人將您的英雄事蹟報與朝廷，誰不對您佩服！」

我不禁啞然失笑，這什麼和什麼呀！我什麼時候面對上百高手，什麼時候又孤身追殺敵寇，梁興這不是給我瞎編嗎！不過這樣也好，更增加高占和高良對我的信心。

我正要開口，從城內急馳一隊人馬，爲首一人，頭戴烏金盔，身著烏金甲，胯下烏錐馬，腰繫一柄大劍，遠遠看去，赫然就是一團黑旋風，正是梁興這傢伙。

看來氣色不錯，是不是又升官了？我不及細想，連忙迎上前去，梁興也遠遠的就看見了我，他衝到我面前，跳下馬來，口中叫道：「阿陽！」一把將我抱住。

眾目睽睽之下，兩個大男人這個樣子，我實在有些不好意思，在他耳邊輕輕說：「大哥，看來你要給我趕快找個嫂子。」

梁興一愣，鬆開我說：「你說什麼？」

「這麼多人，兩個大男人這樣子，容易落人口舌，我看，你還是趕快找個嫂子來澄清一下，你是無所謂，但事關我的名譽，你要認真考慮！」我輕聲說。

沒等我說完，梁興的大黑臉一下子變成了紫色，狠狠地打了我一拳，「你這個混蛋，很久不見，一見面就不說人話！」我疼得直咧嘴，然後我們放聲大笑。

此時，梁興身後的人馬也來到我們跟前，我一看，好傢伙，都來了，鍾離師，葉家兄弟，毛建剛，高山，陳可卿，還有一些城衛軍的將領，我一一和他們打著招呼。

看著身旁越聚越多的人們，鍾離師建議我們回府再說，於是我帶著烈焰，隨眾人向提督府走去。

回到府中，我藉口需要休息，讓他們先下去，只是留下了梁興和鍾離師，三人坐在書房，默默無語，我終於打破沉悶，「京中的事情我已經知道了大半，現在我想知道的是，我們還有多長時間？」

「阿陽，你也知道，我們手下並沒有很合適的人才來負責情報的事情，所以我們目前還沒有關於鐵血軍團非常準確的消息。只是聽說他們的先頭部隊已經開拔出來，但是具體到京的時間，我們現在都無法確定！」梁興的表情有些黯然。

「那就是說，他們隨時都會出現在京師了！」我沉吟了一會兒，「高飛那邊可有什麼動靜？」

鍾離師搶先說：「根據廖大軍給我們的情報，六皇子那邊目前比較平靜。根據裏面的耳目講，自亂石澗一戰，崑崙派損失慘重，目前崑崙三代弟子中的精英全部喪生，二代的崑崙七子也是兩死一殘，不過，聽說高飛又從其他地方招來不少好手，勢力還是不容忽視。」

我可以感覺到鍾離師語氣中有些擔憂。

梁興在旁插口道：「阿陽，不知你現在的情況如何，看你的氣色，似乎也受傷不輕呀！」

「此次由於我的大意，在亂石澗遇伏，如果不是運氣好遇到名醫，恐怕此時……即便如此，我的傷勢雖然已經痊癒，但要恢復功力，我估計至少還要有二十天的時間！」我頓了頓，「恐怕此次我們將要面臨的困難，不是我們能夠想像得到的。」

我也有些擔憂，府中目前可以說是高手的，只有我和梁興二人，而我的功力又僅剩往日的一半。毛、王、葉眾人只可抵擋住崑崙的三代弟子，但是還有南宮飛雲和崑崙四子，就已經不是我所能抵擋得了的，前途一片黑暗。

「聽說高良這段時間招攬了一些高手，或可爲我們所用！」鍾離師突然說到了高良。

對呀，高良，我怎麼忘記了他？我們現在是在一條線上，不能單靠我們來衝鋒陷陣，應該讓他也出一些力了，我們可是他的屬下呀！再說，這場宮廷內鬥，他才是主角，應該讓他露露臉了。想到這裏，我心中的惶恐似乎減輕了不少。

「先把這些高手的問題放一放，我一會兒就去拜見高良，看能否從他那裏得到一些助力。我們現在的首要問題是：鐵血軍團何時會抵達京師，還有御林軍的倒向，鍾離先生對此可有什麼高見！」

「鐵血軍團我們可以派出探馬，畢竟數十萬人的行蹤探察起來並不是非常難辦，倒是御林軍的問題有些棘手。御林軍都統乃是歐陽世家的長子歐陽中天，此人對高占忠心耿耿，應該是不會造反，但是當鐵血軍團兵臨城下，恐怕……如今之計，惟有利用高占對歐陽世家的影響力，先穩住他們。同時，我們要迫使高飛提前造反，如此一來，我們便可以爭取歐陽世家的力量，再不濟，也可以得到御林軍的力量！」

鍾離師的見解頗得我心，我和梁興相視一笑，「鍾離先生高見，但是如何迫使高飛提前造反呢？」我微笑著向鍾離師問道。

鍾離師聞言也是微微一笑，「大人既然如此問我，想來已有主意，在下萬萬不敢在此獻醜！」

這時梁興插口道：「不如我們效仿古人，在各自的手心之中寫下我們的主意，看看是否英雄所見略同？」

「此法大妙！」我和鍾離師一致同意。於是，我們三人各自持筆在手中寫了幾個字，然後一齊握拳湊到一起，三人相視一笑，同時將手掌張開一看，我們不由得一陣大笑，原來我手中所寫的是「南宮飛雲」，鍾離師手中寫的是「南宮入京」，而梁興所寫的是「調查南宮」。

不錯，南宮飛雲擅自進京，已是死罪，如果能讓高占調查此事，高飛還需利用鐵血軍團的力量，勢必不會讓南宮飛雲出事，如此一來……

「哈哈哈！」我笑得很開心，高飛，我們決戰的日子就要來了。

商議完畢，外面天色已經暗了下來，我連忙起身，吩咐梁興和鍾離師前去城衛軍大營，一定要盯死歐陽中天和御林軍的動向。同時將烈焰帶走，特別叮囑鍾離師將廖大軍留在提督府，以備我隨時分配任務，然後我就向府外走去，梁興問我去哪裡，我笑著告訴他，我要去找個地方吃飯。

出了府門，我徑直向太子府走去。臨近太子府，我直覺感到氣氛有些不同，警衛明顯增多了許多，來到府門前，發現門衛也更換了不少，很多都是我不認識的新面孔，見到我來，都明顯地露出警戒的目光。

我連忙走上前，報上我的名字，「在下東京九門提督許正陽前來拜見太子，煩請兄台代爲通報！」說完，我就將我的名帖遞了上去，門衛聽到我的名字，態度明顯緩和下來，十分客氣地請我稍稍等候，然後拿著我的名帖進府通報。

不一會兒的時間，那門衛匆匆跑出，非常恭敬地來到我的面前，「提督大人請進，太子殿下現在書房，請提督大人直接前往。」

我徑直來到書房，高良此刻正坐在屋內，看到我進來，他連忙起身將我拉住，「哎呀，阿陽，怎麼現在才回來，這些天去了哪裡，實在是急煞小王了！」

「太子殿下莫急，小人不是已經回來了？這些天因爲小人而使殿下擔憂，實在是小人之罪！」我連忙向高良施禮。

高良一把將我攙起，並把我按在椅子上，「好了，阿陽，都是自己人，何必這麼多禮。說真的，自從你離開京城後，我是日夜擔心。沒有想到，此次這股賊寇的實力這麼大，也幸虧是你，不然恐怕真的是不好交代了。」說完便一下子坐在我的身邊。

我聞言一笑，微微側了側身子，低聲說：「太子莫急，小人此次出京大有斬獲，探得了不少消息，總的來說是一喜一憂，不知太子想先聽哪一個？」

高良一聽，來了精神，「那先說一說壞消息！」

「想來太子殿下已經覺察，京中目前暗流洶湧，形勢一觸即發。這個壞消息就是據小人所探，鐵血軍團已經離開通州，向京城開進，鐵血軍團抵京之日，就是高飛篡位之時。到那時，御林軍勢必倒向高飛一派，以城衛軍和飛龍軍團的實力，決非他們的敵手。而且高飛師門崑崙派，此次也是精銳盡出，此次剿匪，實則是他們的一個陷阱，目的是想將小人引出除掉。雖然此次賴殿下洪福，小人僥倖脫身，並將崑崙七子重傷一人，擊殺兩人，但是他們的實力還是不容忽視。單是那崑崙七子中所剩下的四子，就不易對付！」我雖然有些危言聳聽，但所說基本是事實。

「那好消息又是什麼？」高良有些迫不及待。

「小人已想出對策！」我的臉上充滿信心。

「快說！」高良抓住我的手。

我起身站起，向高良深深一躬，「此次小人來見殿下，實則是來尋求幫助，聞聽太子府中有不少能人異士，如能得到太子的大力支持，小人將再添一分勝算！」

「阿陽，你就別賣關子了，你我同在一條船上，你若認為我府中有可用之人，儘管使用，如果有人不聽你調遣，你可以先斬後奏，這樣行了吧！快將你的妙計說出！」高良最後一句幾乎是用吼出來的。

「據小人探察，那南宮飛雲已經秘密入京，不知殿下可知此事？」

「有這種事？未奉詔入京，可是死罪，再說，鐵血軍團不是剛剛離開通州嗎？他怎麼會不在軍中，那鐵血軍團目下是誰在指揮？」高良有些不信。

「殿下，此事千真萬確，小人已經和那南宮飛雲照過面，想那鐵血軍團軍紀森嚴，南宮飛雲既被稱為不世名將，自有他統馭屬下的手段。況且，鐵血軍團經他經營這許多年，軍中多是他的親信，要想隱瞞他的行蹤，恐怕並不難。」

「那你的意思是……」高良似乎有些明白了我的用意。

「以小人之見，太子能否用三天的時間探得南宮飛雲的行蹤，然後上奏聖上。單此一項罪名，南宮飛雲必是死罪難逃，我想六皇子必不會坐視他的親信被抓。那他只有兩條路，一條是隱藏南宮飛雲，但是一旦失敗，他必受株連；另一條是提前篡位。我想，那鐵血軍團主力十日之內必將抵達京師，那時，他就穩操勝算。而且，他還需要南宮飛雲和他的鐵血軍團為他平定江山，所以小人認為，他必將選擇第二條路！」

「那我們不是更加危險，不妥，不妥！」

看來我還要費一番口舌，高良還是沒有明白。

「殿下，這看似我們危險，但實則這其中有兩個變數，一是如果高飛提前篡位，御林軍必將站在我們這一邊，十萬御林軍再加上五萬城衛軍，六皇子的禁衛軍絕難抵擋。再加上殿下的飛龍軍團，我們至少可以憑藉東京的高牆抵擋鐵血軍團的進攻兩個月，二是，只要我們能守衛兩個月，武威和青州還有各地的諸侯必將起兵勤王，那時……」

我沒有再說下去，如果高良還不明白，那他就是一個不折不扣的白痴。不過，高良還算有藥可救，總算明白了我的意思，我們又談了一些細節，當我們從書房走出時，天色已經完全黑了，但是，我們的心裏卻是一片光明，謀事在人，成事在天，該做的我們都做了，該想到的我們都想到了，如果我們還失敗，那只能怪這老天不長眼了。

當晚，高良在府中為我擺酒洗塵，並吩咐所有的食客全部作陪，我知道此刻的高良已經將他全部的賭注壓在我身上，我們現在真的是要風雨同舟了。

酒席間，高良將他府中諸人一一向我介紹，說實話，高良府中的能人並不是很多，多是溜鬚拍馬之輩，沒有太多的真才實料，怪不得許多人都不看好高良。不過，倒是坐在末席有三個人引起了我的注意，伍隗，明月魯原人氏，自幼熟讀兵書，心思縝密，生性謹慎，性格孤傲，不為高良所喜；鄧鴻，四十六歲，師從明月機關大師荀墨，喜鑽研機關，善於製造器械，但至今尚未有何驚人成就，由於多次失敗造成高良支出大幅增加，爲高良厭惡。巫馬天勇，閃族人，善騎射，兩把鑌鐵短戟，有萬夫不擋之勇，我觀其呼吸悠長緩慢，兩太陽穴高高鼓起，可以斷定此人武功必在毛、王眾人之上，甚至不在南宮飛雲之下，但因爲他是閃族人，高良始終對他都不相信。

我暗嘆高良有眼無珠，當下提出想要這三人，沒想到高良對此三人早已厭倦，聽說我要，立刻同意。我心中暗喜，酒足飯飽，我起身向高良告辭，並叮囑他務必要在三天之內查清南宮飛雲的行蹤，然後，我帶著伍隗、鄧鴻和巫馬天勇返回提督府。

回到提督府，已經是深夜，我沒有急著休息，而是將那三個人帶到書房。關上門，我坐在桌前，靜靜地看著三人，半晌不說話。他們三人也不出聲，只是站在我面前，看著我，我們就這樣對視了很長時間。

終於鄧鴻忍不住了，向我一抱拳，「大人，不知深夜喚我等有何吩咐？」

「你們可知道我爲什麼要將你們要來？」我冷冷地說道。

「大人要我們前來，必是有需要我們之處，或者說，是我們能夠幫助大人！」伍隗的話不卑不亢，處處顯示著他的孤傲。

「不錯，伍先生，你很爽快，說的不錯，但是，我又怎麼知道你們能幫上我？」

伍隗沒有回答，我頓了頓，「說實話，我並不知道你們有多大本事。但是在席間，我卻從你們身上看到了一種東西，驕傲，一種只有具備真才實學的人才會有的驕傲，有真才實學的人，他們總是與俗人格格不入，我相信一句話：無人嫉妒是庸才。不知你們三人對此有何想法？」

「大人請有話直說。」

「好，爽快！」我站了起來，雙手扶著桌子，「我要你們證明給我看，你們是真的有驕傲的本錢，你們都知道，京城目前就像一座火山，隨時都會爆發。伍隗，你有兩個月的時間來證明你是如何的能守，如何的熟知兵法，我會將城衛軍五萬人交給你，而你要確保東京的東門萬無一失！」

「大人憑什麼認爲在下一定會接受你的任命？」

「如果你不接受，請你以後不要再在我面前擺出一副孤傲的神態，因爲你不配，我已經把機會擺在你的面前，而你退縮了，這只能說明你的無能。兩個月，記住！我只要你守兩個月，兩個月後，你可以打開城門，放任何人進來！」說完我不再理他。

「鄧鴻，我要你在十天之內研造出一種射程遠，力量大，而且可以一次多發的弓箭，我可以將這個任務交給你嗎？」我逼視著鄧鴻，他很堅決地點點頭。

我又扭頭對巫馬天勇說：「我知道你武力過人，我想在數天之後，我們將要面臨一場大戰，那將是一場血戰。我不清楚我們的敵人有多少，但是他們的實力將是超乎想像的，同樣身爲一個武者，我渴望這樣的戰鬥。你呢？你是否願意和我並肩作戰，向我展現你引以爲傲的強大武力？」

「在下願與大人共同戰鬥，在下將視此爲武者的一次修行！」巫馬天勇毫不猶豫。

「好！將你們的手給我！」我伸出右手，他們愣了一下，也將手伸出，「來！讓我們擊掌爲誓，如果我們能度過此次危機，你們將獲得新生，在以後，你們將有一個足夠寬廣的舞臺讓你們來展示你們的才華，我發誓！」

在說這話的同時，我的身上突然湧出一股強大的氣勢，話語中透露出一種威嚴，一種屬於帝王的威嚴，伍隗三人忍不住向我跪下，「大人，感謝你給我們這樣一個機會，我伍隗（鄧鴻，巫馬天勇）向您發誓，我們將一生忠於您，將我們的所學奉獻給您。」

我看到了他們眼中的淚水。

炎黃曆一四六二年四月二十日，高良在早朝奏本：南宮飛雲已經秘密回京，目的不詳，而鐵血軍團在奉詔之前就已向東京開拔，目前下落不明。

高占聞聽勃然大怒，立刻命令城衛軍和御林軍合力在京城搜索，當城衛軍和御林軍的兵馬到達高良所說的地方時，已經人去樓空，南宮飛雲早已經得到消息離開。於是二營兵馬回殿覆命，高占一聽，更是火上澆油，當時就將我和歐陽中天在殿上罵得體無完膚，著令我們立刻全城戒嚴，挨家挨戶地搜，務必要將南宮飛雲緝拿歸案。

與此同時，我還得到探馬回報，發現鐵血軍團蹤跡，人數約二十萬，距東京尚有兩天路程，我沒有敢將這個消息散播出去，以防引起騷亂，我知道，最危急的時刻就要到了。

當晚，忙了一天的我回到提督府已經是深夜時分，說實話，我真的感到很累很疲倦。坐在書房中，我閉上眼睛，腦子裏一片混沌，鐵血軍團距京城只有兩天的路程，也就是說，如果在明天還不能將京城中的事情做個了結，那將會有大麻煩。

到現在爲止，歐陽中天的態度還是十分曖昧，從今天的搜捕來看，御林軍並沒有全力搜索。如果是這樣的話，歐陽中天很可能已經倒向高飛，我該怎麼辦？各種各樣的問題將我的大腦攪得亂七八糟，我感到一陣口乾舌燥，拿起身邊的一杯涼茶，一口倒進嘴裏，冰涼的茶水使我的大腦一下子清醒了過來。

飛龍軍團！它雖然不是鐵血軍團的對手，但是它還有十五萬的人馬，至少可以將禁衛軍困住，要將它運用起來，不能讓它一直閒置在那裏。立刻去找高良！

想罷我立刻起身，可是當我站起時，只覺腹中一陣疼痛，渾身的力量似乎跑得無影無蹤，「撲通」一聲，我一下子跪在地上。

不好！茶裏有毒！我立刻明白過來，看來高飛今晚就要發動了，我雙手撐地，默默運氣。體內的陰陽二氣緩緩地運轉，此刻，我的體內就像被劈成了兩半，一半似烈火焚燒，熱浪滾滾，要將我的經脈全部融化；一半卻猶如掉進萬丈冰窟，寒氣逼人，似乎血液都已經被凝固了，遇到陰陽二氣，立時如火上澆油，又似雪上加霜，愈演愈烈，腹中被這一寒一熱攪得我肝腸寸斷，疼痛難忍。

陰陽奪命散！我的腦海中閃現出幼時在奴隸營，梁興的媽媽梁大嬸曾經告訴我：

「陰陽奪命散，採用東海火焰洞內的焰蛇之血和星宿海碧磷洞中的無影蟲碾成的粉末製成，這兩種乃是天下至陽至寒之物，配上四十九種奇毒，無藥可解，被稱爲天下第一毒。」

沒想到我竟然……

我的噬天訣乃是天下第一奇功，碰上這天下第一毒，我倒要看看究竟是誰厲害。我默運噬天訣，希望能將體內的毒素逼出，可就在這時，門「吱扭」一聲被推開了，從外面進來了五個人，爲首一人我抬頭一看，不由得目瞪口呆，原來是她——月竹！

「月竹？怎麼會是妳？爲什麼要這樣？」我吃力地抬起頭，這時，我的眼睛已經開始模糊，但是腹中劇烈的疼痛使我的大腦很清醒。鍾離勝在離開時曾經叮囑我，要我防範身邊的人，我只留意到從西環隨我前來的眾將，卻忘記了我身邊這個小小的侍女，我太大意了。

看著月竹那張天真的笑臉，我不禁暗罵自己愚蠢，那張笑臉既然能迷惑高良，我就應該對她有所防範，但是我不明白為什麼？是什麼使她背叛我？

「寨主，我知道我很對不起你，是你收養了我，讓我能夠生存下來，你把我當成自己的妹妹看待，讓我讀書，還教我習武，我真的很感謝你！」她的表情還是那麼的純真，「但是你知道嗎？我一直很怕你，你對付敵人的手段常常令我做噩夢，我害怕如果有一天我會……而且，你不應該和六皇子作對。他是那麼的善良溫柔，英明神武，可是你卻常常令他難堪，我本來一直很猶豫，寨主，你知道嗎？我一直不想傷害你，原以為你受過一次教訓會不再和六皇子作對，但是自你回來後，你卻變本加厲，逼得他走投無路，我不能讓你傷害他。」

月竹臉上的天真已經不見，她的聲音越來越高亢，最後幾乎是喊出來，一臉的猙獰，她已經不再是那個天真的小姑娘，在我眼中，她就像一個厲鬼。

在她說話時，我體內的陰陽劇毒已經不再受控制，體內陰陽二氣似乎受到了反噬，也不再受我的控制，它似乎已經和我體內的劇毒融合在一起，在我體內不停地肆虐。

「寨主，看你這麼辛苦，小婢真的不忍心，還是讓小婢送你一程，免得你這麼辛苦！」月竹拔出手中的長劍，一劍向我刺來。

此時我已經渾身無力，看著長劍刺來，我眼睛一閉，心想：沒想到我許正陽堂堂七尺男兒，竟然喪命在這卑鄙的女人之手。

就在這時，兩條人影從外面破窗而入，其中一人高叫：「小賤婢，休要傷害我家大人！」話音未落，手中一柄短戟脫手而出，正砸在月竹手中的長劍上。月竹只覺一股大力從劍上傳來，手上一麻，長劍「噹啷」一聲掉在地上，口中一口血噴出，身體向後倒飛，摔在地上。

來人正是廖大軍和巫馬天勇，「大人，你可無恙！」巫馬天勇開口問我，手一兜，地上的短戟飛回他手中，原來有一根細鏈連在短戟之上。

「月竹姑娘，早就告訴過妳，不要和他囉嗦那麼多，應該一見面就將他除掉，現在看來，只好我們出手了！」和月竹一起進來的四個蒙面人中的一人陰陰地說。

「要想要大人的命，那就跨過我們的屍體！」巫馬天勇短戟橫在胸前，和一直默默無語的廖大軍橫身站在我的身前。

「既然你們想死，那簡單，就讓貧道送你們和你們的主子一起上路吧！」只見四個老道互相一使眼色，飛身搶上，廖大軍身形一晃，彷彿流光冷電，抖手十三掌成串攻向面前之人的上中下三盤，同時兩腳飛起，踢向對方兩肋。

巫馬天勇虎吼一聲，一晃手中短戟，身形飛射迎面攔住兩人，一雙短戟閃閃生寒，左三右三，前四後四，時爲鉤，時爲絞，時幻拉，時變劃，像兩條入海金龍，翻騰衝刺，銳風呼嘯中，金芒織舞如天羅地網，死死纏住兩人。

此時，一個人影如大鳥一般沖天而起，眨眼來到我的面前，他拉開臉上的面巾，陰森森地對我說：「貧道崑崙青雲，自亂石澗與大人一見之後，一直未敢忘懷，今日特地再來領教大人神技！」

又是那該死的崑崙道人。此刻我五臟翻騰，渾身在扭動、抽搐、痙攣、翻滾，牙齒抖得咯吱地響，大汗將衣服全打濕透了，臉上的肌肉急劇地顫抖，一雙胳膊的肌肉，繃得死緊。用盡全力我抬起頭：

「你這臭老道還沒有死，亂石澗大爺將你們殺得落花流水，今天你竟然自己送上門來，你那三個師兄弟可好，是不是嚇得躲到你那死鬼師傅的袍子下面啃他的鳥兒，哈哈，咳咳！」說完這幾句，我好像使出了全身的力量。

「死到臨頭還嘴硬，道爺讓你生死兩難！」青雲的臉上青筋畢露。

「師兄，不要再拖了，趕快處理掉這個狂徒，爲兩位師弟和掌教報仇，我們還要去皇宮幫助南宮師侄解決那幫殘餘！」正在和巫馬天勇纏鬥的一名道人開口說道。

此時，巫馬天勇和廖大軍雙目盡赤，拼了命想擺脫對手，他們的武功雖然出色，但是他們面對的是崑崙二代弟子中的頂尖好手，特別是巫馬天勇，一對一在三百招之外或能取勝，但是他同時面對兩人，已經超出了他能力的極限。

只聽他大吼一聲：「天河倒轉！」短戟交相使用，攻防互輔，在清脆的金屬交鳴聲裏，斧刃揮霍，力足橫斬九牛；皮盾攔磕，宛似天頂地蓋，前劈、後攔、上架、下砍，招出如長江大河，滔滔不絕，又似群星齊崩，紛紛灑灑，風銳如嚎，光練似帶，像怒海之巨浪波波不息，似蒼空之遼闊浩渺無邊。

而他的兩名對手身形互換，似鬼魅一般，兩把長劍相得益彰，舞成一道劍網，死死將他困住；廖大軍更是使出渾身解數，雙掌上下翻飛，快過電光石火，來去飄渺無影，似雷鳴，如流光，快、狠、準、穩，俱已兼備無餘！但他的對手像一座山一樣，穩穩地擋在他的面前，雖然距我只有咫尺，但卻又像千里之外。一時間，斗室之內刀光劍影，勁氣縱橫！

青雲嘿嘿一聲冷笑，起手一掌擊向我的心口，此刻我胸口鬱悶至極，體內的冷熱氣流夾雜著毒氣聚集在心口，只覺一股怪異氣勁打在心口，口中一甜，一口血噴出，仰面倒在地上，青雲尚不解氣，抬起腳狠狠地踩在我的心口，我一動不動，像一具死屍。

青雲又抽出長劍，正要向我刺來，只聽門口一聲大喝，「賊老道，休傷我家大人！」一個碩大的身形撲向青雲，陳可卿和高山趕到了，原來二人回來後就睡著了，但隱約中，高山聽見兵器碰撞的聲音，連忙叫醒陳可卿，趕來我的書房，看到我躺在地上一動不動，青雲持劍向我刺下，陳可卿眼睛通紅，一聲怪叫，掄刀撲向青雲，一副不要命的架勢。

要知道，他是我的護衛，他怎能不急，青雲無奈何，只好回身招架，哪知陳可卿完全沒有守勢，一刀快似一刀，瘋了一樣的纏住青雲，高山連忙奔過去，將我扶住，將我向屋外移去。

一直和巫馬天勇纏鬥在一起的兩個道士一見大急，兩人一使眼色，只見一人手中一緊，另一人飛身向高山撲去，高山一見躲閃不及，閃身擋在我的身前，他只覺一股大力從後心襲來，將他打得凌空飛起，摔在我的身邊，口鼻中流出鮮血。

那道人也不停頓，揮劍再向我砍去，高山鼓起餘力，再次橫身擋在我的面前，只見血光一閃，高山慘叫一聲，倒在血泊之中，右臂已和他的身體分開，掉在地上。

那高山本是一介書生，先受掌擊，再遭斷臂，如何還能忍受，一下子昏迷了過去。

那個道人不禁也被高山那剛烈之氣驚住了，微微一愣，但也正是這一愣，他突然感到一股強大至極的真氣從心口襲來，這股真氣十分怪異，外熱內冷，熱可使血液焚乾，細胞化為焦炭，冷將全身的經脈凍僵凍裂乃至寸斷，他連聲音都未發出，身體倒飛數丈，先是砸在牆上，而後又摔落在地。

落地時，身體已經縮了一圈，全身籠罩著一層霧氣，臉上彷彿籠罩了一層厚冰，手腳斷裂，像是一塊焦炭，又像是一塊冰塊從高處摔落時碎裂的情景，但是手腳斷裂處沒有一點血液流出，完全都乾了。

屋中正在打鬥的人被這突如其來的變化驚呆了，都停下來，怔怔地看著地上已經不能稱之為屍體的屍體。

「天勇，大軍，胖子，你們都守在門口，今天這些人一個都不能放過！」一個冷冷的聲音將屋中眾人喚醒。

大家扭頭看去，「大人！」巫馬天勇驚喜地喊道。

「許，許正陽……！」青雲語帶顫抖。

只見我氣定神閒地站在那裏，一手扶著昏迷中的高山，運氣為他療傷，一手五指張開，氣機牢牢鎖住青雲三人，眼中流露出兇殘的光芒。

原來陰陽奪命散雖號稱天下第一奇毒，主要是因為天下修煉內功之人，或陰，或陽，沒有陰陽並修的心法，所以陰陽奪命散能夠破壞人的氣機，取人的性命。但是我的噬天訣卻是採天地二氣融於體內，如天地般本有陰陽，那焰蛇與無影蟲也是吸納天地間的精華，所以陰陽二毒非但沒有破壞我的氣機，反而使我內力加深，那四十九種奇毒或陰或陽，在我體內衝突，引發我身體中的陰陽二氣開始融合，我之所以感到劇痛難忍，就是因爲這個原因。

陰陽猶如水火，兩者性質截然不同，互不相讓，也正是因爲這至陰至陽的融合，使得我的內腑、經脈乃至筋骨得到了淬煉，使我的身體真正成爲了金剛不壞法體，但是當真氣行至膻中時，膻中無法擴張，詭異的冷熱氣勁無法通過這處任督沖三脈的分流重穴，於是匯集在胸前，還夾雜著毒素直襲心脈。

但就在這時，青雲的一掌擊在我的膻中穴，淤積在這裏的毒素被我一口噴出，隨後的一腳，氣力渾猛，雄厚的氣勁擊在我的胸口，膻中穴首當其衝爲之一張，匯集在此的冷熱氣勁刹那時融合在一起，天地未分之時本是一片混沌，沒有陰陽之分，但卻又包含陰陽，而我的身體在那時雖然靜止，但體內氣流卻非常活躍，瞬間，我感到我的身體好像已經包含了整個天地，人法地，地法天，天化自然。

天人交感，四時變化，人心幻滅，我就是宇宙，而宇宙就是我，我的心神進入了一個極其玄妙的境界，這正是清虛心經的第五層，也就是最高的境界混沌境。自此，我的噬天訣已近大乘，剩下的只有不斷地加深加純自己的功力，所以說青雲的這一掌一腳打的好，打的恰到好處。

恰在此時，高山移動我的身體，使我神智歸竅，當我睜開眼時，高山恰好幫我擋了那一劍，我心中既悔又怒，悔是因爲我曾誤會高山，怒是因爲高山爲我失去這一臂，就在那道人一愣之時，我一拳擊在他的心口，這一拳乃是天地未成之時的混沌真氣，包含了天地間至陰至陽的氣勁。

# 第八章　地獄修羅

高山在我混沌真氣的治療下，清醒過來，他臉色蒼白，看到身邊的我，面露狂喜之色，開口想說話，但被我阻止，「高山，你什麼也不用說，從今天起，你就是我的好哥哥，沒有人再能傷害你，你為了我失去一臂，那麼，今天所有來犯之敵都要用他們的命來為你這一臂償還，山哥，你可希望立刻拿回這筆債？」

「大人，屬卜迫不及待看這些賊子血流七步！」高山有些咬牙切齒。

「好！」我話音未落，身體一晃，眨眼間消失不見，只聽見三聲慘叫，我的身形已經回到高山身邊，繼續扶著他，就好像我從沒有離開過。

青雲三道臉上是一副不可思議的表情，眼中卻露出恐懼之色，他們怔怔地看著我，青雲手指我說：「你！你！你！……」他連說了三個你字，就聽三聲脆響，三人的天靈蓋依次爆裂，腦漿混在血液當中噴射出來，三人的身體直挺挺地倒在地上，再沒有一點聲息。整個屋中一片寂靜。

「納須彌與芥子，縮千里與一步！」巫馬天勇和廖大軍兩人的見識非凡，嘴裏喃喃自語，眼中流露出狂熱的崇拜。

特別是廖大軍，在此之前，他聽從我的命令，是因爲鍾離勝的囑咐，當他看到了這只在傳聞中聽說過的功夫，他已經徹底被我征服了。

我將高山輕輕的平放在地上，然後將身上的大氅脫下蓋在他的身上，「山哥，你放心，你已經沒有生命之危，在這裏好好休息，待我去將外面的騷亂平定，再來給你好好治傷！」然後，我轉身對滿身傷痕的陳可卿說：「胖子，謝謝你！如果不是你捨身相救，我恐怕已經是魂遊九天了！」

「首領，你別這樣說，如果不是我失職，你也不會受傷！」陳可卿有些受寵若驚。

我一擺手，「別說了，有功就要獎，可惜我現在沒什麼值錢的東西，先記在賬上，你今日的救命之恩我自會牢記心中。」說完，我轉身對廖大軍深施一禮。

「大恩不言謝！還有一事麻煩廖大俠！」

廖大軍也連忙還禮，「大人請講！」

「提督府還請廖大俠代爲照顧，特別是高大哥和胖子，他們都受傷不輕，還請大俠費心，府中尚有我訓練的一百名親兵，他們將歸於廖大俠指揮！」

廖大軍感動地連忙答應。

「天勇，我看你的短戟還是有些輕，不能將你的功夫發揮極至，你可曾感覺？」我對巫馬天勇笑著說。

「大人好眼力，這短戟乃是在下家傳，雖然不適，但一時也無法找到更順手的兵器！」

「那你看看此刀如何？」我一揮手，掛於牆上的誅神像是長了翅膀，飛到我的手中，我將誅神遞給巫馬天勇，他接過來掂了掂，又抽出雙刀舞了一下，驚喜地說：「此刀正好！」

「將你的短戟放在府中，這誅神就在今夜借你殺敵，待東京之危過去，我會親自為你打造一把上好兵器，現在，你就暫時好好使用這把神兵，莫要辜負這誅神之名！既名誅神，神佛莫阻，遇神殺神，佛阻殺佛！」

「大人，這怎麼能行？這是您的。」巫馬天勇有些惶恐。

「你我之間何需如此多禮，你乃是我的救命恩人，如果不是這誅神是我以我的鮮血開鋒，與我心有靈犀，就是送給你也無妨，我這裏還希望你能多多諒解！」

「大人莫要再說，大人今日將隨身配刀交給天勇，是對巫馬天勇最大的獎賞，天勇自來東京飽受冷眼，惟有大人對天勇青睞有加，此種恩情，讓天勇永世難報！今日天勇當手執誅神，將叛逆刀刀誅絕，方不負大人對天勇知遇之恩！」巫馬天勇跪在我面前。

我將他攙起，笑著說：「天勇可還有再戰之能？」

「隨時願爲大人效命！」

「那好！我們走！」我拉起他向屋外走去。

「大人！」高良叫住我，「月竹那賤婢……」

「在我清醒之時，她已經溜了，我沒有攔她，但是我相信，她這一生中都將在恐懼中度過！她跑不出我的手心，沒有人能夠在背叛我之後還能安生地活著，她也不會例外！」我語氣陰森，令人不寒而慄。

說完，我轉身向府外走去，出了府門，我仰天長嘯，瞬間，我的嘯聲傳遍整個東京。

東京，就讓我用血腥來結束今晚的宴會吧！

走出提督府，街上已經是一片混亂，到處都可以看見驚慌失措的百姓和張牙舞爪的士兵。我的一聲長嘯顯然驚動了他們，看到那些手無寸鐵的百姓臉上那無助的表情，我不禁一陣心酸。亂世之時，倒楣的還是這些老百姓呀！

我提氣朗聲說道：「無處可去的百姓先進提督府避難！」然後我語氣一變，對那些跟上來的士兵說：「如果誰敢進提督府一步，我會讓他生死兩難！」

這時我的語氣陰森，不帶一點感情，說完，我雙手虛空向前一推，提督府門前的一座六米多高的牌樓轟然倒塌，四周一陣驚叫。

我沒有回頭：「廖大軍！」

「屬下在！」廖大軍從府門內閃身而出，躬身立於我身後。

「從現在開始，提督府交於你來打理，府內三百府兵任你調遣，如果誰敢擅闖提督府，給我殺無赦！」廖大軍領命隱身於府內。

「巫馬天勇，你立刻拿我令箭，殺出城去，引飛龍軍團入京，如有人阻撓，別忘記你手中所執乃是修羅的誅神！待軍團入京後，立刻回府，協助廖大軍守衛提督府！不得有誤！」

「那大人你……」

「我要去會一會那個勞什子禁衛軍，看看他們到底有多厲害！」我發出一陣冷笑，緩步走下臺階，順著大街向皇城方向走去。留下身後爭先恐後湧入提督府的百姓。

我氣定神閒地走在大街上，邊走邊從身上取出一個面具，一個刻有修羅模樣的銀色面具，這是我進京後託人打造的，我這是第一次戴上它，冰涼的面具貼在我的臉上。我知道從這一刻起，我不再是什麼九門提督，從現在起，我就是從地獄走出來的嗜血修羅。

我似閒庭漫步在大街上走著，周身散發著一股濃郁的死亡的氣息，遠遠的一群士兵迎面上來，從服飾上，可以看出他們是禁衛軍的人，那麼，就讓殺戮從你們開始吧！

那些士兵也看到了我，遠遠的就喊道：「什麼人？」

「修羅！」一個低沉，沒有一絲情感的聲音在他們耳邊響起，前方的那個人突然從他們的視線中消失，猶如鬼魅一般，當他們再次發現我時，我已經出現在他們中間。雙手似信手拈花，身形飄忽不定，每次出手必定帶走一條人命，在他們眼中，只看見一道飄忽的白色身影遊走在他們之間，身影過處必定倒下一片屍體。

此時的我，沒有運用我龐大的真氣，只是速度，快過閃電的速度。我的速度已經超過了他們的視覺極限，我空著兩手，沒有使用任何兵器。他們瘋狂地想攔截住我的身形，卻只能徒勞地砍殺著我身體過後留下的殘影。

我身後的屍體或是天靈盡碎，或是咽喉處一道深不可測的血痕，沒有人能夠抵擋住我一招，我從沒有像今天這樣暢快淋漓地發揮著我的身法，天地一片混沌，而我就是在這混沌中的主宰！

就像我一直所說的那樣，這世上沒有不怕死的人，殺一個他不怕，殺十個他不怕，殺一百個他不怕，但是當被我殺掉五百個，一千個時，他就會害怕。因爲他不知道什麼時候輪到他，也許就是下一個。

當長街上堆滿了被我殺掉的死屍時，不知是誰先喊了一句：「媽呀！這不是人，是鬼，是個魔鬼！」他們的腦海中閃出了我剛才說的兩個字：修羅！

「是那個修羅，那個嗜血修羅！」有人反應了過來，失聲地喊道。

也正是這一聲，讓本就沒有多少鬥志的禁衛軍完全失卻了鬥志，一個個哭爹喊娘，轉身向來時的路跑回去。

我跟在他們的身後，突然產生了一種貓戲耗子的興趣，不緊不慢地跟著，沿途遇到了不少的禁衛軍，但是看到他們跑，以為遇到了大批敵軍，也跟著向後跑，偶爾出現兩個妄想阻攔我的人，都被我一掌一個幹掉，一時間「嗜血修羅來了」的叫聲此起彼伏，響徹夜空。

沒有費多大的勁，我就可以看到皇城了，從那裏傳來的喊殺聲震耳欲聾，一隊人馬迎面將那些士兵攔住，為首一人一聲斷喝：「都給我站住！」

這傢伙倒是有兩分內力，所有敗退的士兵一下子停了下來，互相你看我，我看你，但是臉上還是寫著恐懼二字。

我也停了下來，雖然經過長時間地廝殺，我並沒有感到十分的勞累，突然，我聽見身後稀稀落落傳來一陣腳步聲，扭頭一看，只見一群城衛軍打扮的人氣喘吁吁地跟了上來，最前面那人我認識，就是幾日前我回京時在城門口碰到的那個解懷，我不由得笑了，看來這幫傢伙是和本部失去了聯繫，看到我就跟了過來。

我剛想和他說話，可禁衛軍的那位將軍不給我時間，他一催馬向我衝來，前面的禁衛軍自動向兩旁閃出一條路，他轉眼來到我的面前，手中長槍一指我，「前面何人，報上名來！」

無聊，我沒有理他，轉身對解懷說：

「解懷！給我滾過來！」

解懷一愣，但馬上聽出了我的聲音，面露喜色，一顛一顛地來到我的身前，「前面的這個傢伙不夠資格和我說話，告訴他我是誰！」

解懷興奮的一指那人，「小王八羔子，我家大爺說你不夠資格和他老人家說話，讓爺爺來告訴你，你面前的這位大爺，就是東京九門提督許正陽許大人是也！」說完，一溜煙跑了回去。

那人聽了解懷的話，臉色一變，但隨即又看了看自己身邊的兵馬，仰天一陣大笑，「許正陽，我聽說過你，說你武功高強，但你現在想憑藉你身後區區數百人來抵禦我數千兵馬，未免太癡心妄想了，你就是渾身是鋼，又能打幾根釘！哈哈哈！」

我冷嗤了一聲，向他伸出左手，大拇指先是朝上，然後向下一指，隨後四指握拳，中指朝天，向他做了一個非常下流的手勢。他見狀大怒，催馬向我衝來，我一聲冷笑，飛身迎上中指虛空一彈，只聽一聲慘叫，那人的眉心剎時出現了一個血洞，翻身栽下馬來。

我身體騰空而起，在空中雙手劃圓，向外推出，一股強絕的氣勁鋪天蓋地湧向那些衝上來的士兵，首當其衝的上百名士兵像是踩到了炸藥，只聽一聲巨響，瞬間支離破碎，血肉橫飛，正是我自創的三大散手之一「阿難震天」，所依靠的正是我一口精純的內力。

所有的人都被眼前的景象驚呆了，在他們的想像中，這已經不是單純的人的力量，這是上天對他們的懲罰。

我凌空落下，那位將軍的馬正跑到我的身下，我虛空一抓，那人落在地上的銀槍飛到我手中，我槍指面前目瞪口呆的禁衛軍，氣運丹田，大聲喝道：

「爾等違背天意，公然造反，罪不可赦，現在飛龍軍團馬上就要殺進城內，如果想活命，就隨本提督一起殺入皇城，將那些亂臣賊子誅殺，如若不然，本提督必要引天雷將你們全部斬於眼前！」

此刻的我，身上的白衣已被鮮血染紅，臉上的銀色面具在月光的照映下，發出陣陣詭異的光芒，殺氣騰騰地立於馬上。手中的銀槍槍頭吐出丈餘長的槍芒，電光流動，宛如九天之上的閃電。

我現在給他們的感覺，就像是從九天而來的神將，又似地獄出來的殺神。數千人一下子跪倒在我馬前，齊聲高呼：

「我等願隨提督大人立功贖罪，斬殺叛賊！」

我大槍一揮，向皇城衝去，身後跟著一群如豺狼虎豹般的士兵，他們此時個個精神抖擻，猶如猛虎下山。他們相信他們現在跟隨的是神，一個掌控著人間生死的神！

爲了讓他們更加信服，我運動真氣，體內真氣澎湃，有一種不發不快的感覺，我一馬當先向人數最多的地方衝去，人借馬勢，馬借人威，我一聲大吼：

「噬天一擊！」

我生平威力最大的招數，在我功力大進後首次出現，此時的噬天一擊的威力遠遠超過二十天前我在亂石澗時的威力。只聽一聲轟然巨響，漫天的煙霧，天空中血肉橫飛，我不知道殺了多少人，我只知道，這一擊至少將眼前這隊人馬轟去了一半。

煙霧未散，我已經殺入人群，只見漫天梨花朵朵，挨著就死，沾著就亡，不知不覺中，我已經快要接近午門。我的身後不知何時已經聚集了上萬人馬，而且大部分是身穿禁衛軍服飾的兵將。我剛才的一陣狂殺亂斬，已經使他們嚇破了膽，對他們來說，也許最好的保命方法，就是跟在我身後一起殺敵。

突然間，我聽見了一聲尖銳的怪嘯，好熟悉的聲音，是梁興，對！這是他的飛翼的嘯聲。我精神一振，催馬奔向嘯聲的源頭。

遠遠的，我看見午門之外黑壓壓都是人，只見兩隊人馬對峙著；從眼前這些身著禁衛軍服飾的士兵來看，裡面無疑的就是我的城衛軍。不知是什麼原因，到目前為止，皇城還在我們的手裏；那也就是說，高占還在我們的保護之下。我心中大喜，看來今晚勝利是在我們手中。

我撮口長嘯，與梁興的飛翼遙相呼應，連綿不絕，嘯聲掩蓋住了喊殺聲，在這一刻，整個東京都籠罩在我的嘯聲之中。

梁興此時已經是手腳無力，一晚的廝殺，早已經是讓他感到筋疲力盡。特別是後來在南宮飛雲和歐陽中天的合力圍攻，他早已經渾身傷痕累累，如果不是心中有一股信念在支持自己，他此時已經橫屍午門了。

說來真的是很巧，今晚本是他在皇城當值，巡視至養生殿時，他發現情況不對勁，不但增加了許多守衛，而且都是陌生面孔。他不動聲色，立刻命令跟隨自己的毛建剛，召集在皇城內當值的御林軍和城衛軍，自己則暗中潛入養生殿。結果發現六皇子高飛正在逼宮，要求高占廢掉高良，立刻讓位給自己。梁興立刻意識到，他和我在今晚將要面臨一次考驗，於是他毫不猶豫搶身出現解救高占，高占雖然被搶了下來，但自己卻被高飛暗中隱藏的高手擊傷。如果不是毛建剛領人及時趕到，也許他和高占當場就完蛋了。

從高占嘴裏得知，歐陽中天已經倒向高飛，不過好在御林軍大多忠於高占，所以梁興很快就將皇城內的危機解決了。

但是他很快發現，更大的危機在等著他。五萬禁衛軍和三萬忠於歐陽中天的御林軍，在南宮飛雲和歐陽中天的率領下，將皇城圍得水泄不通；而自己手中只有兩萬御林軍和一萬城衛軍，這是一場完全不成比例的戰鬥。在南宮飛雲和歐陽中天兩大高手的合擊之下，梁興根本無法抗衡。如果不是聽到歐陽中天告訴他有關我已經遭到不幸的消息，而激起了他拼死為我報仇的決心，根本無法支撐到現在。

「阿陽，對不起！我已經盡力了，但是我還是無法為你報仇。但我馬上就要來找你了，我們今生是兄弟，生生都是兄弟！」內力耗盡的梁興手腳酸軟，身上大大小小數十處傷痕，他有些絕望了。

就在這時，一聲悠長、渾厚的長嘯傳入梁興耳中，這嘯聲顯示來人的內力無比雄渾，戰場上的人全都停下手中的兵器，停止了廝殺。

來人的嘯聲中包含著一股鋪天蓋地的霸氣，令所有的人為之顫抖，連南宮飛雲和歐陽中天也停了下來。他們也在驚疑，來人的內力在當世之中可以說是少有的，恐怕只有傳說中天榜排名前三位的絕世高手才有這樣的渾厚內力。

只見禁衛軍猶如波浪一樣向兩邊散開，從後方殺出一隊人馬，為首一人無盔無甲，胯下馬、手中槍，所過之處屍橫遍地，身上的衣服，已經被鮮血染紅，分不清是什麼顏色。他手中的銀槍好像是閻羅王的勾魂筆，拖著近兩丈的長芒，指向誰，誰就亡，沒有人可以立於他的面前。而他身後更是奇怪，有城衛軍也有禁衛軍，他們跟在那人的身後，如虎入羊群，眨眼間就來到兩軍陣前。

南宮飛雲和歐陽中天臉色蒼白，而梁興則是面露喜色，虎目中熱淚盈眶，嘴裏喃喃自語：「阿陽，你還活著！你來了！」

我領軍來到兩軍陣前，午門外，此刻屍體堆積如山。我看見梁興渾身浴血，已經成一個血人一樣，呆立在那裏，我心中大痛，在馬上一縱身來到梁興身邊，一把扶住他。

在別人眼裏，我突然消失在馬背上，然後就出現在梁興身邊，南宮飛雲和歐陽中天的臉上已經沒有血色。

「大哥，你沒事吧！」我扶著梁興，語中透露著焦急，連忙運功給梁興輸入一股混沌真氣。梁興只覺眼一花，我已經在他身邊，接著，一股溫和而且渾厚的真氣傳入體內，令他精神一振，身上的酸軟無力一下子消失不見。

「阿陽，你沒事吧！」他拉著我，關心的對我上下打量。

我心中一暖，「大哥，我沒有事，你可好？」看著他身上累累傷痕，我不禁大怒，「是誰，是誰把你傷成這樣！」

「還有誰，這不都是拜眼前兩位所賜。」梁興笑著一指眼前的南宮、歐陽二人。

我眼中似乎要噴出火焰，轉眼看著二人，語氣中不帶任何感情，陰森森地說：「大哥，你放心，沒有人可以在流你的血之後還能活著，他們要付出十倍、百倍的代價！」

「解懷！」我高聲叫道。

解懷應聲而出。

「將指揮使大人扶進殿中，好生照看。」

梁興沒有拒絕，他只是憐憫地看了一眼二人，彷彿他們已經是死人。

我一指眼前兩人，「你們要為你們的所作所為付出代價，特別是你，歐陽將軍，你要為你的背叛行為，付出你無法想像的代價！」

「我師叔他們怎麼樣了？」南宮飛雲緊張地問，身為崑崙弟子，他當然關心他的同門。

我嘿嘿一笑，「我還活著，你說他們怎麼樣了？不過不用擔心，你馬上就要見到他們了，會很快的！」

南宮飛雲有些慌亂，今晚的計劃原本天衣無縫，沒想到首先是梁興跳出來，他的出現，使得御林軍分為三個派系，近一半的人持觀望的態度，兩萬人站在自己的對立面，僅有三萬人跟隨歐陽中天來到自己的陣營，這使得原本計劃的優勢兵力一下子喪失了很多。而梁興帶領著一群烏合之眾將自己牢牢擋在皇城之外；就在快要勝利時，計劃中，已經是死人的許正陽卻突然出現，而且還將禁衛軍的人拉走不少，使得己方軍心大亂。而且自己的四個師叔看來如他所說，恐怕已是凶多吉少。如果是這樣，再加上城外的飛龍軍團，看來要另做打算，等待自己的鐵血軍團到來了！

南宮飛雲主意打定，斜眼看了看身邊的歐陽中天，嘆了一口氣，手中九節鑌鐵槍一指我，「許正陽，你休要得意，就算你武功高強又怎樣，你畢竟只有一個人，再加上這幾千烏合之眾，就想擋住我數萬精兵，真是癡人做夢！」說完，九節槍一擺，「兒郎們，給我殺！」作勢前衝。

我一陣大笑，提槍迎上。那知南宮飛雲突然將身邊的歐陽中天一推，身體借勢倒飛，沒有提防的歐陽中天被他這一推，身體向我衝來，我只好揮槍一擋。但也正是因爲這一頓，我立刻被衝上來的士兵圍住。

好狡猾的南宮飛雲！我不禁大怒，手中銀槍脫手飛出，直襲將要消失在黑暗中的南宮飛雲。那銀槍在黑夜中猶如一道閃電劃過，南宮飛雲躲閃不及，只好回身招架。只見他在空中吐出一口血，身體卻借勢加速，轉眼消失在夜色中。

我一陣後悔，但被那些兵丁纏住一時無法脫身，只好牢牢鎖住歐陽中天的氣機，口中大笑：「歐陽將軍，你的盟友已將你拋在此地，不知你此刻做何感想！哈哈哈！」

說完，不理氣急敗壞的歐陽中天，我身體一飛沖天，在空中雙手不停變換手勢，大喝一聲：「魔星降世！」手中飛出漫天氣勁。只聽一聲巨響，在我身下出現了一個直徑二十米的大坑，漫天殘肢橫飛。

我借勢在空中一個迴旋，身體如利箭般直射歐陽中天。那歐陽中天無奈，使出全身的勁力，妄圖將我擋下。雙方的氣勁才一接觸，他只覺自己的內力如石沉大海，接著一股大力傳來，他清楚地聽見自己身體內骨骼的碎裂聲，全身的氣力彷彿瞬間全部流逝，想喊卻喊不出聲音，血從七竅中流出。接著，身體就像一個充爆的氣球，「砰」的一聲炸開，身體四分五裂，夾雜著血肉向四處飛去。

這時，東京城內喊殺聲四起，飛龍軍團在高良的率領下殺進城內，直奔皇城而來，爲首一將手舞雙刀，橫衝直撞，無人能敵，正是巫馬天勇。

此刻，午門外的禁衛軍和御林軍已經是無心再戰了，他們四散奔逃，如喪家之犬。我知道今夜，我們是勝局已定了。

我停止了殺戮，命令眾人在午門外防守，漫步走進皇城，站在大殿之外，耳邊隱約可以聽見午門外傳來的喊殺聲。我突然感到一絲疲憊，我到底還是個凡人。摘下臉上的修羅面具，我深深地吸了一口氣，夜空中瀰漫著一股血腥。也許，這就是我的生活，我的命運！

我抬頭看著漫天的繁星，東京的流血之夜，我還活著。但是這只是一個開始，明天、後天，我又將面臨什麼樣的挑戰呢？

天色漸漸發亮，午門外的喊殺聲越來越小，最終東京城完全歸於沉寂。我長長地出了一口氣，終於結束了。身上的疲憊告訴我，我應該好好休息，但是我知道，現在我還不能放鬆。十二個時辰後，也許用不了十二個時辰，我將面臨更大的危機！我必須打起精神，來面對接下來的挑戰。

我舒展了一下身體，深深吸一口氣，大步向龍息殿走去。那是高占休息的地方，這個時候需要他來出面，同時，我還需要向他要求更大的權力。

來到龍息殿門外，呵！這裏的守衛真是森嚴，殿外的每一個士兵都是神情緊張，看到我走過來，都緊緊地盯著我，小心的戒備著。

我停下腳步，提氣朗聲說道：「東京九門提督許正陽，向吾皇請安，臣有要事相奏！」

殿外的侍衛在聽到我報出名字之後，神情都爲之一愣。一個侍衛首領模樣的人快步來到我面前，向我深施一禮。「聖上有旨，許大人來後不需通報，直接進殿面聖！」然後他壓低聲音對我說：「大人真乃神人，小人剛才目睹大人大發神威，對大人敬仰如滔滔江水，希望有一日能與大人並肩作戰，那將是小人畢生的榮幸！」

我微微一笑，「會有這麼一天，告訴我你的名字！」說完，我拍了拍他的肩膀。

「小人姓江名泰！」他激動的聲音中打著顫抖。

我點了點頭，大踏步向殿中走去，殿外的侍衛紛紛向我躬身施禮，眼中帶著敬畏。

我隱約間聽見那個江泰激動地對其他人說：「你們看見了嗎？修羅拍我的肩膀了，我沒有死。」我不禁微笑，也許從此以後，這個江泰將不再畏懼死亡了。

一進大殿，我驚奇地發現梁興竟然坐在殿中的椅子上，身後站立著解懷，忠心地守衛著他。而高占端坐在大殿正中，一夜之間，他似乎蒼老了不少。我明白，當自己最心愛的兒子為了皇位，竟然不惜拔刀相向，那會是怎樣的心情！我很同情這個老人。但是古往今來，這樣為了皇位，父子成仇、兄弟相殘的事情太多了！我心中不由暗暗嘆氣。

一見我走進來，他立刻站了起來，著急地問我：「許卿，外面的形勢如何？」

我先看了一眼梁興，他也正在看我，我們用眼睛互相交換了一下彼此的關懷，在確認他沒有事以後，我向高占跪下，低頭恭聲回答：

「啓稟皇上，托吾皇洪福，在飛龍軍團的協助下，禁衛軍和御林軍的叛逆已經肅清。賊首之一歐陽中天已經伏誅，其同黨逃竄，尚在追捕中！」

高占聞聽，呆坐在龍椅上，久久不出聲。半晌他才清醒過來，發覺我還跪在地上，忙道：

「許卿快快平身，今夜之亂，全賴許卿和梁卿，皇城才得以保全，朕更是有賴梁卿救駕，方得以活命，朕都不知該怎樣獎賞兩位愛卿才好！」

梁興連忙跪下謝恩，我更是裝做痛哭流涕，「聖上，都怪臣愚魯，未能及早發現叛黨的陰謀，累得聖上受驚，百姓慘遭刀兵之禍，臣罪該萬死。請皇上降旨著臣戴罪立功，但請皇上留臣一命，臣願赴湯蹈火，萬死不辭，誓將守衛吾皇和明月！」

說到這裏，我已經是泣不成聲。就在這時，我看見梁興暗中伸出大拇指。

高占大受感動，連忙走下來，伸手將我和梁興扶起。「危難之中見忠臣，朕對兩位愛卿一直不敢信任，皆是朝中小人挑撥。而今日，當兩位愛卿為朕浴血奮戰之時，那些平日裏標榜忠義的人，卻……」

高占有些說不下去了，他沉吟半晌，咬咬牙，「兩位愛卿家中可還有親人？」

「啟稟聖上，臣與許大人自幼生長在漠北的奴隸營中，父母雙亡。我們的師傅更是在我們離開開元時，被飛天的賤種射殺，這世間除了我與許大人，我們彼此再無親人！」梁興見我哭得無法答話，恭聲回答。

「朕的親生兒子為了皇位要殺朕，朕再沒有這個兒子，兩位愛卿可願做朕的兒子？」

我和梁興一聽都是一愣。在我心裏而言，我是一百萬個不願意，但是，當我看到高占那雙充滿期盼的眼睛和布滿皺紋的面龐時，我心中不禁一酸。他畢竟是個普通的老人，平日裏他高高在上，風光無限，可是現在，他和別的老人又有什麼不同呢？

我心中一軟，一拉身邊的梁興，同時跪在老人身前，「父親！請受孩兒一拜！」

高占此時老淚縱橫，一把將我和梁興拉起，抱在懷中。不知爲何，我感到一種從未有過的溫暖，「父親！」我不禁再次叫出聲來。

父親，這是一個何其神聖的字眼！我從小就渴望有一天能夠叫出來。如果說第一聲我是很勉強的話，那麼當高占將我摟在懷中時，我實實在在地感受到了父親那博大的愛，第二聲是我發自內心的呼喚，我想梁興和我有一樣的感覺。

大殿中一片沉默，只有我們無聲的哭泣。半晌，我突然想起我來的目的。「父親，兒有一事相報，請您先坐下！」

高占聞言，擦擦臉上的眼淚，拉著我和梁興來到桌前坐下。他沒有說話，只是慈祥地看著我。

「父親，據兒探知，南宮飛雲的鐵血軍團已經就要逼近東京，此次六皇兄謀反，想來也是他的主意。以兒估計，鐵血軍團的五十萬人馬最遲會在明日正午時分到達，請父親定奪！」

高占聽到這個消息，出乎意料的沒有驚慌。他平靜地看著我，「正陽，你不是一個莽撞之人，既然你將此事告訴朕，想來已經有了退敵之策了吧！」

「父皇睿智！」我已經開始適應我新的角色，口中的稱呼也隨之改變，「兒臣……」

「好了，不要說了，既然你已經有了對策，那就行了。你先去整頓城中人馬，御林、城衛還有飛龍軍團統歸你指揮，京中的防務就交給你，包括朕的性命。你拿著朕的九龍玉佩，如果有人不聽調遣，允你先斬後奏。這件事，早朝之時朕會宣布，興兒在此療傷，早朝時隨朕一起上殿，你先去安排吧！」

我領命接過玉佩，向殿外走去。當我走到殿門時，高占突然說：「正陽，記得去太醫那裏取些醫藥，將自己的衣服換一下！」

我身體一頓，心中流過一道暖流，我沒有回答，堅定的向殿外走去。

來到殿外，我拿出玉佩，門外所有的侍衛全部跪下，「江泰聽命！」

「屬下在！」

「立刻將皇城所有的侍衛召集過來，統由你指揮，在此守護聖上，沒有聖上的命令，任何人不得入內，違者斬！」

「江泰領命！」

我不再說話，向午門走去，走了兩步，我突然停住，扭身對江泰說：「記得，是任何人，包括皇后娘娘！」

江泰先是一愣，接著馬上明白過來，「江泰明白！」

午門外，密密麻麻站著很多人，有提督府的將領、御林軍的將領，還有飛龍軍團的將領。我冷冷地看了一眼眾人，再次從懷中取出九龍玉佩，「九龍玉佩在此！眾將聽令！」見玉佩如見皇上，所有的人都是一愣，但馬上跪下。

「葉海濤、葉海波帶領城衛軍肅清城內餘匪，不得留一個在城內，發現後，立刻就地誅殺；多爾汗、王朝暉率御林軍立刻封鎖城門，自此刻起，任何人沒有我的將令，不得出入，擅闖城門者，不必上奏，立刻斬殺！鍾離師、伍隗領人整理城內事務，安撫百姓，召全城的大夫和自願者護理傷員，並清理人數，立刻報於提督府；毛建剛領人將董府和歐陽府圍住，任何人不得出入，違者殺！巫馬天勇令一萬城衛軍拱衛皇城，任何閃失，你提頭來見！其餘眾將，立刻將自己的屬下安排好，馬上在提督府集合，記得不得擾民，但凡發現，定殺不赦！給你們一刻鐘的時間！」

我手持玉佩，發佈一連串命令，我突然覺得，整個東京好像都已經在我手中，我又讓鍾離師將烈焰和飛紅送到提督府，然後我飛奔回提督府。

回到提督府，天色已經大亮。我先安撫了府中難民，著令他們立刻回家，然後又探視了昏迷中的高山。說實話，我對他十分愧疚，這樣一個忠心維護我的人，而我竟然去懷疑他，實在是不該。好在他沒有性命之憂，我還可以補償他，不然我將愧疚一生。

突然，府門外一陣騷亂，接著傳來兩聲獅吼，我知道是烈焰和飛紅到了。我吩咐大夫好生照顧高山，走向大堂，只見烈焰和飛紅蹲坐在大堂之上，發現我的到來立刻撲過來，圍著我打轉。我發現牠們身上有一些傷痕，雖然傷口已經止住，但我還是心中一痛，連忙低身撫摩二獅。

我抬頭看看送牠們過來的人，那人趕忙上前，「大人，昨夜禁衛軍襲擊大營，烈焰和飛紅也出陣應敵，所以受了些傷！」

又是禁衛軍，我心中大恨，不過，我還是站起來向那人問道：「你是在城衛軍中任何職？昨夜城衛軍傷亡如何？」

「稟大人，小人是軍需處的，姓木，叫木遠，因小人略通獸語，所以受命照看牠們，不然一般人根本無法接近牠們！城衛軍昨夜雖遭襲擊，但是鍾離大人和伍大人早有防範，所以並沒有太大的傷亡！」

我心中一陣安慰，要知道城衛軍是我起家的老本。我看看眼前之人，三十出頭，長得短小精幹，我心中一動，「你是新加入城衛軍的吧？」

「正是。」他恭聲回答。

「你原來是做什麼的？」

木遠臉色一紅，有些不好意思，撓撓頭說：「小人原是名盜賊，後來聽說城衛軍招人，說是不拘一格，但求一技，於是就想試一試，求個功名！」

我的天，這是誰幹的，叫個盜賊去軍需處？我不禁心中暗罵那個將他分到軍需處的人，這是個白癡嗎？不過，盜賊！我的手下有衝鋒陷陣的猛將，有運籌帷幄的謀士，還有負責軍械的奇人，但是盜賊，可以爲我做些什麼呢？我沉思了一下，「你可願意留在我身邊？」

木遠一聽，不由一陣激動連連點頭，說不出話來。

「那你先留在府中，我會給你安排一個合適的職務，先下去休息吧！」

我坐在大堂中，吩咐廖大軍和陳可卿率領我的親兵守在堂外，我閉上眼睛，沉思不語，烈焰和飛紅此刻也安靜地趴在我的腳下。

過了一會兒，門外傳來一陣凌亂的腳步聲，御林軍和飛龍軍團的各位將領魚貫而入。我睜開眼睛，示意他們坐下，等他們都坐好以後，我才清了清嗓子，「對於昨晚發生在東京的叛亂，我想大家都已經瞭解了，我之所以叫大家來，是因爲我們將要面對更加殘酷的一個事實，南宮飛雲的鐵血軍團明天就要到達了！」

我還沒有說完，大堂裡像是炸開了鍋一樣，亂哄哄響成一片，大家七嘴八舌地吵成一片。

我停了一會兒，最後實在是無法忍耐，一聲大喝：「都給我住嘴！」原本趴在我腳邊的烈焰和飛紅，聞聲站起，渾身的紅毛豎起，「嗷」的發出一聲怒吼，震得大堂中的眾人耳根發麻。大堂內一下子靜了下來，大家都畏懼地看著我和我身邊作勢欲撲的兩頭雄獅。

「你們這些人真是軍人的恥辱，一個小小的鐵血軍團竟然把你們給嚇成這個樣子，你們好歹也是統率萬人的將軍，現在這個樣子成何體統！」我厲聲說道。

眾將都現出一臉愧色，這時，從人群中閃身站出兩位老將，在堂前向我躬身一禮，「大人，請恕眾將的失禮，都是因爲那鐵血軍團號稱我明月的第一軍團，戰力強大，兵將兇悍，所以大家一時失態，還請大人見諒！」

我仔細打量了一下眼前的這兩位老將，六十左右，鬚髮皆白，一臉的溝壑，但是表情中卻透露出一股子倔強和睿智，看得出這兩位老人絕對是飽經風霜，歷盡戰火。

我連忙起身，走過去拉住兩位老將的手，在一接觸那一瞬間，我感到兩手傳來一股大力，好精湛的功力！我心中微微一動，運功抗衡暗中較起勁來，臉上不動聲色，嘴裏十分客氣地說：

「兩位老將軍快快請坐，在下一時失言，千萬不要見怪。」

那兩位老將原本對眼前的年輕人十分不服，想借機給我一個下馬威，也好挽回一些面子。那知兩手一握，發出的勁力如石沉大海，我的雙手軟若無骨，好像是一團棉花，兩人心知不好，連忙想甩開，但是他們的手和我的雙手似乎黏在一起，怎麼也甩不掉。

正當他們不知如何是好的時候，我突然鬆開兩手，身體向後一退，「老將軍好功力！」

雖然我是故意相讓，但是這兩位老將的功力確實不俗，可以直逼那崑崙七子。更可怕的是，這兩人的內力一個炙熱如火，一個冷若玄冰，端的是不可小瞧，想不到這裏居然有如此兩位高手，我心中暗自吃驚。

「大人承讓了，沒有想到大人如此年輕，卻有這等功力，我們心服口服！」兩位老將向我深施一禮，堂上諸人都暗中吃驚，要知這兩位老將乃是御林、飛龍二軍中最厲害的將軍，沒想到合力竟然還是敗在我手中，不由得對我都是另眼看待。

「老夫飛龍軍團副帥，先鋒營都統領鍾炎、御林軍副統領仲玄，聽候大人吩咐！」

「好！能得兩位老將軍相助，實乃正陽三生之幸！」我向兩人深施一禮，「但是醜話咱們說在前，我也知道叛賊勢大，所以我不強求各位，如果誰不願留在東京，在下馬上命人將他送出去，留下來的人，大家要齊心協力拱衛東京！」

我說到這裏，發現鍾、仲二人向我擺手，我向他們點點頭，作了一個手勢，二人立刻如釋重負。

我話音剛落，十幾個人立刻站出，我看看他們，心中冷笑一聲，「廖大軍，陳可卿！」一直守在門外的兩人應聲而入，「你二人帶領親兵送這些將軍安全出京，記住！是『安全』出京，要大家看到，聽見了嗎！」

二人領命，領著這十幾人走出大堂。

「好了！鋤去雜草，剩下的就是美麗的花朵了！」我說完這話，留在堂上的眾人一下子明白了我的意思。

「讓我們開始談談如何守衛東京吧！我只要求大家守住三十天，只要能守住三十天，我們就會得到勝利，到時大家加官進爵，指日可待！」

「我等願效死命，誓死保衛東京！」眾人一齊起身宣誓。

就在此時，門外傳來一個尖厲的聲音：「聖旨到！」只見一個太監在一群人的簇擁下走了進來，梁興也在其中，我連忙走下大堂迎上前去。

「許正陽、梁興接旨！」

我連忙跪下，梁興也從那太監身後閃身站出，與我並排跪下，身後眾將也紛紛跪下接旨。

「奉天承運，皇帝詔曰：九門提督許正陽、城衛軍都指揮使梁興忠心愛國，深得朕心。自今日起，許、梁二人為朕之義子，封許正陽為傲國公，領兵部尚書銜，統率飛龍軍團，皇城內帶刀行走，上殿面君不跪，賜傲國公府邸一座，並大內神兵烈陽雙劍，凡亂臣賊子可先斬後奏。封梁興戰國公，領刑部尚書銜，統率御林、城衛、禁衛三軍，皇城內帶刀行走，上殿面君不跪，賜戰國公府邸一座，並大內神兵霜冥劍，凡亂臣賊子可先斬後奏，欽此！」

「吾皇萬歲，萬歲，萬萬歲！」我起身接過聖旨和寶劍，那太監低聲對我說：「許大人，不！應該是殿下。兩位殿下，皇上請你們儘快回宮，有要事相商！」

我從身上取出一張五千兩的銀票，塞給那太監，「公公辛苦了，請公公先行，我交代這裏一下馬上回宮。」

「兩位將軍！」我揮手制止住向我和梁興道賀的眾人，「請立刻帶領大家將守城物資集中，另請清點各軍士兵，皇上召見我們，我和大哥要立刻前往皇城，正午時分請還在大堂集合！」

說完，我拉起梁興就走，心想：會是什麼事情，令高占如此心急！

在前往皇城的路上，梁興告訴我，今天的早朝可謂是血雨腥風。董太師、董皇后一家和歐陽世家被滿門抄斬；當高占宣布對我和梁興的任命時，又是一群大臣拼命阻攔，老高一不爽，也全部給殺的殺，免的免，下大牢的下大牢，搞得整個早朝無人敢出聲。我聽了以後微微一笑，這個高占，看來是動真格的了！

來到了午門，我和巫馬天勇打了個招呼，吩咐他回提督府候命，然後就徑直走進皇城。一個太監一直等著我們，一見我和梁興，連忙迎了上來，「兩位殿下，怎麼現在才來，皇上在紫心閣等的都發脾氣了，請快快隨奴才前去！」

「公公請帶路！」我們跟著那個太監，轉過猶如迷宮的皇城，來到紫心閣外。

「兩位殿下請進，皇上說殿下來了之後，馬上進見，不需通報！」

我和梁興不敢猶豫，立刻走進紫心閣。屋子裏除了高占，還有一個美麗的少婦，她的身旁站立著一個年僅五六歲的男孩，我見過她們，那是高良的妻子顏少卿和兒子高正。我心中有一種不好的預感。

高占一看見我們進來，連忙站起來，「正陽，興兒你們來了！來，見過你們皇嫂！」

我和梁興連忙見禮：「見過皇嫂！」

顏少卿顯然瞭解我和梁興的身分，也連忙起身向我們還禮：「少卿見過兩位叔叔！」說完，一拉身邊的孩子，「正兒，來見過兩位皇叔！」

我連忙拉起正要向我施禮的高正，扭頭問高占：「父皇，發生了什麼事？大皇兄呢？」

高占嘆了一口氣，「少卿，妳來告訴他們吧！」

我疑惑的看著顏少卿，「嫂子，怎麼回事，皇兄呢？」我似乎明白了發生了什麼事。

顏少卿還未開口，兩行珠淚便流了下來，她哽咽著說：

「昨夜，逆賊造反，他們闖入了太子府，見人就殺。太子發現情況不妙，立刻將我母子藏在密室裏，我讓他也藏起來，但是他說，他是當朝太子，不能偷偷摸摸的，還說要來查看皇上的安危，說什麼也不肯進密室。後來我聽見府中一片喊殺聲，正兒也嚇得直哭，直到今早喊殺聲沒有了，我才領著正兒出來，我在書房裏找到太子，他，他，他已經……」

說到這裏，顏少卿泣不成聲。

高良死了。說實話，我不喜歡他，他這個人有些好大喜功，很粗魯，而且他還很愛出風頭。但是他確實對我不錯，從招安後，他一直對我推心置腹，把我當成他最信賴的人；而且，他也是我將來的跳板，而現在，他死了！那麼，誰會是下一任太子呢？如果沒有這麼一個冤大頭，我怎麼去完成我的理想呢？一時間，我呆呆的發怔，不知道該說什麼才好。

「正陽，不要難過，良兒雖然死了，但他是奮戰而死，他沒有丟皇家的體面！沒有丟我高家的臉！」高占的聲音發顫，我瞭解雖然他一直不喜歡高良，但是那畢竟是他的骨肉，而且高良極爲孝順。但是在一夜之間，一個兒子要殺他，另一個死了，這是一種何其大的打擊！我看著眼前的老人，有些佩服，佩服他那強大的克制力。

「我們眼下該如何處理此事？」他看著我。

「兒臣以爲此事不可聲張，至少目前不可聲張，我們目前外有逆賊，如果太子之事再傳出去，勢必使本已混亂的京城更加混亂！」

「朕也是這個意思，但是國難當頭，太子不能總不出現吧，那樣成何體統！」

我沉吟了一會兒，「父皇，兒臣有一計，但需太子妃配合！」

「有何妙計？」

「父皇可對外聲稱，太子事先發現亂黨的企圖，於昨日連夜奔赴武威尋求救兵！這樣既可以打消大家的疑慮，也可以振奮京中的士氣。兒臣在數日前，已發信給各方諸侯，估計三十天內必有兵馬前來勤王平叛，那時，我們可以再將太子的死訊找一個光明正大的理由發出；但是在這段時日，太子妃需要繼續住在太子府，以遮人耳目，萬不可露出馬腳！」

「正陽所議甚妙，少卿呀，我看妳就先回太子府住下。」高占聽了之後，連連點頭。

「可是，父皇……」顏少卿面露難色。

我馬上明白了原因，哈哈一笑，「嫂夫人可是擔心太子府不安全？」

顏少卿點點頭，「妾身倒也無所謂，只是正兒……」

「嫂夫人莫要擔心！」我寬慰顏少卿，轉身對高占說：「父皇，我看提督府過於偏僻，太子府正在東京中心，不如將指揮所放在太子府，一來有助於兒臣保護父皇，二來可以方便指揮，這三嘛，也可以保護太子妃的安全。京中之人都知道，兒臣與太子親如兄弟，而且兒臣剛來京城時，就住在太子府，我想不會有人閒言碎語！」

「有叔叔保護，少卿自然不怕，正好也可以讓正兒向叔叔多多請教！」顏少卿一聽立刻同意。

「正陽，你果然心思縝密，朕看這樣很好，就依你所請，朕立刻擬旨，你今天就搬去太子府！呵呵，正陽呀！朕有子如你，我明月何愁不興旺！」

「父皇，兒臣還要部署京中防務，先行告退，嫂夫人請放心，弟午後就前往太子府！」我躬身告退，顏少卿的眼中放出異彩。

出了紫心閣，梁興笑著對我說：「阿陽，你果然厲害，這麼複雜的事情，到了你這裏就變得如此輕鬆，如果換做是我，不知道要怎麼頭疼呢！」

「大哥，你莫要謙虛，其實你並不比我笨，只是你不愛思考。你看，你不是只花了三個月，就將城衛軍治理的井井有條嗎？說實話，這次我還有更艱巨的任務給你，不知你的傷勢如何了？」

「已經沒事了，皇上給了我不少好藥，除了有些虛弱，內力已經回復，估計明天就可以上陣了！」說著，梁興從懷中拿出了一個玉盒，「這是皇上讓我給你的，說是大林寺的大還丹，一顆可使人起死回生，這裏有十顆，你收好！」

「大哥，還是你拿著吧，我眼下的功力，放眼整個大陸，應該沒有幾個敵手，用處不大！」

梁興一聽，呵呵一笑，「放心，我這裏還有二十顆，我知道功力不如你，所以就多向太醫要了些，你拿著吧，我要是不夠，還可以向大內再要！」

我聽完也笑了。就這樣，我和梁興一路說笑，很快回到提督府。鍾離師、伍隗還有鍾炎、仲玄已經領著眾將在府中等候，一見我兩人，大家都躬身施禮，「恭迎殿下！」

「好了，好了，大家不要笑話我們了！」我笑著說，快步走到大堂中坐下。

大家坐定以後，鍾離師起身向我報告：「殿下，經查實，城衛軍經昨日一戰，傷一萬六千人，死五千二百人，目下城衛軍可用之人共二萬一千人。昨夜共俘獲禁衛、御林二軍一萬三千人，斬殺叛賊五萬六千人。」說完，鍾離師躬身退下。

「啓稟殿下，飛龍軍團目前可用之兵共十一萬四千人，箭支一百二十萬，火炮四百門，炮彈六千枚……」

「御林軍尚有六萬一千人，箭支……」

我坐在大堂，靜靜地聆聽著大家的彙報，心中也在暗中盤算，南宮飛雲一代名將，想來決不會是無能之輩。東京共有三個城門，南宮飛雲必不會將兵力分散，同時從三個門攻城。兵法有云：故我欲戰，敵雖高壘深溝，不得不與我戰者，攻其所必救也；我不欲戰，雖畫地而守之，敵不得與我戰者，乖其所之也。故形人而我無形，則我專而敵分。我專為一，敵分為十，是以十攻其一也。則我眾敵寡，能以眾擊寡者……南宮飛雲兵力五倍於我，必將全力猛攻，但是分兵而攻之實爲不智，他絕對不犯這樣的低級錯誤。那麼，他的攻擊重點會在哪裡?從理論上講，北門應該是最有可能，但是……我陷入了沉思。

諸將報告完畢，卻發現我沒有出聲，鍾炎開口想說話，身旁的仲玄連忙一拉他，示意他不要出聲，一時間，大堂上鴉雀無聲，一片沉寂，大家都在靜靜地看著我。

半晌，我一拍桌子，騰然起身，「眾將官聽令!」

「屬下在!」

「令鍾離師率一萬人馬鎮守西門，多備弓箭、滾木，記住!只可防禦，不可出戰，如有人攻城，立刻來報!」

「遵命!」

「伍隗，你率一萬人馬鎮守東門，同樣多備弓箭、滾木，只可防禦，不可出戰，如有人攻城，立刻來報!」

「遵命!」

「王朝暉聽令，你與鍾離、伍隗二人一樣，命你鎮守北門!」

「末將得令!」

「梁興、鍾炎、仲玄、巫馬天勇、葉家兄弟、多爾汗、毛建剛聽令，命你等各率一萬精兵，午門外守候，隨時聽我調遣！」

「末將得令！」眾人同聲高喊。

「其餘眾將和兵馬，隨我前往太子府，隨時候令！大家都前去準備，記住任何人不聽將令，就地處死！」

大家起身要出去，我又叫住梁興和鍾離師，「大哥，記住要在每個城頭備齊一百萬支箭，所以有勞大哥前往兵部立刻將箭支全部調出！」

梁興點頭出去。

「鍾離大哥，你附耳過來！」我剛吩咐完鍾離師，鄧鴻興沖沖地走進來，「大人，您所要求的弓箭已經做好，請至校軍場驗收！」

我一聽，立刻來了興趣，「廖大軍！」

廖大軍無聲地從我背後閃出，「你立刻護送高先生前往太子府，另外，著全城的大夫從明日起在校軍場候命。」

「陳可卿，拿我令箭，前往工部，令工部尚書與侍郎立刻前往校軍場，不得有誤！」吩咐完後，我一拉鄧鴻，「鄧先生，我們快走！」

# 第九章　東京血戰

來到校軍場，只見場中立著一座巨大的弓弩。鄧鴻向我講解、示範：三弓床弩是將三張弓合在一起，安設在棗木架上，用轉軸絞緊，瞄準敵人後，將數十支箭裝到弩上。操作三弓床弩的是二十名身體強健的士兵，這二十個人用力轉動絞架，把勁力強大的雙弓拉滿，再將手指粗的扣弓牛筋，絞在架子的「牙」上，然後用木榫頭楔住。等到要發射的時候，射手的手裏拿著一個小木槌，準確地將木榫敲掉，扣住弩的牛筋像閃電似地鬆開，弩上的數十支箭就飛快地射向場邊的靶子，只見瞬間，十幾個靶子被扎得千瘡百孔。

「好！」我一邊拍著鄧鴻的肩膀，大聲稱讚。說話間，工部尚書已經來到我的身邊，向我施禮請安，我將鄧鴻的三床弓弩的圖紙交給他，令他連夜趕製，明日天亮，我要求每個城門上要有兩百張床弩。

他領命而去。這下，我心中又安穩了不少。

深夜，所有的將領都聚在太子府，整整一個下午，所有的人都在忙碌，我也沒有閒下來，直到子時才回到太子府。此時高山已經醒過來，陪我坐在大廳內下棋解悶，梁興等武將領兵守在午門外，廳中的眾將則是不安地在大廳內坐著。

突然，衛兵慌慌張張地跑進來，「殿下，不好了，敵人到了！」

「慌什麼？有多少人，是否開始攻城？什麼人領軍？」我不慌不忙在棋盤上落了一子，「高先生，看來你已經輸了，你的這條大龍已經無路可走了！」我微笑著說。

看到我輕鬆的模樣，不只是廳中的眾將，那衛兵也鎮靜了許多，「殿下，來的是敵軍的先行軍，大約有兩萬人。為首的將官是鐵血軍團的先鋒官，叫房山！」

「火獅子房山？」我身邊的一個將官失聲說道。

「怎麼，這個房山很厲害嗎？」我問他。

「殿下，這個房山乃是鐵血軍團第一號猛將，一把開山鉞，力大無窮，萬夫莫擋，性情急躁，素有火獅子之稱。在南宮飛雲手下屢立戰功，麾下兩萬精兵，號稱『獅子軍』。」

「你瞭解的很清楚嘛！」我笑著對他說，此人姓寧，叫做寧博遠，飛龍軍團黑龍軍的都統，手持畫天戟，十分驍勇，對高良忠心耿耿，「不過他那是假獅子，我的烈焰才是真獅子！」

眾人聞聽，不由一陣大笑。大廳內緊張的氣氛一掃而空。

「報！房山狂攻西門，鍾離參軍那裏的傷亡很大，他向殿下請示，該如何處理！」剛輕鬆下來的氣氛一下子又緊張起來。

好一個狂妄的房山，竟然千里行軍後直攻東京！我冷冷一笑，這樣的一個莽夫，不會太難對付！

「令巫馬將軍領一萬驍騎立刻至西門，告訴他，沒有我的將令不許出戰；令鍾離參軍死守城門，務必要將來敵擊退！」

我不理隱約傳來的喊殺聲，扭身對高山笑著說：「高先生，可有雅興再來對上一局？」

「從命！」高山也微微欠身，嘴角掛著微笑。

看到我們氣定神閒的模樣，廳中眾將也受到感染，三三兩兩地互相聊著天。

過了一會兒，突然兩聲震天巨響，整個大廳也微微顫抖，接著喊殺聲再起，甚至比剛才的聲音還要大！我拈起一子，想了想，在棋盤中落下，「高先生剛才的攻勢好猛，如果照此下去，我這盤棋恐怕要危險了！」

「有些時候，要一鼓作氣，萬不可猶豫！即使無法獲勝，也可以給你個下馬威，滅滅你的士氣！」高山語帶玄機。

「如此說來，高先生的見識倒也非凡！」我若有所思。

「報！殿下，西門吃緊，房山使用火炮攻城，並使用火車燃燒城門，守城士卒傷亡過半，鍾離參軍請殿下火速出兵增援！」

我懶懶地說：「寧都統，你率五千兵馬，立刻增援西門，如果有失，你和鍾離師提頭來見。只不過是區區兩萬人馬，卻……」我嘆了一口氣，「你轉告鍾離師，我對他有點失望！」

寧博遠領命走出大廳，我又繼續開始我和高山的棋局，大約過了兩刻鐘，城外的喊殺聲慢慢的小了下來，我將手中的棋子向棋盤中一扔，「高先生，我要去看看我的收穫！改日再戰！」

「隨時恭候！」高山明白我的意思。

「眾將官，隨我前去西門觀戰！」我起身向廳外走去，「兒子，和我一起去看看那個冒你之名的傢伙，到底是怎樣的人物！」

一直臥在我身邊的烈焰一聽，立刻歡快地跑在我的身前。

來到西門，喊殺聲已經停止，只見城下七倒八歪地躺著無數的傷員。我沿著城樓棧道走上城樓，兩旁到處是死屍和傷兵，我心中暗暗吃驚，只見硝煙瀰漫，城頭多處受損，我幾乎是在屍體堆中行走，腳下到處是死屍，有我們的，也有那些獅子兵的。城樓上血流成河，我們的每一步，都是踏在血水中；我看見鍾離師和寧博遠在不遠處指揮士兵修復城樓上的一個大缺口，想來是剛才火炮所致。

早有衛兵前去通知鍾離師和寧博遠，當他們來到我的身邊時，我正手扶城垛向城外看去，不遠處燈火通明，在密密麻麻的羊馬牆和地溝前方，一隊人馬正在積極備戰。

「殿下，屬下無能，令殿下擔憂，請大人治罪！」鍾離師滿臉的慚愧。

「不能怪你，是我小看了這頭火獅子，沒想到，失去了騎兵的衝擊，他還能僅靠兩萬人馬衝上來，好強大的衝擊力！」我安慰著鍾離師，同時也在暗讚城外的這隊人馬。

「報告傷亡！」我對鍾離師說。

「殿下，我軍在他們兩次衝擊後，傷三千，亡六千！」

「那他們的傷亡有多少？」我一邊暗暗吃驚，一邊問。

「估計在一萬人左右！」在一場攻防戰中，雙方死傷人數居然相等，這對我們實在是不利！

我正在思考，突然前方戰鼓隆隆，那些獅子兵在一排盾牌手的掩護下，再次向我們攻了過來。在他們後方，緊跟著幾十架大型的車輛。沒想到這個先鋒軍竟然還攜帶了拒馬槍，我突然放聲大笑，「命令巫馬天勇立刻出擊，告訴他，將那頭火獅子給我抓過來！」

說完，我對鍾、寧二人說：「讓我們在此靜觀巫馬將軍生擒那頭火獅子！」

城門大開，巫馬天勇領軍殺出，只見他手舞誅神，快馬殺向敵陣，身後一萬驍騎更是如下山猛虎，狂嘯著從城內殺出。

遭到突然襲擊的獅子軍被打的頭昏，驍騎強大的衝擊力一下子將他們的大陣衝亂，巫馬天勇更是一馬當先，左衝右突，口中高喊：

「房山乖兒，可敢出來與你家老子一戰！」

只聽從獅子軍中傳來一聲大喝，似晴天霹靂平地響起：「無名鼠輩，你房爺爺在此，休要張狂！」聲音未落，從亂軍中殺出一人，手持開山鉞，胯下一匹汗血寶馬，向巫馬天勇殺來。

「殿下剛才爲何發笑？」鍾離師在我身旁小聲問道。

「我笑那房山，不過一介武夫，兩軍陣前取敵將首級或許可以，獅子兵衝鋒陷陣或許無敵，但他卻絲毫不懂兵法！」我笑道：「想他千里奔襲，沒有休息就攻城，憑的是一股銳氣；若是爲了給我軍一個下馬威，那他頭兩次的攻城已經做到了，連我都不敢對他的獅子兵小視。可他卻自恃勇武，以弱於我軍的兵力，一而再，再而三地攻城。兵法有云：一而盛，再而衰，三而竭。頭兩次的攻擊已經讓他的士兵銳氣盡失，這回，我看是我給那南宮飛雲一個下馬威！」

一旁眾將紛紛點頭。就在我對鍾離師解說之時，戰場中的形勢急轉直下，巫馬天勇有些不耐，手中誅神一晃，大喝一聲：「天河倒轉！」雙刀似閃電流星，夾雜千軍易避的氣勢向房山砍去。

房山也不示弱，手中開山鉞舞圓，好似一個巨大的圓盤迎向誅神。雙方才一接觸，房山只覺一股大力如泰山壓頂般傳來，汗血寶馬雖說是絕世良駒，也無法承受如此大力，「撲通」一下跪倒在地，房山更早已口吐鮮血，昏迷在地。

巫馬天勇快馬趕到，伸猿臂將他抓起，往馬鞍上一放，再次殺入敵陣。獅子兵一時大亂，主將被擒，好似群龍無首，像沒頭蒼蠅般四下奔逃。巫馬天勇更是領兵四處追殺，戰場上橫七豎八倒著無數死屍，無主的戰馬徘徊在四周。城上眾將紛紛歡呼，畢竟他們打敗的，是戰無不勝的鐵血軍團中最著名的獅子兵，還活捉了他們的主將。

但是，我的心頭卻壓著一塊大石。獅子兵今天之所以失敗，一是他們以弱勢兵力攻堅，敗局早定；二是主將急躁，不懂兵法。但是光從戰力上來說，他們卻讓我領略到鐵血軍團恐怖的實力。這只是他們的先頭部隊，卻造成我軍近萬傷亡，如果他們的主力到達，那不是……我有些不敢想，突然間，我第一次沒有了信心。看著眼前四處逃竄的的獅子兵，我想：南宮飛雲絕不是徒有虛名，他不會向那頭火獅子一樣。三十天，我該怎樣度過呢？

天色大亮。一夜的鏖戰，雖然我們取得勝利，但是在短暫的快樂之後，每個人的心頭都是沉甸甸的，似乎壓了一塊石頭。大家都知道我們將面臨著更加嚴峻的考驗，每個人的臉色都是陰沈沈的。我雖然心頭沉重，但卻要裝作若如其事的樣子。身為主帥，我很清楚自己的一言一行都受到全城的注意，我任何一個失誤，都將影響全軍的士氣。而且我相信不只是東京，哪怕在千里之外，同樣有很多雙眼睛盯著這裡，東京的成敗，也許將要影響整個明月今後的方向！

我調整了部署，在每個城門增派了三萬士卒，留下了五萬士卒做預備隊。同時，我還從十幾萬士卒中挑選了一萬精兵，他們將直接受我指揮。所有的將官都已經派上了城樓，只有梁興、巫馬天勇以及鍾、仲四人留在太子府。

我再次視察了每一個城樓。工部連夜趕造的床弩已經推上城頭，每個城頭都架起了兩百張床弩，五十台重型發石器（這是梁興昨夜在軍械庫中發現的）。同時城樓插滿了擋箭板，城門處，裡三層、外三層堆滿了石塊、箭支。城門從裡加上了三層鋼製的干戈板，用以抵抗衝擊。被組織起來的百姓將泥土、沙包、石塊源源不斷地送到各個城門，他們知道如果破城，最先遭殃的就是他們。京中早有風聲，援軍將在四十天趕到，在此之前，整個東京就要靠他們自己了。於是百姓們紛紛響應，有錢出錢，有力出力，有的人家還將自己家的門板拆下，大難之際，東京百姓反而顯得齊心協力。

正午時分，鐵血軍團抵達東京。他們沒有急著攻城，而是按照九宮八卦的方位修建營寨，將東京圍的水洩不通。我登上北城樓，只見到處旌旗招展，密密麻麻的從城外五里開始，搭著無數的營帳。遠遠看去，營帳挨著營帳，大旗連著大旗，連綿不絕，真的是裡三層外三層將東京包圍住。我感到此刻的東京，就像是在汪洋大海中的一座孤島。

一時間，我心頭升起一股寒意。我只能說，這次南宮飛雲真的是一點破綻都沒有給我，剩下的，就要看是他鐵血軍團的矛利，還是我東京城的盾堅了！

南宮飛雲沒有立刻攻城，而是有條不紊地進行著大戰前的準備。他很清楚，經過多日急行軍的鐵血軍團已經是有些疲憊，需要時間整頓一下，而且他手下的第一猛將房山和兩萬先鋒營，已經被許正陽生擒和擊潰，他不敢再小看那個山賊出身的年輕人了。

他當然清楚自己的時間並不多，也許用不了多久，就會有援軍出現。但是如果貿然攻城，會讓他實力大傷，對於那種殺敵一千、自損八百的傻事，南宮飛雲絕對不屑於爲之。而且東京城就在那裏，是跑不了的，不妨先將自己的人馬安置好，以求一擊必中！

一夜無事，雙方都在緊張的準備著。

第二日一早，我便端坐在太子府的大廳內，仔細看著由各個城門報上的敵軍動向。就在昨夜，鐵血軍團共有六次大規模的調動，其中重點是在東門外的調集。難道南宮飛雲將攻擊的重心放在東門？我有種預感，南宮飛雲的帥旗至今未現，恐怕事情沒那麼簡單；那麼，我應該將防禦的重心放在哪裡呢？如果他真的攻擊東門，那……我心中猶豫不定。

正當我在考慮如何探知南宮飛雲的心思時，突然傳來一連串的巨響，震得太子府都在搖晃，接著，一陣響徹天地的喊殺聲傳入我的耳膜。

「報！鐵血軍團在三個城門同時發動進攻！」傳令兵飛奔進大廳。

「南宮飛雲的帥旗可曾出現？」

「至今未現！」

南宮飛雲果然不同凡響，在三個城門同時發動進攻，卻還沒有顯露他的進攻重點！我拿起桌上的報告，昨夜東門和北門的調動共有五次，而西門只有一次。不對，如果調動，一次就已經足夠了，而東、北如此頻繁的動作……西門，對！一定是西門！

我猛然起身，「高先生，你在太子府中守候，如有變故，可自行處理，廖大軍、陳可卿在府中聽候高先生的調遣。其餘眾人率領預備隊隨我前往西門！」我已經無暇解釋，起身向門外走去。

來到西門，只見所有的人都在忙碌，或是加固城門，或是從城樓運送傷員，我沒有理會眾人，直接走向城樓。此刻，西門城頭已經是硝煙瀰漫。城外的鐵血軍團在盾牌手的掩護下，如螞蟻奪食般向城前湧過來，放眼望去密密麻麻都是人。他們冒著從城頭射來的漫天箭雨，悍不畏死地衝過層層防禦溝壑撲過來。

鍾離師和寧博遠正在一邊指揮人手，修復剛才被炮轟過的地方，一邊指揮士兵放箭來阻止敵人的進攻。看到我來到城頭，他們連忙走過來。我一揮手，阻止他們向我施禮，密切地注視著城外的動向。

「殿下，是不是啓用……」鍾離師在我耳邊低聲問道。

「不行！」我打斷他的話，「那是用來對付他們的大型攻城器械的，現在只是他們的試探性攻擊，真正的攻擊還沒有開始！」

「可他們的人數太多，如此下去，我軍的傷亡……」鍾離師有些擔憂。

「如果連他們的試探性攻擊都頂不住，我們還說什麼要防守三十天，不如現在就打開城門，投降算了！」我的話語中透露著堅定。

這時，鐵血軍團已經攻到城下，他們搭起雲梯，瘋狂地向城頭衝來。「弓箭手後退，漫天散射！刀斧手上前，阻止敵人進攻！」我提氣大喝，整個城頭都迴蕩著我的聲音。

士兵們聽見我的聲音，精神都爲之一振，鍾離師和寧博遠都高聲大喊：「殿下已經親自來督戰，修羅與我們同在！」聲音傳到其他人耳中，不知是誰帶頭喊道：「修羅戰神！修羅戰神！」一瞬間，整個城樓上都在迴響著喊聲。刀斧手們衝到最前面，惡狠狠地砍向搭在城牆上的雲梯；鐵血軍團的士兵剛剛登上城頭，就被衝上來的刀斧手砍下城去。

也許是我的到來，使所有的士兵都生出了無比的勇氣，悍不畏死地衝上去，將一個個敵人斬殺於城下。

鐵血軍團的攻擊大約持續了有一刻鐘，突然一陣鑼響，敵人如潮水般向後退去，喊殺聲逐漸低了下來。一面大旗從鐵血軍團的後方，由遠而近向陣前靠過來，大旗上書「鎮北大將軍南宮」，我心中暗暗冷笑，南宮飛雲，你終於出現了！

只見鐵血軍團的陣腳向兩邊一散，一彪人馬從陣中衝出。爲首一人，頭戴亮銀盔，身穿亮銀甲，胯下白龍駒，掛著一把亮銀槍，整個人英姿颯爽，只是面色還有些蒼白，正是南宮飛雲。看來前晚給他的那一槍讓他受傷不輕，到現在還沒有痊癒。南宮飛雲來到城下，揚聲高喊：「許大人！多日不見，一向可好？」語氣親熱，絲毫沒有兩軍即將廝殺的火藥味。

「有勞南宮將軍費心，在下這兩日無病無災，而且還非常得意！只是南宮大人面色蒼白，不知身體可有不適？」

南宮飛雲臉色微微一變，但隨即又面露微笑，「許大人看我這鐵血軍團如何？」

「軍容鼎盛，非是一般烏合之眾可比，名列明月第一軍團毫不誇張！」我由衷地說。

「許大人果然非一般人，兩軍陣前公然誇獎敵人，心可比日月，真是不愧修羅盛名，真英雄是也！」他停了一下，「六殿下英明神武，求賢若渴，對大人也是非常仰慕！如大人能降於我家主公，不但可使百姓免受戰火之災，且榮華富貴指日可待。你我同殿稱臣，不也是一大快事！」

「南宮將軍口出如此大逆之言，不怕神明降罪嗎！逆賊高飛殺父篡位，幸天佑我皇，免遭毒手。他早就不再是什麼殿下，而是一個無父無君的逆賊！南宮將軍身爲明月重臣，不思報國，反而助逆行事、逆天而行，他日必將遭到天譴！」我厲聲喝道，最後幾句話更是用足十成內力，聲音傳遍鐵血軍團的大營。

果然，鐵血軍團的陣中一陣騷動。

南宮飛雲面色陡變，「許正陽，你本是一介草寇，如今與那高良在聖上面前屢進讒言，更將聖上挾持在手，黑白顛倒，如今我好言相勸，你卻血口噴人，看來你我只好刀兵相見！」

我哈哈大笑，身體騰空而起，在半空中穩住身形，宛若天神下凡，立於空中揚聲大喝：「逆賊南宮飛雲，任你口生蓮花，事實就是事實，你改變不了！還有，我如今乃是明月堂堂的殿下，誰是逆賊，自有事實講話，不要多費口舌，讓我看看鐵血軍團是否浪得虛名！」

兩軍將士仰望著立於半空中的我，一片譁然。城頭的鍾離師趁勢大喊：「天降神明，佑我明月！」瞬間，整個東京城頭「天降神明，佑我明月」的喊聲響成一片，我方將士士氣爆漲，氣勢如虹，而鐵血軍團則是士氣大降。

南宮飛雲原本想亂我軍心，卻沒想到得此結果，無奈長嘆一聲，手中亮銀槍一揮，身後戰鼓隆隆，鐵血軍團蜂擁而上，吶喊著衝向城頭。此時城上眾人視我猶如神人，面對蜂擁而至的敵人，即使人數眾多，也絲毫不懼，因爲所有人都相信，神明站在己方。

「床弩準備，預備——射！」在敵人離城牆還有六百步時，城頭兩百具床弩一齊發射，數千支特製箭瞬間射出，這種用床弩射出的羽箭可力透巨石。只聽一陣慘叫，衝在最前方的盾牌手紛紛倒下，跟著便是漫天的箭雨。

「大人！你看！」寧博遠一指前方。我抬頭一看，只見從敵陣中駛來一輛輛戰車，鐵血軍團的木驢出動了。

這種名爲木驢的戰車，實際上就是裝有輪子，用木頭搭建起來的活動房屋，頂尖作人字形，覆以生牛皮，耐火堅固，投石也莫奈之何。後面跟著數百輛「火車」，在獨輪車上放置有火盆，火盆上有一口油鍋，周圍放有乾柴。將火車推至城門，點燃乾柴，用以焚燒城門；車上熱油可以幫助乾柴的燃燒，如果城上澆水，反而將有助於火勢增人。再後面還跟有巨大的拒馬槍和雲橋，拒馬槍用來撞擊城牆和城門；雲橋上則立有弓箭手，用來壓制城牆上的弓箭手。

我冷冷一笑，命令停止弓箭手的散射，一時間，城頭靜悄悄的沒有一點聲音。南宮飛雲感到情況不妙，連忙鳴金，但此時，那些攻城器械已經離城牆不足三百步。

我向身邊喝道：「火槍來！」旁邊的鍾離師早將準備好的一把點燃的長槍遞過來。

我運勁於單臂，奮力向城下擲去，那點燃的長槍就像燃燒的流星般，向城下飛去。只聽轟然一聲巨響，城前火光閃爍，那些木驢、火車被炸得四分五裂。原來早在兩日前，我已經密令鍾離師在城前埋下近兩噸的炸藥，專門用來對付鐵血軍團的攻城器械。

「放箭！」我冷冷地說。城頭上萬箭齊發，射向在火光中四散奔逃的士兵。

就在這時，從東、北兩處城門也傳來震天的巨響，想來他們也引發了炸藥。我看著在火光中掙扎的鐵血士兵，心想：在這攻防的第一個回合裏，我們贏了！

果然，沒過多久，鐵血軍團鳴金收兵。南宮飛雲明白，剛才我的表演已經深深打擊了軍團的士氣，再加上損失了大批攻城器械，今天這仗是打不下去了。

城頭傳來一陣歡呼，將士們都興高采烈，因爲他們擊退了有明月第一軍團之稱的鐵血軍團，如何能不感到興奮呢。但我卻知道，這只是剛剛開始，真正的考驗還在後面。

在接下來的十幾天裏，東京的城牆經受了也許是有史以來最嚴峻的考驗！每天，數十萬的鐵血軍團冒著漫天的箭雨，一次又一次向東京發動猛烈的進攻。巨大的投石車發出隆隆的轟鳴聲，將一塊塊的巨石投向城牆。被厚重牛皮裹得嚴嚴實實的攻城車，冒著城頭不斷投下的巨石，在弓箭手的支持下衝到城下，猛烈地衝擊著城門。而我們除了以弓箭和巨石反擊之外，當敵軍攻到城下之時，一瓢瓢滾燙的熱油往下倒，伴隨冰雹般落下的滾木檑石，將正在攀爬城牆的士兵砸下去。

其中，西門所受到的攻擊最爲猛烈。南宮飛雲囤積三十萬大軍，日夜不停地輪番攻擊。我和梁興等人日夜守在西門，協助鍾離師把守。每天都有數千的傷員從城頭抬下，不過，士兵們士氣依然高漲。箭射、刀劈、斧砸，城牆剛被打開缺口，數百名將士立刻一擁而上，用身體堵住。

雖然鐵血軍團攻勢猛烈，但始終無法越雷池半步，十幾天下來，東京的城牆已經被鮮血浸透。到處都是士兵的死屍，每一天城下都拋下上萬具屍體，於是這裡成了人間的地獄，但對天空中盤旋著的無數禿鷲而言，這卻是牠們的樂園。

炎黃曆一四六二年五月十日。自四月二十二日開始，鐵血軍團已經圍攻東京整整一十八天。清晨，我和眾將在太子府大廳中議事。在這十八天當中，雙方都是死傷慘重，困守在東京的十八萬將士，死傷八萬三千餘人，目前能夠有再戰之力的僅十萬人左右。

當然，我們換回來的是，估計有十五萬左右的鐵血軍團士兵永遠地留在了東京城下。但是，城中的箭支已經消耗過半，城牆也有多處破損，士兵們早已經是疲憊不堪，連日廝殺，就連像梁興這樣功力深厚之人也快要頂不住了，而我同樣是體力透支。

我正在大廳裏安排接下來的防務，突然一個傳令兵跌跌撞撞地衝進來，臉上帶著喜色：

「殿下！報告殿下！鐵血軍團退兵了！」

「什麼？再說一遍！」聽到這個消息，我簡直不敢相信自己的耳朵，立時扶案而起。

「報告殿下，鐵血軍團退兵了！」

「萬歲！」大廳中一陣歡呼。我一下子呆坐在椅中，看著廳中幾近瘋狂的眾將官，我腦子裏一片空白，就這樣結束了嗎？難道我的援兵到了？

我掃視了一下大廳，發現梁興、鍾離師、伍隗、鍾炎和仲玄的表情和我一樣，一臉的疑惑。不對！這裏面有問題！

「立刻派探馬出城！」我厲聲喝道：「查清東京附近有沒有其他的軍隊！命令各部，將不離甲、兵不離刃，不得離開城樓，嚴加防範，就地休整！毛建剛、王朝暉、寧博遠三人立刻前往各個城門，不得讓任何人出入，違令者斬！」

廳中諸將一下子安靜下來，臉上雖然帶著疑惑，但是毛、王、寧三人還是領命而去。我看著一臉疑惑的眾將，正要開口解釋，傳令兵進來報告，在一家富商的地窖中，發現大批的黑油，數量在兩萬桶左右，大家不知道如何處理！

我一愣，連忙起身，「鍾離參軍，伍先生，你們給大家解釋一下！大哥，我們去看看！」說完，拉起梁興就向外走去。

來到那個富商的地窖，我看到眼前是一桶桶的黑油，密密麻麻地擺放著。這種黑油燃燒力極強，許多軍火商用它來提煉炸藥。真是天助我也，有了這些黑油，對於今後的防守，我就更加有信心了！

我轉身對看守這裏的一個百夫長說：「告訴那個富商，這些黑油，朝廷徵用了，價錢嘛！不會讓他損失，照價給他！」

說完我扭頭就要出去，那個百夫長領著一個富商模樣的人連忙走上：「殿下，這批黑油就是這位錢老闆的，他說，他願意將這些黑油捐獻出來，不要報酬！」

我停下腳步，仔細打量著眼前這個商人，「那多謝錢老闆了！錢老闆如此爲國出力，讓許某真是感激不盡！不知錢老闆有什麼特殊要求嗎？」

「小人是個軍火商，連日來目睹將士們浴血奮戰，殿下更是大展神威，想來那些逆賊必敗無疑。這些黑油，小人原本是要拿來提煉炸藥，如今就將它獻於殿下，希望能對殿下有所幫助！只是……」

我微微一笑，天下沒有白吃的午餐，「你有什麼要求就說，只要在我能力範圍之內，我自會幫忙！」

「小人之子錢悅，數月前因與他人衝突，失手將人打傷致殘，被關於大牢。小人只有這一子，還請殿下……」錢老闆有些臉紅。

原來是這事，我朗聲說：「這事好辦，這樣吧！錢老闆，待到眼前的事情過去，我會替你處理，儘快讓令公子與你團聚，你看可好？」

「多謝殿下！」錢老闆立刻向我跪下。

我扶住他，又誇獎了幾句，和梁興離開錢宅。

在回去的路上，我突然問梁興：「大哥，你怎麼看這件事？」

「挺好呀！錢老闆的要求並不是很過分呀！」

「我說的不是這件，是南宮飛雲撤軍這件事！」

「哦！鐵血軍團突然撤兵，如果不是我們的援軍到了，那必有其陰謀。我想，大概是要麻痹我們，然後給我們一個突然襲擊！」

「英雄所見略同，其實他已經成功了一半，只看那些將領的表現，就可以想像下面士兵的反應了。不過，這個錢老闆在這時候將黑油獻出，想來也是發現了一些端倪，這不是一個簡單的人物！」

梁興聽了我的話，也不禁點頭稱是。

回到太子府，探馬回報，沒有發現在東京外有任何軍馬，連鐵血軍團也不見了。我不敢鬆懈，命令城中的戒嚴繼續。接下來五天，東京城風平浪靜，鐵血軍團沒有再回來。從表面來看，危機似乎已經解除。

由於城門持續緊閉，城內已經是怨聲載道，人就是這樣，當危機來臨之時，大家可以同心協力，但是當危機過後，每個人又開始打自己的小算盤了。不光是百姓，就連軍中諸將也是滿腹牢騷。但是，我不敢開城門，至少在援軍沒有來之前，我不敢。我知道我不可能永遠戒嚴，但是我更相信，南宮飛雲是忍不了多久的！

在南宮飛雲撤兵後的第八天，群臣上奏高占，連日征戰使得東京已封閉了二十餘日，城中已有大批的人聚在城門要求出京，如再不打開城門，勢必激起民變。

雖然我在殿上據理力爭，然而，由於我無法拿出有力的證據，再加上有人在中間興風作浪，高占只得下令打開城門，恢復東京的交通。看著那幫洋洋得意的混蛋們，我心中真是欲哭無淚，浴血二十餘日，近十萬將士的性命，也許就要被這幫人毀於一旦！

我悶悶不樂地回到太子府，宣布了朝廷的決定。眾將群情激憤，然而卻無能爲力。我下令雖然取消戒嚴，但是所有的人不得放鬆警惕，同時派出大量的流星探馬出城刺探軍情。京中各部不得放鬆，時刻準備南宮飛雲的突然襲擊。

當晚在我的命令下，所有的人都休息了。連日的大戰，他們確實需要好好休息一下，恢復一下各自的精力；也許這次南宮飛雲的退兵是件好事，至少可以使這些將軍們恢復，因爲誰也不知道什麼時候就要開始下一輪的血戰了。

我獨自坐在大廳中。說實話，我也很疲憊，除了要對付南宮飛雲的鐵血軍團，還要和朝中的那些人鬥心眼，其實這才是最累的。我閉上眼睛，一邊放鬆自己的身體，一邊暗自盤算下一步的行動。

突然，一陣輕微的腳步聲傳來，我的神經立刻緊張起來，但隨著腳步聲漸近，我鼻中聞到一股淡淡的香氣，而且我感覺到對方並沒有任何內力。我一下子明白了是誰來到了廳中，在這太子府中，除了高良的家眷，沒有女人，而普通的奴婢更是不敢走進這大廳一步。只有一個人，那就是……

我連忙睜開眼站起，果然是高良的妻子，顏少卿。只見她淡掃娥眉，微施脂粉，一身素白長裙，長髮略加收攏，閒散地披在肩頭，燈光之下更顯風情萬種，儀態萬千。我心中暗讚：好一個美人胚子！

我連忙起身：「不知嫂嫂駕到，有失遠迎，實在是罪過！」說完趕忙讓座。

「叔叔連日拚殺，想來必是辛苦，本宮一介柔弱女子，沒有什麼可以幫得上忙的，心中一直非常慚愧。其實自叔叔來到太子府，府中每日安全不少，早就想來向叔叔感謝。只是每日裏叔叔日理萬機，實不敢前來打擾。今見叔叔獨坐廳中，眉頭深鎖，面帶憂慮，故前來與叔叔一敘，打攪之處，叔叔勿怪！」顏少卿與我客氣一番，坐在一旁。

我長嘆一聲，「太子在世之時，與我推心置腹，常談起朝中之事，對於那些鼠目寸光、心中只記私利卻又佔據朝中要位的人深惡痛絕，那時，我常對此不以爲然。然今日之事卻讓我對太子的卓絕見識，欽佩不已！」我頓了一下，接著說：「今日朝中眾臣紛紛要求大開城門，恢復通行，我雖據理力爭，奈何勢單力孤，只有退讓！」

「那南宮飛雲不是已經退兵了嗎？大開城門也無不妥呀！叔叔爲何不同意呢？」

「嫂嫂有所不知，那南宮飛雲決不會無原由的退兵。此時他正佔優勢，只須再有十數日，我東京就無可戰之兵了。但他卻突然退兵，必有陰謀。城門開放後，行人複雜，難免有奸細混入，如果南宮飛雲突然殺回，城中防禦已然鬆懈，那時他裏應外合，恐怕……」我沒有說下去，我想以顏少卿的聰明，她必然瞭解後果。

果然，顏少卿聞聽神色大亂，「皇弟！那我們應該怎麼辦呢？」這是一個非常聰明的女人，知道在恰當的時機拉近距離。

我微微一笑，「嫂嫂，妳莫要慌，對於南宮飛雲，我已經有對策了，但是我所擔心的是，此次危機之後，朝中的大臣們對我大都不服，勢必要和我作對。聖上年邁，萬一他龍御歸天，太子也已不在，現在我雖然手握兵權，京中諸將皆聽我調遣，但到那時，我……」

我適時打住，偷眼看了一眼顏少卿，果然她神色微微一動，看了我一眼。我知道已經達到了效果，於是哈哈一笑，「好了，不說這些不愉快的事了，天色已晚，嫂嫂也早點休息吧，今日的話乃是我一時失言，嫂嫂莫要放在心上，早些回去，莫讓正兒掛念！」

顏少卿聞言起身站起，「正陽放心，今日的話出你嘴，入我耳，不會被第三個人知道。少卿也有一言，皇弟目下手握兵權，如能善加利用，他日必能得到善果！叔叔也早些休息，莫要累壞身體！」說完她起身離去，望著她的背影，我心中在暗暗盤算。

城門大開後，每日進出大量的人員，城中守軍開始時尚還戒備森嚴，但到了最後，盤查也隨著時間的推移鬆懈了下來。

我密切注意著城中的動向，暗中命令各個將官加強戒備，同時也在計算著武威的兵馬到京的日期。算一下，鍾離勝離京也有四十八天，兩天，只要再有兩天，按照我們的協議，援軍就應該到達了。我心中的大石慢慢地也放下來，即使南宮飛雲回師突然襲擊，只要能夠在兩天之內東京不失，那我就算是完成了考驗，所以我顯得格外的放鬆。

夜裏，我安排好防務，回到太子府我的住處，靜靜地回想這一個月來發生的種種變故，不知不覺，我的腦海中閃現出一個俏麗的身影！小月，回到東京以後，每日都是忙忙碌碌的，我幾乎沒有想起過她。而今當我靜下來，小月的一言一笑浮現在我心頭，不知不覺中，小月好像就出現在我眼前，我們靜靜地對視，誰也不說話，眼中互相交流著濃濃的愛意……

一聲巨響，東京城在轟鳴中微微顫動，一下子將我從幻想中驚醒，「什麼事！」我大聲喝問。

「殿下，大事不好了！」一個衛兵慌張的從門外衝進，「殿下，鐵血軍團突然殺回！他們集中兵力狂攻北門，且京中出現許多賊兵，人數約在兩千，正在衝擊北門！」

「情況如何？」

「梁興殿下和鍾、仲二位將軍已經帶兵前往北門接應，目前情況尚且不明！」

「命令東、西二門守將嚴加防範，以防賊人偷襲！」我馬上從這突如其來的襲擊中清醒過來，拔腳向外走去。

來到太子府門前，我發現只有巫馬天勇還在府中，其餘眾將都已是各司其職。我突然停下腳步，不對，南宮飛雲在事隔多天後再次攻擊東京，雖合常理，但他南宮飛雲一代名將，應該瞭解我是不會放鬆警戒，輕易上他當的。那麼，他這次的突然襲擊，必然還有其他的陰謀，不然，以他的性格不會冒這種險。明知時間已經不足，還要狂攻東京，如果他不能在短時間攻下東京，那他就要面臨腹背受敵的危險，這顯然不是他的作風。如果是這樣的話，他現在的攻擊就是一種假象，目的是要吸引我的注意，那他真正的目標是在哪裡？

一時間，我陷入了迷茫，站在太子府前不知如何是好。

我舉目四望，夜已經深沉，遠方的城門響起陣陣喊殺聲，東京城北火光沖天，想來戰況一定是非常激烈。慢慢地，我的視線停留在遠處的皇城，不好！他們的目標是高占，對！一定是高占。

如果南宮飛雲不能打下東京，那他勢必將要揹負一個逆賊的名聲，只要高占還活著，那他和高飛就永無寧日，而且勢必要受到整個明月的討伐和追殺，可以說全天下都不會再有他的立足之地。殺了高占，他就可以將這個罪責推到我和高良身上。高良已死，那全部的責任就要我來揹負，到那時，他和高飛不但可以將之前的罪責推掉，而且我還要揹上一個弒君的罪名！朝中的那些老臣不會爲我申辯，畢竟很多人還是向著高飛的，明月的諸侯和百姓也不會瞭解真相，那時，他南宮飛雲可以傾全國之力圍殺我，而高飛會穩穩當當即位，好一個一石三鳥的毒計！

我此刻一個冷戰，提聲對身後高聲叫道：「天勇！隨我來！皇宮！」說完身形一閃，立時消失在夜空之中，身後只留下一道淡淡的殘影。巫馬天勇聞聲馬上跟進。

我提起全身功力，身形如閃電般飛快奔向皇宮，心中焦急萬分，高占！你可千萬不要死！我暗中祈禱。

轉眼間我來到午門，我無暇和門外的侍衛打招呼，也不停留，直接閃身登上高牆衝進皇城。門外的侍衛只覺眼前一股清風拂過，一個好似鬼魅般的身影一晃就不見了。

「老王，你有沒有看見剛才有人在眼前一閃就沒有了？」一個侍衛疑惑地問身邊的人。

「神經病，哪有人過去，可能是那些禿鷲飛過時的影子吧！沒聽見北門的喊殺聲嗎！這會兒所有的人都在那裏！放心，有殿下在，沒人能攻進來，更別說跑到這兒了！好好站你的崗，別分神，小心讓殿下看見，你小命嗚呼！」有人回答道。

那個侍衛嘴裏嘟嘟囔囔地又站立在自己的崗位。

我飛身來到大殿屋頂，舉目四望。今夜高占會在哪裡休息？偌大的皇宮我怎麼去找呢？怎麼辦？我站在屋頂四處張望，突然間，我看到在皇城的西面幾個人影一晃而逝，我連忙起身追去。

前面的幾個人影好像對皇宮非常熟悉，騰閃挪移之間如老馬識途，我小心翼翼地跟在後面，整個皇宮就像一個迷宮一樣，宮殿挨宮殿，院落套院落，幾個起落，我竟失去了他們的蹤影。

我停下來四處打量，這裏我很熟悉，龍息殿！我來過的，這是高占的書房。奇怪，怎麼會到這裏了？難道高占今晚在這裏？不會吧！高占現在應該不知是和那個嬪妃在一起，他會靜下心在這裏讀書，打死我也不信！

我扭身就要離開，突然腳下好像有什麼東西絆了我一下，我低頭一看，是一具死屍！我將那死屍翻過來，是江泰，那個侍衛。從高飛逼宮那夜起，江泰就成爲了高占的貼身侍衛，高占在龍息殿！我猛然扭身，撲向龍息殿。

果然，高占今晚是留在龍息殿。不知爲什麼，他今日感到有些心慌，總覺得好像有什麼事要發生，於是，他沒有去哪個嬪妃那裏，而是待在龍息殿靜靜地想心事，只留下了江泰在門外守候。

在他想來，沒有人會知道他在這裏，於是就在燈光下拿著一本書發呆。突然燭光一晃，眼前人影晃動，他回神定睛一看，只見眼前站立著三個蒙面人。這三人靜靜地立於他的面前，兩人手中拿著明晃晃的利劍，中間之人兩手空空，也沒有帶任何兵刃。他們都是冷冷地看著高占，就像是看著一個死人。

高占心中一陣發冷，用顫抖的聲音說：「爾等何人竟敢擅闖皇宮，難道不知道這是誅九族的大罪嗎！」雖然他的聲音很大，但是話語中，已經將他的恐懼表現的一覽無遺。

「是嗎？皇上還是不要想誅我的九族，還是想想如何來保住你的命吧！」中間的人語氣陰冷，他似乎是這夥人的首領。

「你們，你們到底是什麼人！」高占壯著膽子大聲地說。

「去問閻王老子吧！」一個持劍之人惡狠狠地說，說完，揮劍就向高占刺去。

就在這時，我已屏氣潛入龍息殿，見到高占危險，連忙彈出一道指風直射那人。指風破空厲嘯，我更是閃身衝出，身形如大鳥般直撲殿中二人。

我人雖未到，一股重若泰山的龐大勁氣已然湧到三人身前，三人不得已放掉眼前的高占，連忙轉身迎向我。大殿內一時間暗流洶湧，勁氣襲人，風力激蕩。

高占感到自己就像一株大風中的幼樹，隨風東倒西歪，逼人的氣勁使得他幾乎喘不過氣來。雙方勁力相交，沒有一點聲響，龍息殿中的一面牆壁卻隨之轟然倒塌。我身形微晃，而那三人中一人身體僅後退一步，其餘兩人退出了十幾步。

我心中一驚，剛才的交手，我察覺到眼前這三人的功力奇高，尤以當中之人，他的內力和我不相上下，其餘兩人也不弱於先前的崑崙七子。而且剛才我是全力出擊，而這三人倉促應戰，僅微落下風，今日必將是一場惡戰。

但是形勢不容我多想，我身形一閃，來到高占身前，將他的身體護住。我無暇細問高占的情況，雙眼緊緊盯著眼前三人。

「三位功力非凡，想來絕非普通人，江湖中必是赫赫有名之人。今日到此，何必效仿鼠輩，藏頭遮面，不妨摘下面巾，也好讓在下一識廬山！」我提聲說道。

「你想必就是那個許正陽！果然好功力，四十年來，無人能讓我後退半步，而你竟然使我們合三人之力尚退後一步，果然不凡！看來飛雲並沒有誇張，你不僅武功高強，而且計謀過人。只可惜……」當中那人一陣冷笑，眼中流露出一種憐憫。

「既然閣下知道我，那也就不用廢話了，你我今日必有一死。只是我卻不知道閣下是誰，未免有些吃虧，若是有膽，就將面巾摘下，讓在下也知道個明白！」我再次提聲高喝，心中暗暗著急，為何宮中侍衛還沒有來？剛才龍息殿牆壁倒塌，如此動靜，難道竟然沒有人聽到？這三人我倒是不怕，但是還要保護高占，勢必無法放開手腳。

「許正陽，你不必提氣高喊，這宮中有我們的內應，此刻，內宮的侍衛大都被迷倒，守軍更是前去守城，一時半會兒，你沒有任何的援軍！你不是想知道我是誰？告訴你也無妨，我乃是崑崙上代掌教摩天！」說完，他將臉上面巾摘下，露出一張面色紅潤的面孔。

我不禁倒吸一口冷氣，摩天！那不正是曾經敗於我師蛇魔道人手下的崑崙三道之一嗎！他還活著？算起來，他至少已經有百歲了。

我心中一陣驚慌，沒有想到南宮飛雲竟然將這個老怪物請了出來，這老怪物在當今天榜中名列第四，再加上那兩個功力不凡的幫手，今日一戰，我勝算不大。

我表面不露聲色，悄聲對高占說：「父皇，待會兒打起來，您先找個隱蔽的地方躲避，今日看來，孩兒勝算不大，不過必將誓死保護父皇。您要照顧好自己！」

摩天看了一下天色，有些不耐，「許正陽，不要婆婆媽媽，就讓你我趕快一戰！」說完，他對身邊的一人說：「你去將那昏君的頭顱拿下！」然後晃身向我撲來，兩條長臂全已湧現著一種怪異的、近乎透明的朱紅顏色，兩隻如爪的手掌也彎曲似鉤，每一根手指的指節都突鼓了出來，閃泛著紅豔的淡淡光華。

在他這恍如飛鴻狂瀑的一撲之下，三丈之內旋風驟起，氣流呼嚕嚕地迴旋游湧，宛如天與地都在這瞬息之間被他這兩條長臂所籠罩了；摩天身後之人一晃手中長劍，一溜金蛇流電般的耀眼光芒，快如閃電緊隨摩天飛射向我。

我已無暇顧及身後的高占，身形暴起，背上的烈陽神劍如通靈般暴射而出，宛若飛舞在空中的兩隻火鳳凰。

龍息殿中似乎氣溫瞬間提升，我在空中一個旋身，抓住烈陽雙劍，赤紅的雙劍在我身形移動同時交擊而上，威勢如翻山倒海，一連串細密的爆震之聲綴合著一連串的清脆撞擊之響，空氣驀地朝四周排擠，無形的壓力驟增，宛似一下子要榨出人們的心肝肺臟，而一股如火的熱潮，便在此時，呼呼轟轟地滾蕩湧激而出。

首當其衝的摩雲雙目赤紅，口中高喝：「七旋斬！又是七旋斬！」身形再次暴射而起，兩手朱紅色的光華瞬間變成紫紅，同時雙手在空中結太極印，凌空再次向我擊下。

我逼退手持長劍之人，手中雙劍左右連閃，帶起的赤紅光芒，已隨著我體內真氣的延伸連成一片光幕，在一個弧度極小的轉折下，又令人目不暇接的猛翻狠斬而上！半空中彷彿響起連串炸雷，震得高占和其餘兩人身形一陣踉蹌，龍息大殿似乎無法承受我和摩天兩人的真氣，轟然間倒塌了半座，瞬間煙霧瀰漫，塵土飛揚。

殿中諸人被這宏大的場面驚呆了，一時間都停了下來，怔怔地望著那滿地殘簷斷壁、塵土飛揚的鬥場。

好一陣，塵霧和灰塵消失了，鬥場中，我和摩天凝立於半空中，兩人都是衣裳破裂，臉色蒼白，頭髮凌亂，烈陽雙劍和摩天雙手的光芒都暗淡下來。兩人的身下，方圓五丈之內，呈現出一個下陷近一尺的橢圓形的凹坑，在這五丈範圍中的青石板小徑也全都碎爲粉末。我體內氣血翻滾，雙手微微顫抖，強自凝氣立於半空，緩緩運轉體內真氣，將翻騰的氣血壓下。

我緊緊盯視著摩天，剛才我們都是傾全力一擊，想來他也不會太好受！我們誰也不說話，都加緊運氣，誰先恢復，誰就將贏得這場勝利。一時間，場中變得非常的安靜！

# 第十章　一戰成名

就在我和摩天對峙在空中的時候，兩名刺客也回過神。一人偷偷地來到我的背後，運劍向我偷襲，而另一人則惡狠狠地撲向高占。

我心中大急，卻無暇多想，只有保住高占才能使我的計劃成功！手中的烈陽雙劍脫手而出，如流星一般，飛射那襲擊高占的刺客，身體更是運足十二分真氣護身，準備受我身後刺客一劍。

就在這時，只聽一聲高喝：「賊刺客，休傷我家殿下，某家來也！」一個人影橫裏撲來，手中誅神在空中劃過兩道閃電，直向我身後的刺客砍去，巫馬天勇終於到了，我心裏不由一寬。

此時，烈陽雙劍挾帶著我龐大的勁氣，已經襲到另一刺客身前，那刺客連忙舉劍撥打，但只覺得一股無法抵擋的氣勁傳來，將他的長劍蕩開，接著，只看到一道紅光一閃而過，他凌空倒飛，被我的烈陽劍釘死在牆上。

就在我雙劍脫手的同時，對面的摩天突然發難，雙手再次結印，排成一個八角形的九十二片掌影，已宛如實質的鐵板一樣呼轟壓下！

真是行家一出手，便知有沒有。這整齊而驚目的由九十二片掌影排列而成的八角形圖案，像是一個名雕匠的精心傑作。但是，縱然是真正的雕刻作品，只怕他也雕不了這麼快，這麼好，這麼玄奇啊！

九十二片掌形是凌空而來的，又是在一剎間便形成了，我在巫馬天勇現身後，心中再無顧忌，身體在摩天攻向我的同時，極其玄妙地在空中閃動，雙手不停地擺動，帶起無邊的勁氣。那勁氣宛如有形一般，在空中形成一個巨大的太極圖，一陰一陽旋轉不停。九十二片掌影好像一塊被瞬間震碎的冰雕，在一片低悶的「噗嗤」聲中消失得無影無蹤，而那太極圖也在一陣搖擺後，支離破碎。

一時間，場中再次暗流洶湧，周圍十丈內的物品灰飛湮滅，高占和正在場中打鬥的人都被無形的勁力推出老遠。我和摩天同時落在地上，身形不穩，我的嘴角更是流出血跡，那摩天也不好受，喉頭抖動幾下，強行將一口逆血咽下。

龍息殿如此巨大的動靜，終於將守在外城的侍衛們驚動，一時間，皇城內燈籠火把到處閃動，迅速將龍息殿團團圍住，更有人上前保護住高占。此時，巫馬天勇已經穩占上風，而那刺客則是心驚膽戰，已經無心再鬥了。

只見巫馬天勇誅神回繞，以驚人的速度劃過一道半弧，而在這一片匹練般的燦爛光輝裏，瞬間他已經不知道揮動了多少次，滾桶似的銀色光帶，有如怪蛇舞捲，霍然迎來。一連串令人耳鼓不及迎接的清脆撞擊聲密密響起，接著，兩條人影乍分，巫馬天勇口喘粗氣，以誅神拄地，半跪在地上，背上被劃開了一道長約半尺，深可見骨的傷痕。

那刺客身體在半空中翻滾，每次翻滾都灑下遍地的鮮血，當身體落在地上時，全身已經沒有一處完整，遍體全是刀傷，落地時已經氣絕身亡。

我一直關注著巫馬天勇的打鬥，現在看到他已經獲得勝利，我心中大喜，伸手將要圍過來的侍衛攔住。因爲我知道，下面的這一擊，我和摩天勢必都將拼盡全力，那威力將要毀天滅地，如果他們靠的太近，我不知道後果將會如何，巫馬天勇瞭解我的意思，在他的指揮下，眾人護著內心忐忑的高占緩緩向後退去。

我看著面色逐漸紅潤的摩天，心中不由暗暗欽佩，這個老道果然厲害，竟然在如此短的工夫就恢復了內力，不知不覺間，我竟對他產生一種惺惺相惜的感覺！

我開口說道：「摩天道長，雖然你我敵對，但是在下深深敬佩道長的功力，今日一見，我許正陽方知天外有天，人外有人，崑崙派千年聲譽果然不凡！」

「嘿嘿！小子，雖然你我仇深似海，但是我也要佩服你，二十餘歲，竟然有如此功力，怪不得我那兩個徒孫將你視若眼中釘、肉中刺，你前途不可限量！再過二十年，恐怕連那扎木合老妖怪也不是你的對手，天下第一高手非你莫屬！」他聲音嘶啞，顯然剛才的拼鬥也使得他元氣大傷，「今日老道拼著一死也要將你誅殺，你若不死，我崑崙百年內將永無寧日！」

「老道，我也是這種想法，若是讓你逃掉，我也一樣不得安生！但是我告訴你，衝著你還有兩分英雄之氣，不像你那些徒子徒孫只會用些暗算，以後你崑崙一脈，我會給你留一條根！」

我停了一下，感到體內的真氣已經恢復，「老道，我現在還有一擊之力，我將會用我最厲害的招式，希望你也不要留情，不然我會不痛快的！」

「老道也是，那我們就來最後一擊，今日這三擊，必將永存，自從敗於你師，五十年來，就以今天最爲痛快，痛快！痛快！哈哈哈！」摩天的面色已經恢復正常，大笑之後，「許正陽，就讓我們來展現出我們最強的功夫吧！」

說完，摩天身體已騰空而起，掌風漫天鋪地，只見掌影連著掌影，狂飆滾著狂飆，飛沙走石，氣流洶湧，而那隱隱的風雷之聲，頓時已變成尖厲的霹靂呼號。

「砰——哧哧」「嘩——啦啦」，掌影和焦點是如此準確，估計的部位是那般精密，一圈圈、一溜溜的勁力似已成爲有形，縱橫交織著，上下穿刺著，宛如一面寬闊而嚴緊的羅網。在網中，充斥著死亡，充斥著狠毒！

我也不再猶豫，身體如利箭般向空中直射，雙手帶著瀰天勁力，劃空而過，發出刺耳尖叫，宛如萬鬼同泣，身形如鬼魅般閃爍。我反覆將七旋斬施出，有時連續使出單招，有時七斬並出，有時循環使用，有時雙招聯舞，雖只一共七招，看上去卻是千變萬化，難防難測。尤其是那種快法，根本就使觀戰之人看不出我的掌式步眼！

這場拚鬥，乃是當世中天榜中的較量，一個名列天榜第四，一代宗師；一個是後起之秀，名震江湖的嗜血修羅，彼此都是內力深厚，走的都是快攻猛打的路子，誰也不肯相讓，誰也不能留情！

只見掌影翻飛，像流星，像飄絮，像浪舞，像山崩，這等威勢別說是那些侍衛，就連功力深厚的巫馬天勇也眼花撩亂，嘆爲觀止了。只見半空中的摩天大吼一聲：

「許正陽，來接我這最後一招，神鬼俱滅！」

這時，摩天的深厚功力顯露得淋漓盡致，像旱天的驚雷「叱啦啦」地暴震著。而雷聲翻飛在閃動交織的掌山裏，摩天像是陡然間多生出了八臂八腿，急厲而狂猛的勁力排湧迴蕩，漫天的掌影成弧狀，在一團團黑色霧影中穿射飛撞。它們無隙不容，無間不含地衝罩而去；豎砍的，斜劈的，反兜的，倒掃的，各個攻擊的角度與位置全然迴異，但卻包括了敵人任何一個可躲閃的空間！這種力量，這種威勢，幾乎已不敢令人相信會是單單一個人在同一時間裏所表示出的功力造詣了！

我突然感到了一種遮天蔽地的狂猛真氣，像一張大網將我牢牢纏住，讓我無處可躲。情急之下，我也顧不了場中眾人，修羅斬十八招同時攻出。

剎那時，天空中彷彿有十八個許正陽同時出手，呼嘯的狂飆如龍捲風似地繞體而起，片片如刃的掌影朝四面八方飛旋展舞，一串連著一串，一陣壓著一陣，一波推著一波，像浪花濺散，那麼密，那麼急，而這瞬息，天與地都變色了。

只見掌影翩翩，上下齊舞。在掌影的穿刺飛旋裏，兩條人影分別向兩個相異的角度搶出。一剎那間，聲寂形斂，方才所發生的一切，又頓時消散無蹤，兩個對手，相距一丈左右，全靜靜地互相凝視。

龍息殿四周一片寂靜，沒有人動一步，包括巫馬天勇，所有的人都驚呆了，剛才的這場龍爭虎鬥，完全是在空中進行，他們從來沒有見過有如此動人心魄的拼鬥，所發生的一切，彷彿是在夢中一般。

摩天的眼中流露著欣喜、震驚和疑惑，他伸出一手，指著眼前衣裳盡碎的我，口中用一種難以置信的口氣說：「修，修，修羅！……」話未說完，天靈爆裂，七竅流血，直挺挺地仰面栽倒在地，氣絕身亡。

看著眼前的一幕，我不禁對摩天產生了憐憫。他拼死征戰，爲的是什麼？我知道他剛才想說什麼，他想說的是，我剛才所用的是修羅斬！

我沒有說話，這場拼鬥是我武功大成後最危險的一場拼鬥，摩天名不虛傳，在他倒下後，我再也壓抑不住體內的傷勢，一口鮮血噴出，我無力地癱在地上。我已經耗盡了體內的真氣，而且剛才摩天的最後一擊，著實讓我心脈受傷不輕。

此刻，高占和巫馬天勇等人已經清醒過來，連忙奔跑過來，將我扶起。高占滿臉的淚花，巫馬天勇則是一臉敬佩，其餘的侍衛更是已經激動得無話可說。

我勉強睜開眼，「父皇，莫要擔心，兒臣只是因爲內力耗盡，一時虛弱所致，休息一下就可以恢復！」然後，我又對巫馬天勇說：「天勇，煩你將摩天的屍體帶給戰國公，告訴他這裏發生的事情，我想他會知道該如何對付那個南宮飛雲的！」

說完，我一陣氣短，高占連忙說：「皇兒，莫要再說！先進屋休息，城防之事就交予興兒，他必會不負所託！」說完，高占向兩邊侍衛大吼：「還不快將傲國公抬進養心殿，快點叫太醫前來，我皇兒若有好歹，你們就全部陪葬！」

我呸，大吉大利，什麼話不好說，說這！神智昏迷的我被眾侍衛慌慌張張地抬進養心殿。

此刻，東京北門，正在上演著一齣激烈的攻防戰！戰鼓震天，鐵血軍團經過數天的休整，捲土重來。遭到突然襲擊的東京守軍好在一直都未放鬆警惕，很快組織起防禦。但是此次鐵血軍團的進攻不比以往，南宮飛雲傾整個軍團的兵力投在北門，誓要拿下東京。三十餘萬人在東京城前，組成密密麻麻的方隊，一波又一波輪流向東京發起了猛烈的進攻。

剎那間，東京城頭火光沖天，人頭簇動，血肉橫飛，鐵血軍團在數萬輛鐵牌豎車的掩護下，迅速來到了東京城下，爭先恐後的向城頭攀沿而上。東京守軍將一桶桶黑油順著牆根倒下，接著點燃黑油，霎時間，一道由沖天的大火所組成的火牆矗立在城前，先前衝到城下的士兵慘叫著，一個個火人在城前倒下，東京城頭一時間瀰漫著一股難聞的屍體的焦臭氣。

這時，梁興和鍾、仲二人率領著預備軍在消滅了城中的內應後，登上城樓。他放眼望去，火光照耀下，鐵血軍團從四方八面發動一波接一波的攻擊，喊殺震天。他們不但截斷護城河的源頭，還以沙石填平了主城門外的一大截護城河。在剛才那陣大火和箭石之下，鐵血軍團的首輪進攻被打退了，正在準備著下一輪的攻勢。

梁興雖然久經沙場，也曾面對過如此的千軍萬馬，但那時因爲有我在，他從沒有指揮這樣的大規模攻防，那時，他只需要聽從我的調遣，根本不需要考慮很多。但是現在，我不在城頭，城頭的眾將官的士兵都在看著他，他明白從這一刻開始，就要擔負起指揮的重任。

遙望著遠處不斷攻入城前的鐵血軍團，在沖天的火光下，書有「南宮」字的帥旗在中軍隨風飄揚，軍容鼎盛，威勢逼人。梁興也暗自吸了一口冷氣，好一個南宮飛雲，好一個鐵血軍團！他看看身邊的眾人，大家臉上都露出了一絲恐懼，他知道此時最重要的，就是要將人心安撫下來，於是提氣高喝，「眾將官，眼前賊寇雖眾，但是只是一群烏合之眾，我們有天神護佑，執正義而行，賊人逆天而行，必遭滅亡！」

霎時間，城頭的眾兵將同聲高喊：「天降神明，佑我明月！」眾人眼中的恐懼在瞬間一掃而光，取而代之的是一種莫名的狂熱，有些時候，精神上的崇拜勝過任何形式的鼓勵。

此時的梁興，一身黑色軟甲，手握裂空，背負霜冥，一頭火紅赤髮在火光的輝映下，隨風飄動，宛如一簇跳動的火焰，威風凜凜，殺氣騰騰。

鍾、仲二人相互一視，同聲高呼：「修羅！夜叉！」城頭眾人立刻想起梁興赤髮魔王的綽號，眼下修羅，夜叉，地獄中的兩大殺神都站在己方的陣營，自己還有什麼可怕的？城頭之上士氣高漲，氣焰沖天，似乎眼前的這數十萬鐵血軍團不過是些土雞瓦狗。

城下戰鼓隆隆，鐵血軍團在經過短暫的調整後，再次聚集在一起向東京城攻來。南宮飛雲的中軍布在一個小丘上，以騎兵爲主，重裝備的盔甲軍爲輔。前鋒軍由盾牌兵、箭手、刀斧手和工事兵組成，配備了檑木、雲梯、樓車等攻城的必須工具。左右側翼軍每軍五萬人，清一色都是騎兵。中軍的後方尚有兩支部隊，既可防禦後路，又可作增援的兵員。

此時正是四更時分，天色黑沉，不見一顆繁星，天邊遠遠飄來幾朵烏雲，但是場中的火光照耀大地，映得兵器熠熠生輝，更添殺伐的氣氛。數萬輛專擋箭矢的鐵牌豎車，開始朝東京方向移動，每輛車後隱著十多名箭手，只要抵達適當距離，便可以從豎高達兩丈的大鐵板後往城頭發箭，掩護其他人的進攻。

只要想想鐵血軍團那輝煌的戰績，便知這些看來全無美感只像一塊塊墓碑般的鐵牌車不是鬧著玩的。

樓車開始推進，像一座座高塔般移來。在樓車上的戰士，由於高度與牆頭相若，不但可以把整個城頭籠罩在箭矢的射程內，當靠近城牆時，戰士還可直接跨上牆頭，攻入城內去。

號角聲大起。數以千計的投石車在數千名工兵的推動下，後發先至，越過了樓車，追在擋箭鐵牌車之後。三餘萬鐵血軍團一齊發喊，戰馬狂嘶，令東京城外風雲變色。

梁興飛身縱上東京城樓，提氣護身，冒著漫天的箭雨，高聲對著城外的鐵血軍團喝道：

「夜叉梁興在此，南宮老賊，月前你與那歐陽中天在皇城合力戰我，未分勝負，今日可敢與我一戰？」

他的聲音穿過夜空，數十萬士兵的吶喊也沒有將其掩蓋。戰場中的每一個人都清楚地聽到每一個字，東京守軍聞聽，氣勢更是暴漲，身後的眾將無不熱血沸騰！漫天的箭雨在梁興身前三丈被他的真氣所阻，紛紛墜落，一時間，東京城頭再次高聲吶喊：

「天降神明，佑我明月！」

南宮飛雲拍馬現身，手中長槍遙指梁興，冷聲喝道：「若是許正陽同意你戰敗後將東京拱手相讓，南宮飛雲與你一戰又有何不可，無知小兒，竟將這萬軍對壘的沙場看成兒戲之地，可笑！可笑！」聲音高而不亢，傳遍丘陵山野、城外城內，可見其功力之精湛，不在梁興之下。

挺進的鐵血軍團在主帥的豪言壯語之下，一起發喊，將城頭的聲音蓋過。

「南宮無膽，休要找藉口推脫，你要戰，便來戰！且讓你一識夜叉之威！」說完，梁興縱身飛下城樓，來到一具投石車前，抓起一塊百斤巨石，力貫雙臂，狠狠地向一輛駛近的樓車砸去。

那巨石如劃天而過的流星，夾雜著梁興雄渾的內力，呼嘯著飛去，正中樓車，只聽一聲巨響，樓車轟然倒塌，車裏的士兵隨著樓車一起摔下，並砸傷了許多跟在樓車下的士兵。東京城頭再次一齊喝采，聲勢攝人。

梁興一見時機已至，大喝一聲：「投石、放箭！」在一片吶喊聲中，長達數里的城頭上，近千具投石機一起發射，勁矢夾雜著巨石如雨點般飛向城下，鐵血軍團一時人仰馬翻，血肉橫飛，慘烈至極。

鍾炎和仲玄互相對視一眼，仲玄低聲說：「看來傲國公不必親來，戰國公一人足矣！」

鍾炎也深有體會地點了點頭。

南宮飛雲顯然沒有想到，單只是一個梁興，就將他十幾萬大軍阻於城下。而且在近十日的鬆懈防備後，東京守軍居然還保持著如此高昂的鬥志，絲毫沒有懈怠，這與他印象中的皇城三軍和飛龍軍團完全不一樣。

他立在山坡之上，仰天長嘆：「那許正陽遲遲沒有現身，師祖也沒有回信，想來刺殺高占一事並不順利，甚至可能已經失敗。而這個梁興似乎並不比許正陽弱上多少，單看眼前城頭將士的頑強阻擊和高昂鬥志，即使攻進東京，鐵血軍團必將損失慘重，而身後青州向家軍也正在逼近，莫非我真的是逆天而行，天不助我成事！」

南宮飛雲現在只有寄託於城裏的摩天能夠成功，於是他下令加緊攻擊，鐵血軍團在一陣火炮的掩護之下，再一次衝向東京，數千輛投石車也緩慢地跟進。

梁興站在城頭，密切的注視著戰場上的變化，當他看到鐵血軍團再一次湧上來時，也不僅對於鐵血軍團的戰力讚嘆不已。

這時，城下的投石車不斷地向城頭發射，在火炮的攻擊下已是千瘡百孔的東京城牆，再也無法抵擋如此猛烈的攻擊，一處城牆轟然倒塌，露出一個寬有一米左右的缺口。鐵血軍團的士兵精神一振，吶喊著蜂擁而上，梁興身邊的多爾汗一見，虎吼一聲，帶領著數千名士兵一湧而上，用身體將缺口牢牢堵住。

梁興看著遠處還在不斷駛近的投石車，和連綿不絕湧過來的鐵血軍團，對身邊的鍾、仲二人說：「那些傢伙實在是討厭，必須要將它打掉，還有，我們如果一味的這樣防守，實在太過被動！」他頓了一下，「仲玄老將軍，拿著這把霜冥，請代我在城上指揮！不聽將令者，老將軍可隨意處置！鍾炎老將軍，你可有興趣陪本公出城一戰?!」

鍾炎聞聽激動得鬚髮亂抖，「戰國公尚不惜命，鍾某又有何不願！」

仲玄開口想要阻止，梁興一擺手，「老將軍莫要再講，我心已定，東京防務就拜託老將軍了！」

仲玄無法，眼前的情況如果繼續死守，恐怕連天亮都無法堅持到。梁興的主意雖然凶險，但是也只有這一條路可以走了，他伸手接過梁興手中的玄霜，「戰國公保重，老夫願一死守城，城在人在，城失人亡！」

梁興一陣大笑，走下城頭，鍾炎緊緊相隨。

我一直保留著一萬的驍騎，目的就是爲了在適當的時間出擊。防守十幾日，這些驍騎早就憋著一口氣，此刻，他們聚在城門處，梁興跨上早就蹲在城門口的飛紅，口中一聲尖嘯，嘯聲劃破夜空，一把抓起一旁抬來的飛翼，大吼一聲：

「將士們，讓我們殺出去，讓他們見識一下什麼叫做天威難擋！」

這時，一道閃電劃過夜空，接著，一連串的炸雷在城外響起。城內的驍騎軍士氣大漲，城門一開，梁興一馬當先殺了出去，身後的鍾炎手舞刺天戟，帶領著一萬驍騎吶喊著緊隨其後殺出城門。

城外的鐵血軍團沒有想到會有這樣一彪如狼似虎的驍騎殺出，一時間被衝得手忙腳亂，紛紛後退。城上眾人也趁勢將缺口堵上，一齊吶喊！

梁興手舞飛翼，在空中劃出耀眼的光亮，身前的鐵血眾將只覺一股勁風迎面襲來，連呼吸都有些困難，他們原本也是悍勇如虎，但此刻，他們眼中被厲芒所蔽，耳中更貫滿飛翼破空而來的奇怪嘯聲，再難以把握敵人的來勢位置。接著手中一輕，待發覺手中只剩下半截長矛，大駭欲退時，已紛紛濺血墜地，死時連傷在什麼地方都弄不清楚。接著，鍾炎率領一萬將士左突右衝，一時間，鐵血軍團人仰馬翻，亂作一團。

這時夜空中炸雷再響，緊跟著瓢潑的大雨傾倒下來，梁興只覺體內真氣激蕩，一聲長嘯，身體騰空而起，手中飛翼在空中劃出一道美麗的光環，場中鐵血軍團的眾將士只覺空中一亮，原本漆黑如墨的夜空中突然出現了漫天的繁星，跟隨著瓢潑的大雨落下，讓人無法躲閃，接著就是喉頭一涼，近百人已經倒在血泊之中。

梁興空中一個轉身，落在飛奔過來的飛紅身上，左手裂空，右手飛翼，左劍右槍，身邊無一合之將，所過之處，敵人無不聞風喪膽，無人敢阻。再加上天降大雨，使得戰場上泥濘不堪，多數的樓車和投石車都癱在泥水中，無法前進。

梁興越殺越覺痛快，真氣澎湃讓他覺得有渾身的力量無法使盡。剎那時，心中一片空明，眼前諸敵的動作在他眼中變得無比緩慢，體內的真氣如玉珠滾盤，暢快淋漓，停滯不前已經有數年的清虛心經，在這一刻豁然突破，進入了太素境！

夜空中，再次響起一聲炸雷，震耳欲聾，梁興剎那間回到了現實，手中刀槍相交，大吼一聲「天雷破！」（**梁興在雷聲中創出了他震驚世人的修羅三破的第一式，天雷破！**）用令人不可思議的速度在空中揮動。戰場上再次響起一聲巨響，夜空中出現了一個直徑有三丈的光球，呼嘯著，帶著隱隱的雷聲砸向地面。

首當其衝的三百多名鐵血軍團的士兵迅速被那光球淹沒，只聽一聲巨響，光球消失，地上出現了一個大坑，裡面堆滿了殘肢斷臂。

城上眾人看到這一幕，不由得一陣歡呼，葉家兄弟和多爾汗更是再也無法抑制體內的沸騰熱血，縱身從城牆上躍下，殺入敵陣！城頭上「夜叉」的吶喊聲此起彼伏。

巫馬天勇在這時走上城頭，將手中摩天的屍體交給仲玄，在他耳邊低聲地說了兩句。仲玄先是臉上一驚，接著面露喜色。他命人將摩天的屍體掛在城牆，並且點燃了黑油，城頭火光沖天，仲玄高聲喝道：

「逆賊南宮飛雲，你睜大眼睛看看這是誰的屍體！」

南宮飛雲本已準備親自上陣，聽到喊聲，順勢望去，在東京城頭沖天的火光中，他一下認出了摩天的屍體，只聽城頭響起一個中氣十足的聲音：

「南宮飛雲，你的師祖摩天已經被傲國公擒殺，刺客被一網打盡，哈哈哈！」

南宮飛雲心中一涼，手指城頭，仰天大叫：「許正陽，我南宮飛雲與你勢不兩立！」說完，在馬上一晃，一口逆血噴出，一頭栽下馬來，昏迷不醒。

身邊的眾將連忙將他扶起，七手八腳將他救醒，南宮飛雲一聲長嘯，嘯聲中充滿了不甘和無奈，「退兵！」

是役，鐵血軍團圍攻東京近月，損失近三十萬，東京城外血流成河，泥土中因浸透了鮮血而變成了紅色，二十年間沒有褪去，直到百年後，還有人不時在這裏發現森森白骨。後世人稱這次攻防為：血色攻防戰；而在最後一次的攻防中，有夜叉之稱的梁興，首次向世人展現了他出色的軍事指揮才能和兇殘的本色，單人斬殺敵軍兩千餘人，萬騎長二十三人，千騎長不計其數。

而修羅許正陽更是屢次破壞南宮計謀，展現了他高人一等、洞察先機的戰神本色，而且單人擊殺在天榜中排名第四的摩天，聲勢直逼天下第一高手的寶座！炎黃大陸上，修羅、夜叉之名遙相呼應，如日中天。

是小月嗎？她就站在我的面前，帶著迷人的微笑，我心頭不禁平靜了許多，四周到處是殘缺不全的屍體，此刻，我正站在無數森森白骨之上。

爲什麼，小月的笑容裏帶著一絲淒涼？爲什麼我突然感到了一絲悲哀？但是我沒有猶豫，飛快地奔向小月，高叫著她的名字。當我來到她的面前，我停了下來，張口想要說話。可是突然間看到小月的眼中流出一行淚，接著，我眼前銀光一閃，小月拔出長劍向我刺來……我從夢中驚醒過來，身上流出一身冷汗，原來是一場夢。

我努力將心中的波動平定下來，擦了一下額頭的冷汗，爲什麼我會做這樣的夢呢？我心中湧起一種不安。

我仔細打量了一下四周，富麗堂皇的房間，很陌生，這是哪裡？讓我想一想，對了，昨天我和摩天激戰，後來我昏迷了過去，這裏應該是皇宮！這時，門輕輕地被推開了，走進來一個十分俏麗的宮女，一見到我醒來，連忙放下手中的盆子，跪下說：「參見殿下！」

我走下床，暗中查看了一下我的身體，嗯，真氣充沛，身上沒有一點的疲憊，看來那些太醫用了不少好藥。

「起來吧！現在是什麼時候？」我問道。

「殿下，現在已經是午時了，殿下從昨天一直睡到現在！」宮女站起來回答。

我微微一笑，沒想到我睡了這麼長的時間，不知道外面的情況如何了？我看了一眼眼前的宮女，「聖上現在怎樣？城外的戰事如何？」

「稟殿下，聖上目下在大殿中與眾位大臣議事，城外聽說已經退兵了！」那宮女畢恭畢敬地回答。

什麼！南宮飛雲退兵了！我心中一陣狂喜，我吩咐宮女退下，一個人在屋中靜靜思索。這次南宮飛雲退兵想來是真的，那麼說來，援兵已經到了，但是不知道是哪一路的援兵。

我想了一陣，起身走出屋外。屋外陽光明媚，我的心情一陣舒暢，美好的一天，想來一切都會有一個美好的開始。我漫步在宮中，所有的人見到我都露出尊敬的眼光，甚至有些崇拜，這讓我的心情更加舒暢。

不知不覺中，我竟來到了大殿之前，既然來了，那就聽一聽他們在說些什麼，我主意一定，舉步走向大殿。殿外的侍衛早已發現我的到來，他們不敢怠慢，連忙走上前向我請安，我神色和藹，「請這位大哥入殿通報，就說傲國公許正陽請見！」我微笑著對那個侍衛說。

要知道，我雖然是高占的乾兒子，但是我根基還不夠紮實，所以我不能露出一副囂張跋扈的模樣。我必須要收買人心，大到皇親國戚，小到販夫走卒，我都要小心對待。

那位侍衛顯然沒有想到我會這樣親切，東京被圍二十天來，我所顯露出的儘是兇殘、睿智和冷靜，再加上我修羅的兇名和在城頭的表現，現在的我，已經被許多人視爲是神一樣的存在。一時間，他竟有些受寵若驚，結結巴巴地說：

「殿，殿，殿下，皇上有，有命，如果殿，殿下來了，不需通，通，通報，直接入殿！」

看著他結巴的樣子，我啞然失笑，習慣地拍了拍他的肩膀，「那是皇上對臣子的寵愛，但是身爲臣子，必要的禮節還是要講的，不然成何體統！還是煩勞你通報一聲！」

「殿，殿，殿下還請再次稍候，小人馬上前去通稟！」

我點點頭，站在殿前等候，沒有多長時間，就聽大殿中傳來一聲高喊：「宣傲國公許正陽入殿！」那個侍衛急急忙忙地跑來，「殿下，皇上請殿下馬上入殿！」

我點點頭，正了正衣冠，大步走入殿中。

大殿之上籠罩著一種緊張的氣氛，所有的大臣們都在。我意外地發現，除了梁興，幾乎這次參與東京城防的所有將領都立在大殿兩側，鍾炎、仲玄，還有鍾離師、伍隗，巫馬天勇，甚至連多爾汗等人也在殿上。

高占一見我進入大殿，連忙站起，「皇兒，身體可已復原？怎麼不再多休息一下！」要知高占乃是一國之君，而他在我入殿時竟然站起，這是一種何等的寵愛！瞬間大殿之上竊竊私語之聲響起。

我連忙跪下，「兒臣許正陽參見吾皇，願吾皇萬歲！萬歲！萬萬歲！」

高占面帶慈祥笑容，「正陽平身，朕不是說過，免你覲見時參拜之禮，怎麼忘記了？」

「吾皇乃是我明月的象徵，兒臣理應拜見，而且君臣之禮萬不可廢，不然如何顯我天朝威嚴，所以還請皇上撤去此命，萬不可因兒臣而壞了朝廷的禮數！」

我的話再一次引起殿中騷亂。免去覲見之禮，乃是一國之君對臣下最大的寵幸，而今我竟公然請高占收回此命，令群臣都不禁為之愕然。

高占聽了我的話，不僅沒有因為我的頂撞生氣，反而開懷大笑，「好！我兒時刻為朝廷著想，真不愧是我明月的棟樑，我明月有修羅和夜叉維護，何愁不興旺，哈哈哈……」

高占一陣大笑。笑完，他臉色一正，「正陽，你來的正好，多日來，你與興兒為守東京，日夜操勞，真是辛苦了，我正在想該如何賞賜你二人！」

這時梁興閃身出列，和我並排站立，同時恭聲說道：

「兒臣食朝廷俸祿，理應爲朝廷盡心竭力，安敢奢圖任何賞賜？況且，此次東京城防，是皇上洪福齊天，叛逆自不量力。而且有賴眾將拼死，士卒浴血，兒臣萬不敢占此功勞，若皇上要賞賜，就賞賜給各位浴血奮戰的將士！」

「好！好！我兒居功不傲，真是難能可貴！傳朕旨意，此次參與城防眾將，一律官升一級，士卒每人賞金幣十枚，陣亡將士家屬撫恤一律從優，子女由朝廷撫養！」

臉上帶著笑容，高占續道：「我兒兩次救駕，而且以十數萬將士，力抗數倍於我、還曾是我明月最精銳的鐵血叛逆，力保東京無事，功在社稷！從今天起，許正陽、梁興可自行組建軍隊，朕想，就以我兒的綽號爲名，組建修羅、夜叉兵團，各兵團人數不限，眾將由我兒自行任命，所需費用由戶部撥出，望我兒能再接再厲，重振我明月雄風！」

我心中大喜，這才是我最想要的東西，正要代眾將領旨謝恩，就聽有人高喊：「陛下，此事萬萬不可！」一旁數位大臣搶上阻止。

又是這幾個蒼蠅，上次力主打開城門的就是這幾個，現在又來和我作對。我心中大怒，殿上眾將也面露怒色。

「嗯？有何不可！」高占臉上露出不快，臉色一下子就變得十分陰沈。

「臣以爲，傲國公、戰國公二人守城雖有功勞，但是在這月餘，城防軍屢次破壞民居、隨意拆遷，不問百姓意願，強行徵用平民參戰，民怨極大。而且調用國庫大量的物資，這些物資在戰後又不知去向。更甚者，他們主持防務，竟使奸細混入城中，危及我皇安全，造成皇城內侍衛死傷，更拆毀龍息大殿，破壞我明月風水！所以臣以為，傲國公、戰國公不宜受此封賞！」

好傢伙，我竟有這麼多的罪狀？

「那以你所見，應該如何呢？」高占的語氣中暗含殺機，他看著眼前滔滔不絕的大臣。

「臣以為，應該組織人手調查，看那些物資到底流向何處，是否與兩位國公有關；而且還應查處守衛不嚴之責！」

我一旁暗暗冷笑，這是你們自找死路，當初我不同意開城放行，是你們喊著要開，現在你們既然自己送上門來，可別怪我！

果然，高占聞聽大怒，一拍身前龍案，大喝一聲：

「住嘴！爾等在危急之時沒有出力，我兒浴血三十日，奮力維護京師安全；所取物資，我兒均有賬呈於我，何來去向不明？說到刺客危及皇城，好像當初就是你們要打開城門，我兒曾力阻爾等所議。這事我本不願追究，而今你們不思悔改，反而誣賴我兒，挑撥我父子之情，居心險惡，若不處置，我兒清名何在！」

這時，我面現委屈之色，上前奏道：「皇上，萬不可因為兒臣之事，再為京城增添血腥，三十日來，已經流了太多的血了！兒臣對吾皇之心可昭日月，甘願受查，以正我朝廷視聽！」

我這不說還好，這一說，簡直就是火上澆油，高占拍案而起，「我兒不必再說，朕自有主張，既然已經流了那麼多血，又何妨這一點，來人！將這些亂臣賊子拉出去，剮！」早有殿外侍衛應聲閃進，拖著那幾個人就向外走。

大殿上一片沉寂，高占陰森森地環視大殿，「誰還有異議！」殿上沒有聲響，「今後，誰若再挑撥我父子之情，剛才的那些人就是榜樣！就依剛才所議，來人！傳旨下去！」

高占又安慰了我和梁興幾句。

就在這時，有侍衛上殿稟報：「啓稟聖上，青州定東伯向寧率青州二十萬兵馬，目下在離京五十里處紮營，意向不明！」

高占聞聽臉色大變。經過高飛一事，他已經對這些諸侯不再信任，更何況向寧領兵勤王卻不來覲見，其心難測！

他巡視了一圈，最後將目光還是停留在我和梁興身上，經過諸多事件，高占現在最相信的恐怕就是我和梁興了，「我兒對此有何看法？」他問我。

「稟父皇，向寧來京，乃是太子殿下在南宮起事之前，見京師危急，暗中寫信告之。想來他們勤王之意不假，但目下他紮營五十里外，動向不明，不可輕易相信。如今京城動亂方定，百姓居無定所，將士疲憊不堪，而且能戰之將已經不多，目下萬不可再起戰事。所以兒臣以為，應先派一重臣前往打探，摸清向寧意圖後，再做定奪！」

「我兒之意甚得朕心！眾位愛卿，哪位願前往一探？」

眾大臣相互一視，沒有人出聲。

「爾等平日裏自詡為忠貞之臣，為何每到關鍵之時，就沉默寡言。」高占一見十分失望。

我看時機已到，和梁興默默交換了一下眼神，我閃身站出，「父皇，若不嫌兒臣愚魯，兒臣願請命前往青州軍一探虛實！」

「正陽，你連日激戰，身體未復，實在不宜前往，要知此去福禍不明，若你有任何閃失，這京城安危何人可擔此重任！」高占十分激動。

我知道他是出於真心。但是此行我必須前往，因為我知道東京實在是再也經不起任何的動盪了。

「父皇，兒臣深知此去兇險，但兒臣出身草莽，賤命一條，丟之無甚可惜，眾位大臣乃是國之棟樑，萬不可輕涉險境！而且，向寧多年來鎮守青州，維護我明月邊境，對皇上忠心耿耿，只是以前多受朝中亂黨壓制。如此良將棄之不用，實在可惜！兒臣斗膽請父皇降旨，任命其為定東侯，與那南宮飛雲同列五千戶侯，以平他心中怨氣，想來也無甚兇險！京城自有戰國公維護已經足夠！」

「好！就准我兒所奏！封向寧為定東侯，世襲此職！我兒打算帶多少人前去？」高占關心地問我。

「兒臣不帶一兵一將，隻身前往！」我話音剛落，殿上議論紛紛。

「此事萬萬不可！你孤身前往，太過於危險，我看你還是帶五千驍騎前往為好！」高占連連搖頭。

「皇上！兒臣孤身前往，更顯朝廷對向家的信任，即便情況不妙，以兒臣的身手，脫身想來也並不難辦；況且，向寧有二十萬大軍，區區五千驍騎，不過是杯水車薪，兒臣不希望再有將士做無謂的犧牲！」

大殿上一下子寂然無聲，大家都用十分尊敬的目光看著我。

高占想了想，點頭同意。

「那我兒打算何時出發？」

「此事萬不可拖，兒臣願立刻動身前往！」我斬釘截鐵地說。

高占擬好旨，他沒有交給別人，而是親自走下來遞給我，「那好！朕也就不再多說什麼了。正陽，你要多加小心，為父再也經不起打擊了！」說到這裏，高占的眼中含著淚花。我也不禁為之動容，我瞭解高占的話中之意，接過聖旨，轉身就要走。

「正陽，且慢！」高占喊住我，「拿來！」他轉身對身後說。早有侍從將一個托盤捧上，高占掀開蓋在托盤上的黃綢，上面赫然放著就是我的烈陽雙劍！

高占顫顫巍巍將烈陽雙劍拿起，來到我身邊，我剛要伸手去接，高占搖頭示意我轉過身去。我順從的轉身，他親手將雙劍綁在我身上，不理滿朝文武的議論聲。

「正陽，這烈陽雙劍我已經替你仔細擦拭過，如今賊人的血已經拭乾，今日我親手爲你綁上，祝你此行順利，爲我朝再立新功！」說著，高占竟然流出了眼淚。

我心潮澎湃，跪在高占面前，「父皇請放心，兒臣必將不辱使命，以謝皇上今日綁劍之恩！」

「早去早回！」高占將我扶起，聲音顫抖。我堅定地點點頭，沒有再說什麼，轉身走出大殿，我對此行抱著無比的信心！

東京城五十里外，青州軍大營。

向寧在帳中來回踱步，內心十分煩躁，四個兒子和青州眾將看著在大帳中不停走動的向寧，都有些感到頭暈。

向寧今年有四十多歲，中等個頭，清瘦的身材，白淨的面孔透著儒雅氣質。遠看上去，他根本不像一個領兵打仗的將軍，更像一個飽讀詩書的文士。但是，千萬不要被他的文靜外表所矇騙，輕視他的敵人，都已經為他們的錯誤付出了生命的代價。

向寧師從飛天大林寺住持神樹大師，手執一把三尖兩刃刀，在萬軍之中取上將首級如探囊取物，師門的降魔真氣已經修煉至第九重境界，乃是大林寺數百年來難得一見的人才。他為人城府極深，心思縝密，用兵如神，在青州更有『鬼狐子』之稱，鎮守青州十年來，屢破來犯之敵。青州地界流傳有這樣一句話：「向狐子胸藏百萬兵！」東瀛兵更是聞向寧之名而逃。

向寧有四子。長子向東行，自幼多病，無法習武，但卻剛烈無比，每逢戰事，必命人抬榻督戰，身後跟隨一百校刀手，若抬轎之人後退，必被校刀手斬殺，人稱「向老虎」。他一身暗器，令人防不勝防，兼且馭下仁厚，曾在巡視兵營之時，見到一名傷員生有毒瘡，竟親自為他吸出膿液，所以麾下將士無不拼死效命。

次子向南行，生性暴烈，一把火焰槍，有萬夫不擋之勇，人稱「火爆麒麟」。有一次東瀛突襲青州，有人問他能不能擊殺敵方主將，向南行二話不說，領著一百親兵殺入敵營，守城之將大駭，連忙通報向寧。待向寧領兵趕到，向南行已經手拎敵帥首級返回城裏，一百親兵無一傷亡，舉城皆驚。麾下清一色重騎兵，個個悍不畏死。

三子向西行，生性堅韌，遇事冷靜，頗有向寧風範，手中秋風落葉刀。爲人至孝，十六歲時，乃母患病，需雪狼之血方可救治，只是那雪狼生活在青州西北終年積雪的野人山上，而且生性狡猾殘暴，又喜群居，極難捕捉；但他獨闖有死域之稱的野人山，在積雪中守候十天，終於等到一群雪狼，他一人斬殺數百隻雪狼，取得狼血，從容而退，從此「嘯天狼」的稱號不脛而走。

幼子向北行，自幼有神童之稱，協助向寧鎮守青州，善出奇兵，向寧每用兵必先詢問他的意見，手執斬天戟，有「魔豹」之稱。

青州人稱呼向家父子爲向家五獸，還編了一個順口溜：獸中王，鬼狐子，老虎吼，百獸驚！攻城掠地有麒麟，嘯天狼，守青州，更有魔豹使奇謀。

除了這四子，向寧麾下還有無數猛將，可以說，青州兵是兵強馬壯，絲毫不弱於鐵血軍團，只是由於向寧原本是飛天皇朝的人，而且性格耿直，雖然屢立戰功，卻始終受到排擠。

眼下向寧舉棋不定。一個月前，他接到太子高良的信件，告訴他青州貢品被劫之事，說京中目下十分緊張，南宮飛雲叛跡已現，此次貢品被劫，就是他所爲。希望向寧立刻進京勤王，榮華富貴指日可待！

向寧接到信後，立刻與眾子和諸將商議，大家都認爲這是一個難得的機會，如果明月尚有可爲，那麼這次勤王，將是一次取得朝廷信任的好機會。如果明月真的已經沒有希望，那麼讓他們先拼個你死我活，然後再取而代之，也未嘗不可！於是向寧點齊兵馬，殺向東京。

一路上，他們聽到了無數關於許正陽和梁興的傳說，而且還探知了東京城那激烈的戰況，向寧不由被這兩個人所吸引。一是我們恐怖的功力讓向寧半信半疑，二是我們在城防中出色的表現，令向寧刮目相看，三則由於我們是從飛天叛逃而出，令向寧有一種親切感。

今日一早，當向寧趕到東京城，南宮飛雲已經在昨天退兵。向寧仔細打聽了關於這次戰役的情況，不禁對我和梁興產生了深深的敬意，特別是聽到我將天榜中名列第四的摩天斬殺時，整個大帳都為之騷動。

要知道，能夠位列天榜前五名，那就等同於神仙中人，而我將摩天擊殺，就意味著我已經將那第四位的位置取而代之，對於一個習武之人，那是何等的榮耀！

但是當向寧得知東京目前的情況時，他不禁躊躇起來。眼下的東京已經是不堪一擊，向寧相信，只要兩天時間，他就可以拿下東京，而且不會有多大的傷亡。而最近的援兵，預計也要四天才能到達。打還是不打，向寧陷入了兩難，麾下的眾將也分成兩派，一時爭吵不休，該如何是好呢？

就在這時，門外衛兵來報：「京城派來欽差前來！目前在營外等候！」

向寧一聽，為之一愣，欽差？來幹什麼？他連忙問衛兵：「可知那欽差叫什麼？」

「啓稟大帥，欽差乃是傲國公，許正陽！」

「什麼！你可聽清！」

帳中一片騷動，畢竟「修羅」許正陽之名，現在已是家喻戶曉。

「大帥，沒有錯，他是這麼說的！」

在得到衛兵的確認後，向寧想了一下，問道：「欽差帶了多少人來？」

「大帥，只有他一個人，沒有帶任何的兵將！」

向寧聽完，更是一愣，他掃視了一圈，最後，他向幼子問道：「西行，你如何看此事？」

向西行想了一下，「父親，那許正陽這時候來此，目的不外是探聽我軍的動向，想來東京對於我們已有懷疑，依孩兒之見，不如讓他進來，聽一聽他如何說，然後再做定奪！」

「還說什麼！依孩兒之見，那許正陽只有一人，將他殺掉然後殺入京城，殺掉那狗皇帝，爹爹你做皇帝，不再受那些鳥氣，豈不快哉！」一旁的向南行嚷嚷道。

「住嘴！那許正陽是那麼好對付的嗎？南宮飛雲何等人，五十萬大軍圍困東京一個月之久，尚且落得鎩羽而歸；摩天道長何等武功，竟被他擊殺！若要將他圍殺，即使成功，在座的將軍恐怕要有大半要陪葬。更別提京師還有一個夜叉梁興！讓你多讀些書，就是不聽，好好用你的腦子想一想！」向寧怒斥向南行，一時間向南行啞口無言。

向寧想了一下，「來人！大開營門，迎接欽差！帳中諸將隨我一起前去迎接，我倒是要見識一下，修羅到底是何等樣人，竟有如此膽氣，敢孤身前來！」

請續看《炎黃戰神傳說2》

# 天下炎黃 卷1 鳳凰傳說（原書名：炎黃戰神傳說）

作者：無極
出版者：風雲時代出版股份有限公司
出版所：風雲時代出版股份有限公司
地址：105台北市民生東路五段178號7樓之3
風雲書網：http://www.eastbooks.com.tw
官方部落格：http://eastbooks.pixnet.net/blog
Facebook：http://www.facebook.com/h7560949
信箱：h7560949@ms15.hinet.net
郵撥帳號：12043291
服務專線：(02)27560949
傳真專線：(02)27653799
執行主編：朱墨菲
美術編輯：許惠芳

法律顧問：永然法律事務所 李永然律師
北辰著作權事務所 蕭雄淋律師

版權授權：縶畫斗
初版日期：2013年9月
初版二刷：2013年9月20日
ISBN ：978-986-5803-11-7

總 經 銷：成信文化事業股份有限公司
地　　址：新北市新店區中正路四維巷二弄2號4樓
電　　話：(02)2219-2080

行政院新聞局局版台業字第3595號 營利事業統一編號22759935
©2013 by Storm & Stress Publishing Co.Printed in Taiwan
◎ 如有缺頁或裝訂錯誤，請退回本社更換

定價：280元　特價：199元
版權所有　翻印必究

國家圖書館出版品預行編目資料

天下炎黃 ／ 無極著. -- 初版-- 臺北市：風雲時代，
2013.07 -- 冊；公分

ISBN 978-986-5803-11-7（第1冊；平裝）

857.7　　102012853

風雲時代

回風雲時代回風雲時代回風雲時代回風雲時代回風雲時代回風雲時代回風
時代回風雲時代回風雲時代回風雲時代回風雲時代回風雲時代回風雲時代